花のなごり

奈良奉行・川路聖謨

出久根達郎

養徳社

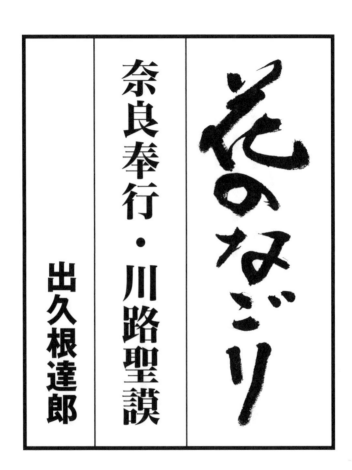

奈良奉行・川路聖謨

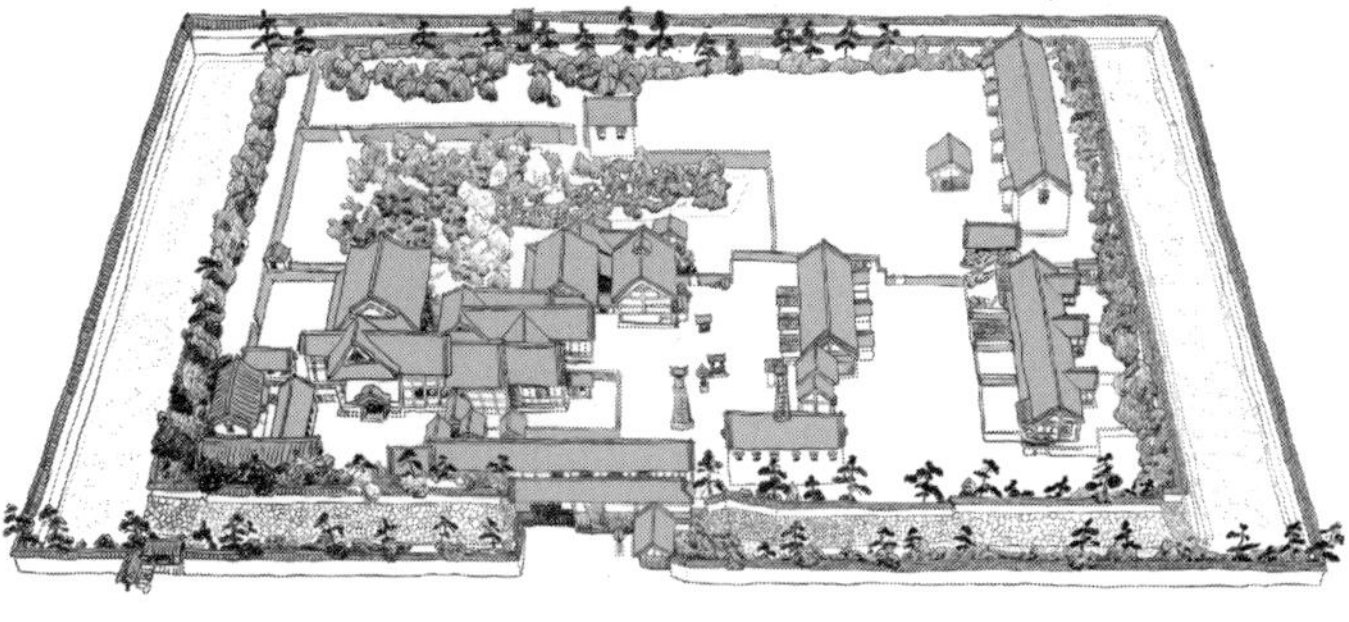

奈良奉行所略図

表紙カバー題字　芝　鳳洞
表紙カバー・表紙装丁　金巻とよじ・高橋雄志
巻頭口絵　中城健雄

誕生桜

この物語は、奈良奉行・川路聖謨《かわじとしあきら》が、江戸の実母に送った自筆の日記『寧府紀事《ねいふきじ》』に基づいて、構成している。川路は母のつれづれを慰めるため、奉行としての公務の内容、それに妻のさと、次男の市三郎（長男は江戸）、養父母の日々の動向を、わりあい詳細に記して、大体十日か十五日ごとに送っていた。日記には奈良の風俗や、寺の宝物、人情、事件、行事などが丹念に書きこまれ、『寧府紀事』は川路聖謨という聡明、かつ有能な幕府吏僚の実像を浮きあがらせるのと同時に、奈良の歴史資料として一級の価値を有している。

川路は毎日、天気と気温を記録していた。これだけでも貴重な気象史料である。

『寧府紀事』は、川路が奈良奉行を拝命し、弘化三（一八四六）年三月四日、寧府（奈良）に向かって江戸を発した日より記されている。奉行を解任され奈良を去るのは、嘉永四（一八五一）年六月である。実質五カ年の奈良在住であった。

本作は、江戸に召還される年の前年より描く。すなわち嘉永三年の春より、翌年の六月までの川路を追うつもりである。

ところが、いざ『寧府紀事』に当たってみて、驚くべき事実を知らされた。

日記の、その年の分が無いのである。

『寧府紀事』は、日本史籍協会叢書の『川路聖謨文書』（全八巻）二巻より五巻に収録され、原文を活字で読めるのだが、五巻は嘉永二年十二月三十日までしか無い。六巻は「浪花日記」他で、「浪花日記」は嘉永四年五月十二日より十月一日までである。

注意書きがあり、当日記は『寧府紀事』に続くものだが、『寧府紀事』は早くに嘉永三年正月以降、翌年五月の部分を「逸して伝わらず」、大坂町奉行在職中の記事も「亦《また》早く失はれたり」という。

川路は奈良奉行から大坂町奉行に「栄転」するのだが、そのいきさつに触れた本人の文章が、どういう理由か行方不明だというのである。

日記を送られた母が紛失したのだろうか。

そんな馬鹿なことはない。この母は息子を愛し、息子の日記を大切に保存した。それだから現代の私たちは、この稀有《けう》な才量を備えた幕臣のなまの姿を、知ることができるのである。

誰かが盗みだし、ひそかに処分したのだろうか？

もう一つ、考えられることがある。川路本人が、母から返されたあと焼却したのではないか。都合の悪いことを、文字にしてしまったために。

後世に残してはならない事実とは、一体、何だったろうか。

川路聖謨が奈良奉行を勤めて四年目の春から物語を始める。すなわち、日記が紛失する前年である。川路は四十九歳になった。妻のおさとは、四十六歳。市三郎《いちさぶろう》が十七歳。養父の光房《みつふさ》は、六十三歳で、養母くらは五十九歳である。いずれも、年相応に老けたが、達者である。おさとも持病の「けろけろ」（激しい頭痛と吐き気が襲う病である）が出なくなった。見違えるほど、丈夫になった。

近頃は、酒も飲む。亭主よりも、いける。

「さあ、もう一つ」光房が、おさとに勧める。

「あら。不調法《ぶちょうほう》なんですよ」と盃を差し出す。

「大した不調法だ」光房が嬉しそうに注ぐ。

「その辺で伏せておけ」亭主は気が気でない。

「いいじゃありませんか」くらが面白がって扇であおぐ。くらの方が酔っている。

庭の池のほとりである。昨夜の雨風で、桜の花がほとんど散った。池はまっ白く、桜におおわれた。水に浮かんだ花見も乙《おつ》なものだ、これこそ通人の趣向だよ。光房の発議《ほつぎ》で、池の端に縁台を並べ、ちょいとしたご馳走を運び、川路一家のにわかの宴会が始まったのである。

実は五日前、川路は与力同心らを集め、庭で花見を催した。作事《さくじ》（大工）の者に畳十八枚を借りて、芝生に敷かせ、田楽と酒をふるまった。御役屋敷の庭には、桜の木が三十本余ある。庭の外は馬場だが、ここにも大小の山桜が二十五本植えられてある。それらがいっせいに花を開いたのである。

花見は毎年の恒例だが、今年は特別だった。

緒方慎之介《おがたしんのすけ》という同心に、待望の男児が昨秋誕生し、緒方が記念にこの庭に桜を一本植えたいと申し出た。川路に否《いな》やはない。

というのも、男児が生まれたら桜を植えよう運動を、提唱した張本人だったからである。

奈良市中を、桜で埋めたい。奈良の地に足を踏み入れた時からの、川路の願いであった。

桜で匂ういにしえの都を想像していたのに、案外に少ない。

興福寺が火災で多くの堂宇を失ってから、奈良への物見遊山《ゆさん》の客が、めっきり減ってしまったのである。とばっちりは他の寺にも及び、町全体が活気がなくなってしまった。寺社は建物の修繕に追われ、境内の樹木どころでない。維持費の捻出に悩み、小さな寺はひそかに博打場《ばくち》に貸したりしていた。

取り締まっても、跡を絶たない。寺にしてみれば、これ以外の収入方法が見つからないのだ。

そこで川路は考えた。桜を植えて花見客を呼ぶのはどうか。それには植樹の費用を、どうするかだ。

奉行に就任して二年目のある日、川路は奈良一番の酒の醸造元を呼んで、相談した。この酒屋は与力同心たちが、ひいきにしている老舗《しにせ》である。奉行所御用達《ごようたし》の看板を使って、何やら眉を顰《ひそ》めるようなことを、陰で行っているという、よからぬうわさがある。そこは抜かりなく川路は、調べをつけていた。そ知らぬ顔で持ちかけた相談というのは、酒屋組合で寺社に桜を寄贈しないか。

「花見客が押し寄せれば、お前たちの商売もうるおう。この桜の寄贈主は組合だ、と記した碑を建てれば、宣伝《ひろめ》にもなる。花の管理は、植木屋に任せる。どうだ?」

この事業はお前の罪滅ぼしになる、と暗ににおわせた。後ろめたいことをしている者は、察しが早い。すぐさま桜寄贈を実行した。

酒造組合だけでは、高が知れている。川路は町の富裕層にも呼びかけた。花の都の復活、という大義名分が利いた。

三年目の春、川路はこれを一般人にも拡げた。寺社は金持ち連中の持ち分とし、一般の者は奉行所の北側を流れる、佐保川の両岸に植樹する。桜を咲かせよう、と声をかけたところで、はい、植えますと応《こた》える者はいない。

川路は町代《ちょうだい》（町役人）を呼び、妙案を求めた。町代は町年寄《としより》や町名主《なぬし》と話し合った末、町の寄贈という名目で何十本か、本数を決めて植えたらどうか、という案を出した。樹木の管理は町ごとがする、お互い競いあって、見事な花を咲かせるのではないか、というのである。

川路は預かって熟考したが、町によって人口も異なるし、貧富の差もある。商家の多い町は豊かだが、寺町はそうではない。この案はそういう点で苦情が集まるだろう。

そんな折、江戸から連れてきた家来の一人に、男児が生まれた。おさとがお祝いに鯉のぼりと、鍾馗《しょうき》を描いた五月幟《さつきのぼり》を贈る、と仲働きに命じているのを聞いて、閃いた。

そうだ、男児のお祝いを名目にすればよい。何といっても桜は武士の花、とはいっても身分は問わない。士族平民共に男児誕生のしるしに、男児の名を記して植樹する。名札を立てる。育てるのは植木屋だ。万一、立ち枯れしたなら、新しく植えさせる。桜のぬしが、管理料を払う。料金は格安にする。

自分の樹と思えば、愛着も湧き大切にしよう。毎年の花見は、成長する子と共に訪れる。これがお前の桜だよ、と親は自慢できる。自分の名の桜が満開となり、人々を喜ばせる。何と嬉しいことだろう。

川路は町代に伝えた。町代も賛成した。触れは奉行名でなく、町代の名で出させた。命令でなく、あくまで希望者を募《つの》る形にした。桜の樹の選定は、植木組合に責任を持たせた。桜並木を想定し、種類、大きさ、値段を統一させた。金持ちが高価な銘木を植え、場所を占領しないように計らったのである。この計画は図に当たった。希望者が続々と名乗りでた。緒方慎之介も、その一人だった。

しかし川路は今ひとつ表情が冴《さ》えない。少ないのである。植えられた桜は若木だから、まだ花をつけない。そのことではない。数年先に満開を見るだろうけれど、たとえば佐保川の両岸は本数がまばらである。寺の境内も、そうだ。

「男の子に限ったからではないかな」

光房が川路に言った。

「女の子も入れればよい。かわいい子に、男も女もあるまい。それと、あれだ」

光房が池の端に顎をさくった。さくった方向に、一本の桜の若木がある。しだれ桜の若木である。昨年、川路が植木屋に頼んで植えさせたものである。

氷室神社で見たしだれ桜が忘れられなかった。この種の桜は、発芽させるのもむずかしいが、育てるのは一層大変らしい。成長しても、枝が垂れないで、普通の桜と変わらぬということがである。それを承知の上で買ってほしい、と植木屋が言い、川路も了承した。おさとの背丈の木である。弥吉桜、と命名した。長男弥吉（彰常《あきつね》）は、奈良に赴任した年の秋に、二十一歳で病死した。長男を偲《しの》んで植えた。

「あれを用いるのさ。お祝いと慰霊と二つの桜だ。慰霊の桜は、寺がうってつけじゃないか。誕生と死。いや、この二つに限定しなくてもよい。いろんな名目の寄進があってもよいよ」

「なるほど」川路は、よごみ団子をつまんだ。蓬の香りが、きつい。川路は酒より団子である。

「よいお知恵をいただきました」

「よい知恵か」光房が満更でもない顔をした。

「道理で、酒がうまい」

我慢

無礼講のお花見後、奈良奉行・川路聖謨は、とみに、与力・同心らから、相談を持ちかけられるようになった。いずれも、私《わたくし》ごとである。

たとえば、昨日は、与力の武藤半之助《むとうはんのすけ》から、名づけ親を頼まれた。

「それはめでたい。いつ、生まれた？」

半之助が狼狽した。

「子どもではないのです。それがしの名前です」

「はて？　どういうわけだ？」

半之助は妻帯して三年になるが、いまだ子が無い。易を立ててもらったら、改名すれば験《しるし》あり、と出た。むろん、戸籍名を改めるのではない。通称をつける。半之助の父親も易の卦《け》によって名を変え、待望の男児（半之助）を得たという。父親が息子に勧めたらしい。半之助は一人息子である。与力は世襲制だから、跡継ぎが無いと、面倒なことになる。藁《わら》にも縋《すが》りたい気になるだろう。

川路は、承諾した。子どもを得られそうな文字を、辞書をめくって、いくつか探した。

ついでに半之助の半という漢字の意味を、あれこれ考察し、「半の字弁」を草《そう》した。要するに半は、一三五七九の奇数をいう。偶数は丁《ちょう》である。わが国では、婚礼の盃事を三三九度と称するように、めでたごとは半の数を用いる。半は陽数であって、易でもそのように見る。弦月《げんげつ》といい半円の月を愛《め》でるのも、半を吉《きち》と捉《とら》え、団円への期待を寄せるからだ。満月は欠けるしかない。

川路は歌を添えた。「衰うることこそなけれ半《なかば》とは　千歳栄《ちとせさか》ゆく千字にありけり」

半之助は川路の意を体《たい》し、半之丞《じょう》と改名した。半の字を残したのである。

その報告に来た半之助に、川路は昔ばなしをした。自分が子どもの頃、実父が愛読していた本の中の、興味ある挿話をよく語ってくれた。そのひとつに、子の無い者が、三千の良き事をなして、玉の如き男児を儲《もう》けた、という話があった。子孫繁昌の元手《もとで》は、人の為になることを積むしかなさそうだよ、と締めくくった。

奉行の教訓、と受け取られるのを避けるため、実父の愛読書をダシにした。

一昨日は与力の片岡菊右衛門《かたおかきくえもん》から、父親の蒐書癖《しゅうしょへき》について相談を受けた。若い時分から古書集めが大好きだったが、隠居してから、その熱が度を越すようになった。金が無くても、ほしいとなると、買い込んでしまう。書店が付《つ》けにしてくれるからである。

菊右衛門が親に、苦情を言うと、むくれて、ご飯を食べない。本代を削られるくらいなら、食費を節約する、とまるで駄々っ子である。父親は今年七十二歳という。

川路も頭を抱えた。川路自身、この老爺と同じだからである。書物に目が無くて、むやみに購入してしまう。(江戸の書店から取り寄せるのである)。説教できる立場にない。

「書店主に話して、付けをやめてもらうしか法はなさそうだな。あるいは、いくらまで、とはっきり金額を決める。相手は商人だから、たぶんに客をそそのかしているだろう。その辺を突いて、強く談判したらよかろう」

妻のさとに話したら、他人事《ひとごと》でありませんね、と笑った。

今日は、用部屋手付同心《ようべやてつきどうしん》の下條有之助《しもじょうありのすけ》である。用部屋というのは、江戸城でいうなら、老中や若年寄が政務を執る特別部屋であって、奈良奉行所では奉行直属の犯罪調査役人、という位置になる。川路が奈良奉行に赴任した年に、抜擢《ばってき》した下條だが、今年二十五歳になる。お花見のあと、まもなく結婚した。

かれこれ一カ月になる。毎日がお花畑のはずだが、花畑の住人と思えぬ浮かぬ顔で、川路に相談に来た。公務の話でなく、全くの私事だが、内密の件という。普段の下條と違って、ひそめた声である。

「ちと、お恥ずかしい話なのですが……」

「うん。聞こう」

「お笑いになられるかも知れません。しかし、私はまじめでして」

「笑うかどうかは、聞いてみないとわからぬ。笑われたら、こまる？　大した用件じゃないな」

「いえ。私にとりましては、生きるか死ぬかの問題でして」

「御託を並べるようでは軽い。そもそも他人の意見を伺って、自分の取る態度を決める魂胆が安易だ」

「はあ」

「まあいい。話してみよ」

「妻のことなんです」

　話しづらそうに、語りだした。下條の妻は、某神社の社務職の娘で、きのという。父親はきのが幼女の頃に、神事の最中に不慮の事故で亡くなった。そのため、きのは神社から特別な御子として大事がられて育った。

　下條との縁談をまとめたのは、奈良奉行所の老同心だが、この同心は代々、春日《かすが》神事掛《がかり》を務めてきた。仕事の関係から、奈良中の神社や祭礼に通じている。

明日の天気を正確に当てて評判の、「空模様小町」の母から、夫探しを頼まれていた。この空模様小町が、きのであった。たまたま口にした予報が当たり、それは雲ひとつ無い青空なのに、まもなく雷雨になるという、劇的な予言だったため、一気にうわさが広がったのだった。きのは十七歳の美しい娘だったから、話に尾鰭《おひれ》がついた。予言は次々に当たった。時々は外れるのだが、何しろ天気のことだから、人々は意に介さない。的中した方ばかり、誇張されて評判になる。きのの母は娘の将来を案じた。天狗になった本人が自分は神の申し子《ご》、と思い始めている。早く家庭の人におさめないと、悲劇の人生を送る羽目になる。

有之助ときのは、老同心の計らいで見合いをした。別に大層な見合いではない。非番の有之助が、某神社にお参りし、社務所で神籤《みくじ》を引き、御守を買っただけである。売り子の神子《みこ》が、きのであった。二人はお互いの顔を見た。そして、双方が気にいった。

話はとんとん拍子である。吉日を決め、某神社の神前で杯事《さかずきごと》をすませた。川路は名義上の仲人《なこうど》になった。実際の月下氷人は、老同心夫婦である。

下條有之助は、母親と、三つ違いの妹の三人家族だった。父親は五年前に病死し、有之助が同心役を継いだのである。新米の時に、川路と出会い、目をかけられた。

川路が対面した花嫁は、少女っぽくて、角隠《つのかく》しからのぞく表情は、ままごとに興じているかのような、幼い無邪気さだった。しかし、川路に対する挨拶は、しっかり者の大人の口吻《こうふん》である。思うに天気予報なるふるまいは、子どもの部分がなせるわざであろう。その部分が人より多い。それがきのだった。

有之助が口ごもりがちに、打ち明けた。

「夜になると、怖《こわ》がるのです」

「お化けか」

「いえ、私を、です。というより、私の男を、といったら正確でしょうか」

「いつからだ？」

「あの」有之助が、うろたえた。

「初夜からです」

「なんと」川路が有之助を見つめた。

「すると、いまだに新枕《にいまくら》を交《か》わしていない、というのか」

有之助が恥ずかしそうに、こっくりをした。

「おいおい」川路が口をとがらせた。「冗談にも程があるぜ。めっそうもねえ」

つい、巻き舌の江戸弁が出る。

結婚して、一カ月になるのだ。

「何で早く訴えないのだ？　大事なことだぞ」

「恥だからです」有之助が、うつむいた。

川路は黙った。ややあって、「明日まで考えさせてくれ」と言った。「これは誰にも、もらすな。お前さんより、嫁さんの対面をおもんぱからなくてはいけない」

有之助が、こっくりをした。

以上のことを川路はさとに語り、妻の知恵を借りた。

「男の私にはわからぬ。きのは有之助を、鬼のようだ、と泣いて拒《こば》むそうだ」

「確かに」さとが微笑した。「夜の殿方の人相は、鬼のようですものね」

「それはそうかも知れないが、きのは病気なのではないかね。怖がり方が異常にすぎるようだが」

「子どもっぽいところがあると、おっしゃいましたね？　晩熟《おくて》なんですよ、男女の道に」

父親を早くに失ったため、男に慣れないせいだろう、とさとが推測した。最初の床で、逸《はや》った有之助が荒々しく扱ったのかも知れない。また、きのの母が、あらかじめ教えていなかったのだろう。

「それはそれとして、さて、どうしたらよかろうね」

「きのさんには、私からお話しましょう。有之助さんには、あなたから伝えて下さい。まず、お互いに警戒心を解《と》くこと。それには、寝る時は二人とも素裸になること。大人でなく、子どもに還《かえ》ること。有之助さんには、しばらく子どもになって我慢していただきましょう。子どものように、おとなしく抱きあって眠ること」

「我慢できるかね」

「できなくなればなったで、めでたいじゃありませんか」

「それはそうだ。目的はそちらだからね」

「慣れて、自然に、がよろしいのです」

翌日、川路は下條を呼び、妻を連れてくるように命じた。有之助が、おびえたような表情をした。

「心配するな、嫁さんの方は、わが奥方が説得するそうだ。むろん、それとなく男女の心得を説くはずで、お前さんが内緒で私らに訴えたなんて、露ほどももらさぬ。奥方は若い頃、某家の姫君に仕えていた。姫のお輿《こし》入れのお世話を、万端ぬかりなくやり遂げた実績がある。任せたがよい。それより、お前さん、禁欲はできるか？」

菖蒲湯

近頃、奈良奉行・川路聖謨《かわじとしあきら》に新しい異名がつけられた。「五泣百笑奉行《ごきゅうひゃくしょう》」という。

五泣とは、五種の者たちが泣いている、という意味である。

五種類の者とは、誰か。まず、盗人どもである。それから詐欺師。そして博打《ばくち》をする者である。

奉行所の取締りが厳しくなって、目に見えて犯罪が減った。治安が良くなると、面白いもので、いざこざが少なくなった。そこで奉行所近くの公事宿《くじやど》が、泣くことになった。訴訟のために地方から出てきた者が泊る宿である。宿では代書業を兼ねていて、訴状の作成、訴訟の手続きをすべて引き受けてくれる。有利な解決を得られるよう、懇切な助言もするし、示談の交渉にも応じる。むろん、有料である。いざこざで飯を食っている商売だから、平穏無事は敵《かたき》である。しかし、尻を持ち込む先がない。泣くばかりである。

違法だが、目くじらを立てるほどの罪ではない罪の場合、鼻薬を使えば、見逃してもらえる。小悪《こわる》たちは長いこと、そうと信じていた。同心の手下どもと馴合《なれあ》いでやってきた。川路はこの手下どもに、ガツンと拳骨を見舞った。

手下を使っていた同心たちが、ふるえあがった。当然、叱責されると思ったのである。

川路はそうしなかった。同心たちが心を入れかえれば、それでいい。手下が稼いだ小悪らからの袖の下の幾分かは、同心の酒手《さかて》に回っていたはずである。同心たちのほまちは、無くなった。五泣の五つ目は、同心らを指す。

そして百笑とは、百姓に掛けている。農民を含めた市民といってもよいだろう。住みよい世になって喜んでいる、という意味である。

五泣の中に奉行所役人が入っているということは、この「百笑」たちが奉《たてまつ》ったあだ名に間違いない。

川路は奈良奉行に着任した年には、「おなら奉行」という、やや嘲笑的な異名を贈られた。お白洲で何度も、ぶっ放したからである。

川路の悪い癖で、まじめくさった場面になると、茶化したくなり、おかしなもので催してくる。知らんふりして、すかせばよいものを、尻を浮かせて音高く放つのである。妻のさとは病気だろう、と気を揉んだ。

江戸両国の盛り場に、曲屁ナントカ兵衛なる、珍芸の小屋が掛かり、評判になったことがある。屁で祭り囃子を奏するという、臭い芸である。一人が尻を突きだしてピーヒャラドンドンと、笛や太鼓を鳴らす。こんなものに見物客が押し寄せたというから、天下は太平である。

祭り囃子くらい自分だってかなでられる、と川路はさとに自慢したが、武士のすることではありません、とたしなめられた。

次に、「桜奉行」の名を献上された。

これは奈良を、桜の都にしよう、と発議した川路の機転を称《たた》えている。

養父光房《みつふさ》の助言を入れ、男児誕生に限定せず、子どもが生まれたら記念に桜を植樹することを奨励した。更に亡くなった者の弔《とむら》いのために、植える案も勧めた。桜は慶びごとと不祝儀、どちらにもふさわしい花であった。

川路は春の花だけではつまらぬ、と考えた。奈良の寺に似合うのは、秋の紅葉である。塀《へい》の白壁とお堂の青瓦。これに配するに、まっ赤な紅葉が映える。もみじというなら、楓《かえで》である。楓は青葉も美しい。

しかし、楓を町の有志に植えてもらう、何かうまい名分はあるだろうか。

川路は町代《ちょうだい》に相談した。町代は、考えてみましょう、と引き受けた。しかし、いまだ答えは無い。それなのに、尊称の方が町なかに広がった。

「楓奉行」というのである。

川路に最初にそれを伝えたのは、光房である。光房は町の一膳飯屋で、小耳に挟んだのだ。

「何でも楓の若木が買い占められているそうだ。山に入って若木を根こそぎ盗む奴が横行しているというううわさだ」

「そいつはいけない」川路は頭を抱えた。

「おおかた桜で味を占めた連中だろうさ」光房が、せせら笑った。

「なあに、桜と違って楓を買い集めているなんて、与太《よた》に相違ない。そういううわさを流して高く売りつける魂胆さ」

「私は寺の境内に楓を植えたら、紅葉狩《もみじがり》の客が増えるだろう、と見込んだのです。奈良の町全体を楓だらけにするつもりは無い」

「まあ、桜と違って人気は今ひとつだろう？　宣伝《ひろめ》のつもりで、うわさを黙認するさ」

「かえで奉行、なんて、いやな称号」そばにいたさとが笑った。「替手《かえで》、と聞こえますよ。奉行を交替して、と」

「話は代わりますが」川路が洒落のように言った。「養父上《ちちうえ》にお知恵を拝借したいのです」

「楓のことかい？」

「いえ。人間の問題です。男女の道です」

「わしの一番不得手なことだな。酒の話なら自信があるけど」

川路は、下條有之助夫婦の一件を語った。

さとが妻のきのを、川路が有之助に言い含め、晩熟《おくて》のきのの「夜の恐怖」をとりのぞこうと図ったが、どうもうまく行かない。有之助はともかく、きのが無心になりきれない。

「下條の家は狭いのかい？」光房が訊《き》いた。

「狭いようです」川路が、うなずいた。「父親が長いこと病床にあって、薬代のために、世帯を縮めていったようです」

「おそらく、それだな」光房が川路を見た。

「花嫁にしてみたら、息苦しいのだろうよ。夫の女親と、小姑《こじゅうと》が、まあ、耳を欹《そばだ》てている。そう感じているのではないかい」

「大きい家に引っ越させなくては、だめですか」

「とりあえずは金のかからぬ方法だな。二人きりで二、三日、どこかに保養に行かせたらどうだ」

「それは無理です。男女の道の理由で、役所を休ませるわけにいきません」

「それなら」光房と、光房の脇で話を聞いていた養母のくらが、同時に言った。

川路夫妻は養父母の部屋に、お休みの挨拶に来て、つい引き止められ、茶飲み話にふけることになったのである。

「いい考えがある」光房とくらが、これまた同時に同じ言葉を発した。この夫婦は、何かにつけ息が合う。

「実は五月五日から十日ほど、わしらは京に旅をする」

「おや。うらやましい」

「この年だ。男女の道とは縁遠い。仏の道を辿る。わしらの留守に、この部屋をどうだ。心置きなく寝泊まりできるだろう」

「それにほら、できあがったばかりの湯殿もあるし、畳も新しくしたことだし、若夫婦には使い心地がよろしいですよ」くらが続けた。

「五日から十五日までというと、端午の節句から葵祭までですね」さとが言った。

「あなた、どうでしょう？　お言葉に甘えて、お借りしては」と川路を見た。

「離れだし、若夫婦には気兼ねなく保養できますよ」くらが勧めた。

「下條に話してみます」川路が、うなずいた。

というわけで、下條夫婦は今日から離れにいる。

奉行所の仕事が立て込み、下條には役所に泊り掛けで捌《さば》いてもらう。ついては身の回りの世話を、きのにお願いしたい。川路は下條の母にそう言って了解を得た。

きのには、役所の様子や雰囲気を知るのも、今後の役に立つだろうから、この機会に是非逗留を、とさとの伝言を託した。下條夫婦に、否《いな》やはない。きのはともかく下條は、川路夫婦の真意を承知である。

夕刻、役所から退《ひ》けると、下條はこそこそと奉行役宅に回った。朋輩に見つかると照れくさいので、その時は奉行に呼ばれている、と言うつもりであった。もっとも下條の身分は、極秘に自由に奉行と会い話ができる、「お庭番」(隠密)のような同心である。大っぴらに奉行の住居に出入できる。それなのに、つい、「こそこそ」とした挙動になるのは、特殊な理由の居候《いそうろう》だからである。

下條が川路家の家臣たちに挨拶をすませ、離れに入ると、さとが侍女たちを指図して、四曲一双の屏風《びょうぶ》を部屋の隅に運ばせているところであった。派手な色の絵屏風である。

「お帰りなさい。丁度よかった」さとが屏風の位置決めを中止して、下條に言った。

「きのさんがお湯殿に、たった今行かれました。すぐに追って下さいまし」

「いや、私は」下條が顔を赤らめた。

「いけません」さとが低い声で、ピシリ、とたしなめた。「まず、一緒に入浴するのですよ。きのさんにも、そう言ってあります」

「恐れ入ります」下條は素直に従った。

袴を脱ぎ、裃《かみしも》を外し、着流しになって、湯殿に向う。養父母の湯冷めを懸念して、去秋、離れ部屋の隣に新築したのである。外に出ないで、部屋から直接、風呂に入れる。

脱衣所できのが、もじもじしている。夫を見ると、恥ずかしそうに会釈した。奥が浴室である。湯をかきまわしている音がする。

「誰かいるのかい?」下條が小声で訊いた。

きのが、うなずく。下條は、のぞいてみた。

女が湯舟に菖蒲を浮かせている。足元に置いた菖蒲の束から四、五本ずつ手にしては、それで湯をかきまぜ、浮かばせる。

「こうするとね、いい香りが際立《きわだ》つんだ」振り向かないで下條に説明した。

その時、部屋から、さとの呼ぶ声がした。

「きのさあん」

「はあい」浴室と脱衣所で二人の女が返事した。脱衣所のきのが、目を丸くした。

「あなたも、きの?」

「あんたもけえ?」浴室のきのが腰を伸ばし、大声で笑いだした。

貰い風呂

さとは、その時まで当家に「きの」という同じ名の者がいることに、気づいていなかったのである。

それは無理もない。もう一人の走り使いのきのは、今日、実に久しぶりに川路家を訪れたのである。

下條有之助《しもじょうありのすけ》夫妻が、当分、川路家に「保養」滞在することになり、雑用を受け持つ手が必要になった。そこで気心の知れたきのに声をかけた。

きのは一昨年、縁があって百姓家《やとつ》に嫁いだ。夫婦仲は悪くないのだが、子宝に恵まれないのが悩みの種である。今年十九歳のきのは、相変わらず陽気でおっちょこちょいだが、さとを信頼し、さとの言うことなら何でも聞く。身《み》を粉《こ》にすることを苦にしない。

さときのの天真爛漫《てんしんらんまん》な性分を愛し、女手が入り用になると使いを出し、駆けつけてもらう。むろん、用がすんで引き取ってもらう際には、小遣いの他に身の回りの物などを与えるのである。

このたびきのは、菖蒲《しょうぶ》をどっさり背負って、泥のにおいをさせながらやってきた。今日は端《たん》午《ご》の節句である。菖蒲湯を立てて、客人をもてなそう、というきのらしい心使いであった。

さとは以前きのを呼ぶ時は、さん付けしなかった。呼び捨てである。今は違う。雇人ではないし、夫持ちの立派な大人である。きのは呼び捨てにしてほしい、といやがるが、そうはいかない。

湯殿にいる農婦のきのを呼んだつもりが、同時に下條夫人が返事をしたので、二人は同名だった、とこの時初めてさとは気づいたのだった。あわてて、在方《ざいかた》のきのと言い直した。

「何だべや、奥様?」

きのが濡れ手を腰のあたりになすりつけながら、廊下を走ってきた。

「走らない。走らない」さとが注意する。

「あっ、そうだった」舌を出す。

「おら、田んぼのあぜ道をいつも駆けているから、つい癖が出て」

「ここはあぜ道じゃありませんよ」

「違いない。草も生えてないし」

「あのね」さとが声を低めた。「あの二人を、二人だけにしてやりなさい」

「おらがいねえと、湯加減にこまるべ」

「その時は手を打って呼ぶでしょう。呼ばれたら行ってあげなさい」

「あの二人は、恥ずかしがり屋だもんな」きのが、ニヤリと笑った。

「あのね、奥様。あの女の人は、一向に着物を脱がねえんだわ。もじもじして。あの人も、おらと同じきのというのけ？」

「そうなの。まぎらわしいから。お前を在の名で呼ぶことにしようかね」

「あの人とおらとどっちが年上だべ」

「あのかたは確か十七歳と聞いた」

「おらが二つ姉分だ。じゃおらを大きのと呼んで下せえ」

「でもあちらさんには敬称でおきのさん、と呼ぶから、区別しにくい。いっそお前が小さいきのになっておくれ。こきのでどう？」

「おきのと、こきの。きょうだいみたいだな」

照れたように笑う。

翌日のことである。こきのが湯殿を掃除していると、下條夫人が顔を出し挨拶をした。こきのは呼び名を改めたことを告げ、気がかりだった菖蒲湯と湯加減の程を伺った。「菖蒲の香り大好き。熱さもちょうどよかったですよ」と言うので、ホッとした。

「でもここの湯舟は狭くて、お二人では窮屈したべ？」

すると夫人が顔を赤らめた。

「あのね、一人で入ったのよ」

「一人ずつ、ということだか？　一人が湯舟に浸かっている間、もう一人が洗い場にいる」

「あのね。湯殿には、私一人よ」

「あらま。旦那さまはどこに行ったんだべ？」

「お部屋に戻ったのよ」

「別々に入浴したっつうことかね？　奥様が二人きりにしろ、とおらに命じたんだがね」

「内緒よ。奥様に告げちゃだめよ」

「しねえ」

けれども、こきのにしてみれば、秘密にするほどのことでもない。下條夫人は冗談で口止めしたのに違いなく、早速さとに世間話のつもりで報告した。

さとの顔が曇った。

「きの。あ、こきのだったね。今夜も風呂をわかしておくれ。今夜は浴槽に何も浮かばせないでおくれ」

「菖蒲湯は五日だけだべ？」

「だから何も入れないようにさ。というのも、もしかしたら、おきのさんは菖蒲がお嫌いだったのかも知れない。あの匂いがさ。それと菖蒲が浮いた湯は気色悪かったのかもわからない。人には好みがあるからね」

「おら、菖蒲を入れ過ぎたのかも知んねえ。筏《いかだ》置き場のように隙間なく浮かせてしまったもの」

「どんな塩梅か、お前、明日それとなく、おきのさんに聞いておくれ。相手の好みに合わせて、もてなさなくちゃいけないから」

「毎日、お風呂を使うんだ。湯はご馳走、ふるまい湯って言うけど、ぜいたくな接待ですね。どんな客だべ？」

「先だってまで神につかえていた姫様ですよ」

「道理で。体を清めるんだ。どこの神様だべ？」

　さとは神社の名を教えた。

「あれ？　奥様、もしかして天気予報が当たる『空模様小町』のいた神社じゃねえけ？」

「知ってるの？」

「在じゃ有名ですよ。百姓にとっては天気が命綱ですもん。神社に聞きに行った村の若い衆もおりやす」

「本人に言っちゃだめよ」

「へい」と答えたが、おきのに会った時には、ケロリと忘れていた。

　日暮れに浴槽に湯を張っていると（隠居用の風呂は、わかした湯を母屋《おもや》の台所から手桶で運んで来る。二人しか入浴しないので、そうしている）、「あら？　今夜もお風呂？」と庭を散策中の下條夫人に声をかけられたのである。

「大変だから、一日置きでよろしいのに」

「奥様の言い付けでがす」

「ここでは毎日体を流すのかしら？」

「三日に一度でがす。お客様は特別だべ」

「あなたはここ古いの？」

「臨時に雇われたんでやす。普段は田んぼ仕事ですじゃ」

「私と名前が同じよね。仲よくしましょうね」

「おら、百姓ですけに」

「別にそんなこと気にならないし、気にする方がおかしい。同名の者と出会うのは稀なんだから、この偶然を喜ばなくちゃ」

「そだな」

「ねえ。あなたの村では、夫婦で風呂に入る？」

「入りやすよ。とにかく、いっぺんに事をすませなくちゃならないから。貰《もら》い風呂の習慣ですよ」

「貰い風呂？」

よその家の風呂を使わせてもらうことである。こきのの田舎は貧しいので、代わり番に風呂を立てる。その家に近所の人たちが、家族連れで入りに来る。燃料を節約する知恵である。短い時間にすませて、次の家族に使わせるため、大抵、一家ごと全員が狭い湯殿にひしめきあって、湯に浸かり体を洗う。

そのため夫婦一緒の入浴は当たり前であって、ひやかす者はいない。むしろ別々に入ると、仲を疑われる。

「あなたのご主人は、どんな人？」

「貰い風呂の仲間でやす。お互い子どもの時から、裸を見せあった仲でやす」

「あら、そうなの」わが事のように顔を赤らめた。

「こんなこと聞いたら怒るべか？」

「何かしら？」急に警戒した。

「あと四、五日もしたら、おらの村では、田んぼに水を入れなくちゃならない。田植の準備ですじゃ。このところ雨が一向に降らない。いつ頃、降るか教えてもらえんじゃろか。亭主のみやげ話にして喜ばせたい」

「私」

「知ってるじゃ、空模様小町。同じ名でも、おらにはその能力と美貌は無《ね》え。神様は不公平じゃ」

こきのは笑ったが、おきのは笑わなかった。

さとが夕食の給仕《きゅうじ》をしながら、下條夫人が家に帰りたがっている、と川路に告げた。どうやら、ここでの生活が窮屈らしい。

「くつろげなさそうなのです。緊張している様子で、こちらも見ていて辛い」

「亭主とうまくいっていないのか」

「そのようなことはありません。仲は睦まじいのですが、一緒に風呂を使いません」

「慣れていないからだろう」

「決して裸にならないのです」

「どういうことだ？」

「恥ずかしい、と」

「本人がそう言うのか」

「いえ。有之助さんから聞きました」

「きのが天気予報を頼んだら、機嫌を損じたと言ったな」

「こきのが弱って、私に泣きついてきたのです。お詫びしてほしいって。つい、うっかり、頼んでしまった。悪気は無かった、と」

川路が箸《はし》を置いて、宙をにらんだ。

「もしかすると、空模様小町が、大きな負担なのかも知れないな」

「どういう意味ですか」

「世間の評判だよ。評判に押し潰されて、どうしようもないのかも知れない」

「それと夫婦の仲に、関係があるのですか？」

「あるいは、あるかも知れない。よし」川路が立ち上がった。「明日、お白洲で質《ただ》してみよう」

「そんな大げさな。人の口に上《のぼ》りますよ」

「お白洲は比喩《ひゆ》だよ。まあ、名奉行に任せておきなさい」

麩菓子

庭をご覧になりましたか？　とおさとが茶をいれながら、夫に訊《き》いた。

「あ？」というように、川路聖謨《かわじとしあきら》が振り返って妻を見た。考えごとをしていたのである。

「市三郎が見事なものをこしらえました。見てやって下さいまし」

「何だろう？」

「説明するよりご覧になられた方が早いです」

「そうか」

「池のそばです」

「そうか」なかば放心気味で、茶をすすった。

五月七日の今日は、御役所のならわしで、朝から太神楽《だいかぐら》が来て舞った。舞い終るまで、半日かかる。川路は一時間ほどつきあい、頃合をみて近習《きんじゅ》に耳打ちをし、役宅に戻ってきた。熟考したいことがあったのである。

近頃、与力同心たちが、すこぶる仕事に励んでくれる。その労に酬いるために、手当を増やしてやりたいと思っていた。人は言葉だけでは喜ばない。顕賞には何より金員が物を言う。

川路は奈良奉行所の財産目録を克明に調べていた。すると意外なものが見つかった。山、である。ずいぶん昔、罪科により没収した、いわゆる闕所《けっしょ》である。これがまた広大なもので、およそ二十万坪もある。与力同心たちの薪山として使ってきた。

川路はこの山の一部を金に代えられないだろうか、と考え、江戸の御林《おはやし》奉行に伺いを立てた。このたび伺いの通りのお指図があったのである。そこで川路は与力の羽田健左衛門《はねだけんざえもん》という者に、処分を任せた。

羽田は土地の実測がてら、樹木の種類や質などを調査した。そのあげく、山そのものを売るよりも、樹を切り売りした方が、よほど得であると言ってきた。

業者に五寸廻り以下の木を伐取させ、この木はおよそこの金額である、こちらの木はいくら、と細かな見積りを出させ、川路に判断を仰いできた。

「山は売れば大きな金額になりますが、それで終りです。山を売らず樹木を売れば、金額は小さいが永久にお金が入る勘定です。

売った分の木を植えればよいわけですから」

山林業者は山を狙っているが、それは禿山でないからです、とつけ加えた。

この二、三日中に、川路は断を下さなければならない。川路の腹づもりは、山を売って役人の手当を確保した上、貧しい者や病者たちに施しをしたいのであった。なおかつ市中に桜と楓を植樹する費用にもしたい。その三つを叶えるためには、山を売らねばならない。樹木だけ売ったら、せいぜい実現できるのは二つか。いや、まてよ。自分のやりたい事業は、一過性のものではない。桜と楓はそうだとしても、役人の手当と賑恤《しんじゅつ》金は、できる限り長く続けたい。山か、樹か。川路は決めかねている。

きのこに庭に来るよう妻に言い置いて、川路は濡れ縁から下駄を突っかけた。まっすぐ池に向かう。さとが勧めた物は、いきなり目に飛び込んできた。ま新しい四阿《あずまや》である。

山処分に奔走している羽田が、木材の見本に何本か伐りだして奉行所に運びこんだ。川路が検分したあと、置き場にこまって、とりあえず池の近くに積みあげておいた。

それを見つけた市三郎が、使わない材木ならほしい、とねだった。差し当たって用途はない。市三郎は隠居夫婦を喜ばせてやろう、と何日かかけて一人で四阿を作りあげたのである。市三郎は手先が器用であった。

昨年、そこを見込まれて作事方《さくじがた》から縁談があった。建築・土木関係の下役で、次男の市三郎は養子に望まれたのである。話はうまくいかなかったが、相手の男親には気にいられた。親の紹介で、腕ききの大工と仲よくなった。大工の仕事場に出入りして、規矩術《きくじゅつ》などを覚えると、実際に自分で細工してみたくて仕方がない。養父母の留守の間に完成させるのが、市三郎の魂胆であった。びっくりさせるのが目的なのである。

「ほほう」川路は四阿の外観の出来に感心し、屋根の下に立って、また、「ほほう」と言った。外屋根は丸太をそのまま生かして組んである。桧皮《ひわだ》で屋根を葺《ふ》いてある。神殿造りの、洒落《しゃれ》た四阿である。亭《ちん》のまん中に置かれた卓子は、孟宗竹を四本棕梠縄で束ねただけのもの。川路は、「ほほう」を連発した。

おいか、現れた。

「せがれが見よう見真似でこしらえたものです」川路が挨拶代わりに説明した。「あなたに、いの一番に見てほしくて。親馬鹿もきわまれり、ですな」

「一人で作られたんですか？」きのは正直驚いている。

「まあ、掛けなさい」卓子の横にある陶製の椅子をきのに勧め、自分はきのの真向かいのもう一つの陶椅子に腰を下ろした。先住者が使っていた椅子らしい。埃をかぶって物置にあったのを、市三郎が見つけてきたようだ。

すぐ近くで水をたたく音がした。池の鯉であろう。

「さきほど主人から承りました。これ以上、お世話になるのは心苦しゅうございます」きのが語りだした。

「住まいか？」川路が、うなずいた。「手頃の空き家がなくて。不満でなかったら、とりあえず住んでみながら、窮屈でない家を探してみたらよい。用人の間笠《まがさ》も奔走している」

「わたくしには異存がございません。明日にも新しい家に越そうかと存じます」

「あなたお一人で？」

「いいえ。もちろん主人と」

「それがいい」川路が微笑した。「下條の母や妹には、御役所の役目柄、しばらく若夫婦だけの所帯を張る、と下話をし了解を得ている」

「申しわけないことでございます」きのが深々と頭を下げた。

「あんまり自分を責めない方がいい」川路が淡々と言った。「自分だけを咎めているようで、その実、まわりの者を巻き込んで責めている形になる」

「申しわけないことでございます」きのが消え入るような声で詫びた。

「わかればよい。さあ、この話は、これでおしまい」

「おわかりになってらしたのですね」きのが泣き笑いの顔をした。

「曲がりなりにも、奉行という役職の者だからね」川路が苦笑した。「これでも人よりは嘘を見抜く能力が備わっているつもりだ」

「あの」きのが、いたずらっ子のような目をした。

「見破る骨法のようなものが、ございますか?」

「秘訣といって何もない。しかし」川路もいたずら坊主のような目つきで、きのを見た。

「こいつ、嘘を並べているな、と感じた時は、尋問をいったんやめて、次の文句を唱えてもらう。ゆっくり、聞き取りやすいように唱えてみよ、と勧める。どんな文句かというと」

川路が一語一語ていねいに発音した。

「犬が、西向きゃ、尾は東」二度繰り返した。

「これを嘘をついた者に、復誦させる。私はじっとその者の目をみつめる」

きのが川路をまっすぐ見つめながら、独りごつるように、「犬が、西向きゃ、尾は東」と言った。

「うん」川路がゆったりと、うなずいた。

「きのさんは、正直だ」

「どういうことでしょうか。これは諺ですよね？」

　水音が響いた。

「そう。犬が西向いたなら尾は東を向いている。当たり前のことだ。でも、いきなりこれを唱えてみろと言われると、誰もが考えてしまう。唱えることで何かが判明してしまうのではないか、と警戒する」

「はい。確かに」

「後ろ暗いところのある者は、なおさら考える。裏の裏の意味を考える。すると、文句を間違えたりする。別に隠し立てする必要のない者は、言われた通り素直に唱える」

「わたくしは、ここに来る前でしたら、たぶん、まごついて、あやふやな文句を口にしていたことだろうと思います」

「大体、隠しごとをしている者は、私の目を見ない。目が泳いでいるし、さりげなく逸《そ》らす」

大きな水音が上がった。

「盛んに鯉がはねてますね」きのが池の方を見やった。「明日は――」

「そう。雨だろう」川路が引き取った。

「こういうことだったんです」きのが溜息をついた。「簡単なことでした。夕焼けが赤黒く黒ずんで見えるから、明日は雨。遠くの鐘が間近に聞こえるから、雨。蛾の大群が現れたから、大風が吹くかも知れない。月が暈《かさ》をかぶっているから、雨が降る。何気なく予言したら、当たったんです。まぐれ当たりなのですが、最初のうちは、とにかく当たりました。それで、たまたま当たったと言えなくなりました」

「自分の中でせめぎあいが始まったわけだな」

「主人に申しわけなかったんです」

「本当の自分を知られるのが恐かった」

「わたくしは……」

「さあ。もう裸になってよろしい。このことは誰にも話さない。私ときのと二人だけが知っていることだ。いいね？　明日はここを引き払い、有之助と新しい家に行きなさい」

きのが声を忍ばせて泣きだした。

川路は立って、四阿を出た。池の縁にかがんで、手を打った。時雨のような音を立てて、真鯉が十数尾、足元に寄ってきた。川路は懐から紙に包んだ麩菓子を取りだした。太神楽にお供えした物のお余りである。紅色をした菓子をちぎって、まいた。池が白く一段と沸き立った。

市郎兵衛殺し

与力の羽田健左衛門《はねだけんざえもん》が、突如、高熱を発して寝込んでしまった。

ものごころついてから四十七年もの間、風邪ひとつひいたことのないのが自慢の男だった。医師の見立てでは、どうやら三日熱とのことだった。三日ごとに高熱が出る。四日ごとに発熱する症状もあって、それは四日熱という。

羽田は毎日のように、山歩きをしていた。例の、二十万坪の山である。処分するため、樹木の種類、立木の成育状態などを、熱心に調べていたのである。

このところ雨が続いた。上がったと思ったら、急に夏の陽気になった。羽田は蚊の大群に襲われたのだった。

「足元から黒い煙が湧いたのです。いや、本当に煙かとのけぞりました」

間欠熱もようやく去り、平常を取り戻した羽田が、病気見舞いの礼を述べに、川路聖謨の役宅を訪れたのである。

「災難だったな。労《いたわ》しい。気の毒をした。許してくれ」

川路は心から詫び、また謝意を表した。

もとはと言えば、川路の気儘《きまま》な思いつきから始まったのである。奉行所役人の待遇を良くするためとはいえ、思いもよらぬ任務を仰せつかった羽田にしてみれば気苦労であったろう。さいわいと言っては何だが、病に臥《が》したのは羽田だけで、羽田と共に行動していた役人や若党には何事もなかった。

川路はもう一つ羽田に謝らねばならなかった。

山の処分に、横槍が入ったのである。

とりあえず一万坪ほどを、地元の古根《ふるね》村の入会山《いりあいやま》（共同で利用する山）に無償で下げ渡す手続きを取った。雑木の山である。すると、待ったがかかった。

御林《おはやし》奉行からでなく、闕所物《けっしょもの》奉行からである。罪人から没収した家具や調度品を売却処分する役人で、大目付《おおめつけ》に属する。大目付は、諸大名の行動を監督し、役人の不正を摘発する。大目付を動かすのは、執政たる老中である。

つまり、たかが一万坪の山林売買に（しかも一地方の名も無い物件である）、老中に直接連なる部署が声をかけてきたというわけである。

御林奉行からは、かくも広大な山林とは思わなかった（総坪数は約二十万坪である）、貴殿の伺い書では薪炭の山で、処分予定面積もわずかとあった。話が違う。御破算《ごはさん》にし、改めて願書を提出してほしい、とあった。

確かに手続き仕法を問い合わせた節には、地価を知るため試しに猫の額《ひたい》ほど売ってみよう、というつもりであった。御林奉行を騙《だま》す意図は、さらさらない。

しかし、話は川路が予期せぬ方に流れていった。闕所物奉行の耳に入れたのは御林奉行だろうが、所司代から川路に問い合わせが来たのは意外だった。川路は京に赴いて説明した。所司代は、京都・伏見・奈良の三奉行を監督する所で、かつ、近畿地方の訴訟をつかさどった。こんな小さな事に、首を突っ込む役所ではないのである。

大目付が動いたな、川路は直感した。

こいつは、面白い。何か、ある。大芝居が始まりそうだ。

「そういう次第で」と所司代が川路を諭《さと》した。

「売買については沙汰があるまで中止せよ」

「承引《しょういん》いたしそろ」川路は平伏した。

以上のいきさつを、羽田に語った。むろん、川路の推測部分はしゃべらない。

「体をこわすまで骨を折っていただいたが、この件は当分塩漬けだ」

「残念でございます」羽田が、残念がった。

「古根村の連中には申しわけないことをした。蒲焼をご馳走すると触れておいて、匂いどころか鰻が捕まらなかった、この話は無かったことにしてくれ、というようなものだ。奉行が嘘をついてはいかんよ」

「まだ決まったわけではないのですから、古根村への謝罪は先延ばしされてはいかがですか?」

「いや、それはいけない。所司代の沙汰によっては、話が変わるし変えなくてはいけないだろう。その時の変更の方が影響が大きい。第一、御破算にしないと所司代や御林奉行の面目を潰すことになる」

「わかりました」羽田が、うなずいた。

「私も手を引きます。再び着手する時が参りましたら、是非、改めて私をご指名下さいまし。

喜んで、お力になります」

「かたじけない。たぶん、この話はこれで終らないはずだ。御公儀が、ちらとだが動いたしね」

「山林は奉行所の財産目録に載せられておりますよね？　御公儀といえども口出しはできないはずですが？」

「二十万坪が目をひいたかねえ」

「吉野へ行けば、道ばたに転がっている大きさでしょう」

「そりゃまあ、そうだが」

「お奉行」羽田が居ずまいを正した。

「医師は私の病気を何と見立てておられたでしょうか？」

「瘧《おこり》だろう、と診断した」

「確かに間欠熱に悩まされましたが、症状は瘧に違いないですけど、私は毒にあてられたのではないかと」

「毒に？」

川路は羽田を注視した。

「まっ黒い蚊の大群に刺されました」

「それが瘧の張本《ちょうほん》だろう」

「あの蚊は人の手で育てられたものではないか、と」

「どの蚊だ？」

「私を襲った黒煙の一群です」

「なぜそのように思う」

「ちょいとした湿地帯です。自然にできた湿地というより造成したような」

「もう少し詳しく説明してくれ」

「藪を払いながら歩いていましたら、急にぬかるみに足をとられたのです。あわてて手に当った木の枝をつかみました。足がずぶずぶと沈んでいきます。腐蝕土です。いやな臭いがしました。その時、わっと目の前に黒煙が立ちました」

「古沼ではないのだな？」

「たぶん、昔、その辺に大木があり、雷が落ちたのではないでしょうか。深い穴ができて、そこに雨水が溜まった、それだと思います。山中によくある底無しの穴。落ち葉が重なって落し穴を作っている」

「うん。木曽の山中にもあった。あれは、怖い」

川路は十一年前の三十八歳の時、江戸城西の丸の普請《ふしん》御用を仰せつかった。三月に西の丸が焼失したのである。四月十一日に、用材伐採監督として木曽に出張を命ぜられた。二十二日に、出立した。

その三日前に、さとと華燭《かしょく》の典を挙げたのである。まことに、あわただしい日々であった。江戸に戻ったのは、七月十一日である。

今でも川路はさとと茶を飲みながら、「お前は三日花嫁だったな」とからかうのである。三日間新婚の喜びを味わっただけで、木曽の山中深くにこもり、木こりたちと生活を共にした。三カ月ぶりに会うさとは、もはや、ういういしさの抜けた、すっかり家事に慣れ、大所帯の切り回し巧みな若奥様であった。つまり花嫁気分のさとは、三日しか無かったわけである。川路は下條有之助《しもじょうありのすけ》夫妻にその話をし、お前さんたちは幸せだよ、とひやかした。さとが傍から、「この人、損した損した、とぼやくんですよ」と笑った。

「人生には、あとで埋め合わせのできない時間というのがあるからね」川路が真面目な顔で述懐した。

木曽では樹木について実地に勉強した。木こりや木挽《こびき》や筏《いかだ》師と仲よくなって、彼らの家業の裏表をのぞくことができたことは、何かと為になった。

二十万坪の山林売買に手をつけてみようと思い立ったのは、こと山林に関しては、業者に踊らされないぞ、という自負があったからかも知れない。

「何とか蚊の襲来から逃れました」羽田が話していた。

「ずいぶん刺されました。獰猛《どうもう》な奴らで、手甲脚絆《てっこうきゃはん》の上から、容赦《ようしゃ》なく攻撃するのです。ふと、気がついたら、両手に木の枝をしっかと握っていました。底無し沼に引きずりこまれまいと、必死につかんだ枝です」

「命の恩人だな」

「何の木の枝だと思われます?」

「そうさな」考えこんだ。

「山の湿地に生える木か」

「湿地に捉われない方が、よろしゅうございます」

「榛《はん》の木かい?　はさ木ともいうな。田の畦《あぜ》に植えて、刈った稲穂を干す」

「榛の木じゃなかったです。市郎兵衛《いちろべえ》殺しです」

「なんと。毒うつぎか」

猛毒の木である。夏、赤い実がなる。実は熟すと紫黒色になる。甘いので、子どもが口に入れたがるが、まず命を奪《と》られる。毒は実だけでなく、枝葉にもある。

ぶっそうな木なので、どこの藩でも採集を禁じ、発見次第、根絶やしにすることを命じている。

「ぞっとして、見回しましたら、その辺一帯、市郎兵衛殺しの林なのです」

「何と」

「自生とは思えません。何者かが、ひそかに栽培しているのでないかと」

「調べてみよう」川路はとりあえず羽田に口止めをした。

その晩、養父の光房《みつふさ》を隠居所に訪ねた。光房を介して永原村の百姓、直三《なおぞう》に連絡をとるためである。奉行の身の川路が直接、直三を呼ぶわけにはいかない。あらぬ噂が立ち、直三に迷惑をかけるからである。

妙《たえ》

興福寺東金堂を見学し、弘法大師が植えたという花の松という、大きな老松の前を猿沢池の方に、ゆるゆると下りていった妙《たえ》は、五重塔に寄りたかったが、父親との待ち合わせの時間が近いことを覚えた。それで足を速めた。

いわゆる「五十二段」の石段の、一番下段が、父親と約束した待ち合わせ場所である。見下ろしたが、父親らしい姿は見当たらぬ。妙は、ホッとした。

その時、池のほとりから聞き覚えのある、若い男の声が、風に乗って強く弱く流れてきた。

「後生《ごしょう》ですから助けて下さいよ」男は情けない口調で哀願していた。

男のまわりに、四、五人ほど客がいる。

妙は石段を下り、そちらに歩いて行った。

「先日の放生会《ほうじょうえ》に、この亀だけ残されてしまったんです。あたしはこれから国に帰らなくてはならない。旅費がいる。ひとつ浦島太郎になったつもりで、この亀の命を買って下さい。亀を放せば、功徳《くどく》になる。お願いしますよ」

放生会、というのは、八月十五日に神社や仏寺で行われる儀式で、捕えた生き物を山野や池や川に放ちやる。殺生戒《せっしょうかい》を守る日で、当日は魚鳥肉を食べない。放生会は、昨日のことだった。客たちはニヤニヤ笑いながら、若い男のまわりを離れた。奈良を見物に来た、近在の者たちらしい。

妙はまっすぐ男の元に歩いていった。

「公平《こうへい》さん」

声をかけると、ギョッとした顔で振り返った。

「あれ？　妙さん、どうして、こんな所に？」

「こっちが聞きたいわよ」

エヘへ、と公平が照れ笑いした。

「その亀、どこで捕まえたのさ？」

「捕まえたのじゃなく買ったんだ。放生会で稼ぐつもりで仕入れたんだが、この池は魚以外は放流はだめだと怒られてしまった。亀はどこでもお断りで、弱っちまった」

「だって放生会は終ったじゃない？」

「それはいいんだ。寺参りの客の慈悲にすがる商いなんだ。一年中、できる。ほら？」と亀を入れた盥《たらい》の横の立て札を示した。

『浦島太郎になりませんか』

「亀は一匹？　それが売れたらどうするの？」

「亀は看板だよ。こいつの代わりに目高《めだか》を一匹、放流するんだ」と足元の小桶を見せた。

「詐欺じゃないの？」

「だからこの池の説明をして、客に納得してもらうんだ」

「まともな商売じゃないね」

「人には喜ばれるよ」

池畔を歩いてきた年寄りが立ちどまり、盥をのぞいたと思うと、「お慈悲だよ」そう言って、公平の膝に一文銭を二枚載せた。

「ありがとうございます」公平が礼を述べ、立ち上がって小桶から目高を一匹すくった。両の掌を器《うつわ》にして、急いで池に向かい、しゃがんで、そっと水に放した。客の老人が満足げにうなずいた。

「後生安楽、極楽往生」公平が合掌した。

老人が去ると、ほらね、というような目でものを言った。

采女《うねめ》の社の方から、十二、三人の団体客が、「堂社案内」に引率されてやってきた。案内するのは、三十前後の女である。

猿沢池のふちで立ち止まり、声高らかに説明を始めた。

「この池は東西五十間、南北四十間、周囲百八十六間でございます」

「奈良へ出てきて、最初にあの仕事についたんだ。堂社案内」公平が妙に言った。

「おれ、頭がよくないから、地名が覚えられなくて、向かなかった」

「深いところで一丈あります。猿沢池を、ひとことで申しますと、澄まず濁らず、出ず入らず、蛙《かわず》湧かずに藻生《もは》えず、魚三分に水七分。こうでございます」

女を先頭に団体客が、こちらにやってきた。女は、「熊野講」の手旗を持っている。

公平の背後を通りすぎる時、「あとで寄んなよ」と声をかけた。そして凄い目つきで妙を一瞥《いちべつ》した。

彼らは「五十二段」を上がっていった。

「あれはね堂社案内の頭取《とうどり》」公平が言った。

「頭取って、親方？」妙は驚いた。

「そう。女親分。怒らすと恐いよ」

「おお、こわ」妙は大げさに肩をすくめた。

「ところで今回は何の用事で出てきたの？」

公平が聞いた。

「お父っつぁんが炭問屋に話があるといって、ついでに都を見物させてくれるって」

「いいなあ。今夜は泊りかい？」

「お父っつぁんの行きつけの宿に」

「明日おれが都を案内してやるよ」

「地名も知らぬ人に任せられないでしょ」

「有名な所は頭に入っているさ」

「頭取ににらまれるから願い下げ」

「頭取はあれでいい人だよ」

「あんたには、でしょ。あっ、お父っつぁんだ」

「五十二段」の上から、手を振っている。妙は公平にいとまを告げた。

「あしたもこの場所にいるよ」公平が急いで言った。「是非おいでよ」


お父っつぁんには連れがいた。妙は初めて会う人に、丁寧《ていねい》に挨拶をした。

「おう、おう。美しい娘さんだねえ」目を細めた。

奈良奉行・川路聖謨《かわじとしあきら》の養父・光房《みつふさ》である。

「お前さんにこんな年頃の娘さんがいたとはなあ」

「あたしには過ぎた子ですワ」

「違いねえ。とんびが鷹、と言っちゃあ悪いか。こりゃ娘さんの形容じゃあないわな。掃溜《はきだめ》に鶴。おっと、お前さんが掃溜ではいかに何でもな、許せよ」

「もうはや慣れっこでさあ」

「それじゃおいらは口の悪い爺いじゃないか」

「おや、違いましたっけ？」

「直三《なおぞう》には、かなわねえ」

二人は声を立てて笑った。妙もお愛想笑いをした。

永原《ながはら》村の百姓、直三である。

「ささ、ここは暑くていけない」光房が二人をうながした。「屋根の下に入ろう」

春日大社の一の鳥居に向かって、足を速めた。

鳥居の手前を右に折れ、宝池の方に行く。池のそばには茶屋が並んでいる。どこも客で混んでいる。

「確か宝亭《たからてい》といったな」光房が見回した。

その茶屋は、すぐに見つかった。中之島の入口の二階家である。一階が物見遊山《ものみゆさん》の客相手のお休み処《どころ》で、階上がいくつかの小部屋を供えた割烹《かっぽう》店になっていた。おそらく元は料理旅館だったのに違いない。

光房が予約してある旨告げると、承っておりますとただちに通じた。二階に案内される。

宝池に面した部屋には、聖謨の次男・市三郎《いちさぶろう》が待っていた。あわてて正座し直して、三人を迎える。

「いや、待たせた。腹がへったろう」光房が女中に品書きを要求する。

「あの、私はたった今お先にすませました」

市三郎が、妙に目を走らせながら、断った。

「なに、すんだ。そうか」

うなずいて、「こちらは」と親娘を示した。

「存じております。直三さんですよね?」

川路奉行の信頼を得ている直三で、市三郎も会っている。

「こちらが」

「娘の妙です」直三が引き取った。

市三郎が神妙に辞儀をした。

「おいくつでしたっけ?」光房が妙に聞く。

「十七です」妙が恥じらった。

「では私は失礼します」市三郎が座を立った。

「帰るのか」光房がやるせない顔をした。

「はい。筆屋に御用がありまして」

「いやご苦労だった。お蔭で席が確保できた」

市三郎が再び妙をさらりと見て、廊下に出た。

障子が開け放してある。窓の下は一面の蓮である。池には風があるらしく、時々、笑ったように蓮の葉が白く裏返る。その風が気持ちよく部屋の中を吹き抜ける。隣室は法事用の大部屋で、無人だった。

女中が麦湯と品書きを持ってきた。

「やっこさん、何を食べた?」と光房。

「やっこさん?」女中が首をかしげた。

「いやさ、今し方、食い逃げした若者だよ」

ああ、と微笑して、「紫蘇《しそ》めしを」

「洒落《しゃれ》た物を取ったな。私はまず人肌の燗《かん》をつけておくれ。これは客人の分と二本。肴《さかな》はやっこ」

「やっこさん」女中が笑った。

「さんはいらぬ」光房が直三に品書きを渡す。

「今日は私の奢《おご》りだ。遠慮なく食べたい物を頼んでくれ」

「二人ですから、悪いですよ」

「その代わりむずかしい頼み事が控えているという寸法さ」

直三はとろろ飯を、妙は奈良茶めしを注文した。

「姉さん、この山薬巻というのは一体何かね？　第一これ何と読むんだい？」

「さんよけん、といいます。大和芋をすりおろし葛粉を入れ団子にして、油で揚げたものです」

「聞くからにおいしそうじゃないか。そいつを三人前と、味噌田楽《でんがく》をこれも頭分もらおうか」

女中が復誦した。

「と、やっこさん。以上ですね？」

「さんはいらないよ」光房が笑った。

女中が下がると、直三がまず妙の身の上話をした。彼女は直三の本当の娘ではない。三十一歳の直三には、二人の息子がいるが、まだ五歳と三歳の幼児である。

妙は身寄り頼りの無い娘で、先頃、直三が引き取ったのだった。

年賀

奈良奉行・川路聖謨は蚊屋《かや》の中で書き物をしている。日記に、こうある（『寧府紀事』）。

「今日八十九度の暑《あつさなり》也。奈良は殊に蚊多し。江戸の下谷《したや》くらいなるべし。上方のほろかやは角《かく》也。夫《それ》にならひて大成《だいなる》ほろかやを造る。昨日より書をよむに蚊の患《わずら》ひ更になし」

その次の記述が、面白い。

「昔の左衛門尉ならば大はだぬぎにもなるべけれども、十年来、夏寝るまで帷子《かたびら》に襦袢を下に着用し袴をも着るなれば夫《それ》はいたさねども、裸に成居《なりい》てもよき也。勿論《もちろん》夜四ツを限りに急度《きっと》寝るつもり也。良き品ありとて深更までは書物も読まぬといふ固き約束也」

この約束は奥方のさとと交わしたのであろう。良き品は、すばらしい内容の本である。夜四ツは、午後十時頃。

面白いといったのは本の事でなく、「昔の左衛門尉」である。テレビや映画でおなじみの、「遠山の金さん」のことである。遠山左衛門尉景元。通称、金四郎。このころ江戸南町奉行を務めていた。

映画では、お白洲で悪人どもを前に、金さんが肌脱ぎになって小気味よい啖呵を切る。あれは映画や芝居の世界と思っていたら、本当だったんですね。「大肌脱ぎ」は、片肌脱ぎに対して、もろ肌（上半身）を脱ぐことです。金さんの肌には、手紙をくわえた女の生首の彫物が、あざやかに彫られていたといいます。本当だったんですね。金さんは若い頃、無頼の徒にまじって暴れまわっていたらしい。お白洲で見得を切ったのは間違いないようだ。奉行仲間の川路がかく証言するのですから。

ところで当時の日記に、こんなことが書いてある。

家来の俊蔵に、四歳の娘がいる。京のみやげに俊蔵が玩具の三味線を買ってきた。娘は大喜び、玩具を離さない。折々指で皮を叩《たた》く真似をするので、三味線というものは、こうして横に抱えて糸をはじくものですよ、と母のそめが教えると、娘がこう言った。

「お母さま、鳴物停止《なりものちょうじ》中でも構わないの？」

六日前に一橋殿（ご三卿の一）ご逝去により鳴物（歌舞音楽）停止の報が、京都所司代よりもたらされたのである。

「俊蔵方の少女怜悧《れいり》驚《おどろく》こと多し」（怜悧は、利口）

たとえば、呉服屋が単物《ひとえもの》の生地を持って来た。女たちがあれこれ品選びをしていると、少女も大人にまじって同じことを言う。さとが面白がって、私や殿様（川路）の着類を代わりにみつくろっておくれ、と言ったら、これは誰々に似合う、これは誰さんに合う、と川路夫婦、ご隠居の他、下女らに至るまで、そこに居合わせた全員の色や柄を、てきぱきと選り分けた。縞も小紋も、すべて年齢と人に相応するので、一同、舌を巻いてしまった。

四歳の子のすることとは、とても思えぬ。

きれい好きで、おとなしい性格の女児である。癇症《かんしょう》を六七歳頃から十二三までの間に発せぬように、十分気をつけなくてはいけない。よって何も教えるな、とささとから俊蔵夫婦に、川路は注意をさせた。

別の日、「俊蔵かたの少女此ごろはいろいろ口をききならいて腹を抱えること多し」

厩《うまや》から戻って言うには、父上の「ちんこ」を時々見るけど、死んでいるみたい。馬のそれは生きて動くよ。不思議だな。

若い家来の誠一には、こう言ったそうだ。「誠さんのちんこは父上ほどある。不思議だな」

「誠一顔朱の如くなりしとのはなし也《なり》」

この「怜悧」な少女については、今後もたびたび語る折があろう。

とりあえずは、川路の書き物である。

蚊屋の中で一人、熱心に何を書いているかというと、正月以来、折に触れ詠んだ自分の歌を整理している。夏になると、過去を振り返りたくなるのだ。

たぶん、暑さで身も心もだらけきってしまうせいかと思う。心を引き締めるため、日記を読み返し、歌だけを抜き書きする。初心にかえるという意味あいもあるが、はっきり言えば暑さしのぎである。冬や春の季節に思いをいたすことで、暑さをしばし忘れるのである。

「初春のあした隈《くま》なき心もて千世《ちよ》ものどかに年を重ねむ」

「月と日を仇《あだ》にはせしと立帰る春の初めにまず心せむ」

「日々《にちにち》に新《あらた》になして新玉《あらたま》の年の初めの心忘れじ」

今年の元旦に詠んだ歌である。

「磯千鳥八千代呼ぶ間に明けそめてみなもと霞む佐保の川づら」

「天の下常盤《したときわ》かきわの三笠山松も万代《よろづよ》呼ばう春風」

「今日よりは袖振りはえて春日野の雪解けの沢に若菜摘むらむ」

「立帰る年の印も浅緑若くさ山に春風ぞ吹く」

「門にかかる松と竹とに豊年《とよとし》のしるしを見せて晴れし白雪」

歌を詠んでいると、用人の間笠平八《まがさへいはち》が、揃いましてございます、と呼びに来た。大書院に出る。与力同心の年始礼を受けるのである。終ると三の間に出る。ここでは立ちながら郷同心の礼を受ける。再び大書院に戻り、惣年寄や町代の礼を受ける。

そのあと、御役屋敷に帰り、家来や奉公人の挨拶を受け、最後に家族一同と祝詞を交わす。午後は表の居間に簾《すだれ》をかけ、簾の内から家来や家族で万歳を見物する。万歳は四人で立ちながら鼓を打ちつつ歌う。家来たちは礼服の熨斗目《のしめ》を着用し、正座である。

二日は午前九時に供揃いして、東大寺と春日大社に参り、新春の賀を申し上げる。川路は大紋《だいもん》を着服し、風折烏帽子《かざおりえぼし》の姿である。白銀一枚を奉納する。その足で大乗院と一乗院に参り、年賀の挨拶をする。一年の邪気を払うという大服茶《おおぶくちゃ》をいただく。薄茶に梅干と昆布が入っている。大福茶とも書く。

三日は、奈良町人の礼を受ける。小書院と大書院の両方で受ける。近くの村名主たちは後者で、独礼あり惣礼ありいろいろである。百姓たちは縁で受けた。

夜は謡初《うたいぞめ》の式がある。表居間、二の間、三の間まで燭台をつらねる。川路は熨斗目で刀持ちを連れ、居間正面に座る。用人や給人は二の間に座る。奉行所出入りの能役者、金春《こんぱる》清之丞が、弓八幡を謡う。次に、老松を謡う。

太夫に麻上下一具、金百疋《ぴき》、酒肴吸物などを用人が遣わす。

四日は奈良市中の寺社の礼を受ける日である。五日六日は、遠方の寺社、七日は儒者たち、八日は医師、九日は神主と連日続く。

十日は久しぶりに家族団欒である。十一日は具足祝いで、与力同心、惣年寄、町代の者、門番に至るまで総勢七、八十人にご馳走と酒を饗する。公費でなく、川路の奢りである。

十二日は所司代に年始のため、朝五時に京に向かった。用人の間笠に徒《かち》が三人、川路は駕籠に乗る。奈良町のはずれまで同心数人が先払いをする。

所司代への時候挨拶は年に数回あるが（ご機嫌伺いと称する）、川路がじきじきに出ると、費用がおよそ十二両かかる。これではたまらぬので、三度に一度は風邪ということにして、用人を代理にする。それでも三両かかる。

京までは十一里である。木津川の堤の上で、雲雀《ひばり》を聞いた。

「月も日も旅とし聞けば揚げひばり雲井に春を知らせてぞ啼く」

鶯も聞いた。初音《はつね》である。

「うぐいすの初声すなり雲雀にや驚ろかされて春を知りけむ」

京都は、雪がちらついていた。北山や比叡《ひえ》はかなり積もっている。奈良より寒かった。

「あな寒し比叡北山の雪深み花の都は霞だに無し」

この日は宿に入り、翌日、熨斗目麻上下で所司代に上がった。所司代は寺社の年賀を受ける日であったが、本人は風邪で行事は取りやめとのこと、応対に出た家老が気の毒そうに川路に言いわけをした。

「奈良でも風邪が流行《はや》っております」川路がまじめな顔で慰めた。

「何とぞお大事に願います」

翌日は伏見に足を伸ばした。伏見奉行に年礼をする。夕刻、奈良に戻った。

所司代への賀礼は、普通のご機嫌伺いより、はるかに物入りである。所司代や伏見奉行の中間たちに、それぞれまとめて一両二分のご祝儀を渡す。これを「下馬金《げばがね》」という。長崎奉行の下馬金は、聞くところによると三両という。下馬金は普段は半額である。一両二分は正月相場ということになる。

十五日、与力同心から月並の礼を受ける。この日からいつもの日常に戻るわけだ。

歌を抜き書きしながら、川路は忙しい正月であった、よく乗り切ったものだ、と我ながら感心した。

これからは「余儀なく風邪」も、時に必要だと思った。

「冬ごもり今は春辺の永き日に盛り久しく咲くやこの花」

「こもりくの初瀬の春のいにしえを今も匂いて咲くやこの花」

梅である。

「いにしえは八重と聞きしが衰えて花も名のみの奈良のふるさと」

これは桜。

「高円《たかまど》の山の滝にや洗うらし雲井に仰ぐ奈良の御仏《みほとけ》」

四月八日の灌仏会《かんぶつえ》である。

「裏おもてほどは変わらず奈良の里この手柏《がしわ》に包む餅いい」

奈良では柏餅はこの手柏の葉を用いる。この手柏の葉は、裏おもての見分けがつけにくい。

「夢の間《ま》に花ももみじも変わるかな契違《ちぎりたが》わぬ松ぞ友なる」

千古不易の松でありたい。

抜け歯

自分の日記の中から、正月以来おりおりに詠《よ》んだ歌だけを抜き出し、半紙に清書している奈良奉行・川路聖謨は、魂祭《たままつ》りの歌を記し終って、しばし感慨にふけった。

「魂祭り袖ぬらせしといい越せしわが子祭りて袖ぬらすかな」

長男の彰常《あきつね》が急死して、四年になる。

魂祭りは、盂蘭盆会《うらぼんえ》である。江戸の老母が彰常の魂祭りを行ったが悲しかった、と手紙で言ってきた。これまで一度もそういう言葉を遣《つか》ったことがなかった。それだけに、川路は例年になく、こたえた。

気が高ぶっているところに、次男の市三郎がしゃあしゃあと嘘をついたので、情けなくなって思わず落涙した。

市三郎には日課として、一日三十枚の論語の書写を命じている。捗《はかど》っているか、と訊《き》くと、順調ですと答えた。

昨日書いた分を見せてみよ、と言うと、あわてている。持参した枚数を数えさせると、二十三枚だった。

川路は叱った。死んだ彰常は七、八歳の頃から、少しも嘘を言わなかった。お前は大人なのに、彰常が七つ八つの時に及ばない。川路家も衰えたもんだ、と吐き捨てたとたん、七、八歳の彰常の姿をまざまざと思いだし、涙声になった。傍にいたさとも、もらい泣きする。市三郎も目に涙を浮かべた。

皆、平常心ではない。魂祭り特有の感情だろう。どうしても死者に左右されてしまう。

さとに、こんな歌を詠んだ、と披露した。

「魂祭り今年はことに我が袖に置きまさりたる秋の白露」

ここ数日、ひんやりとした陽気であった。妻を恋う鹿の声が、昼夜、絶えない。

「あら？　わたくしも同じような歌を詠みました」

さとが、ゆっくりと口ずさんだ。

「たまつる夕《ゆうべ》の袖に置く露の今年はいとど数ぞいにけり」

いとどは、いっそう、更に、の意である。

この他にも四首詠んだと、すらすらと暗誦した。その上、鹿を題材にした自作を、六首ほどついでに披露に及んだ。

「よく覚えているものだな」

川路は感心すると同時に、あきれた。急に、むらむらと腹が立ってきた。

「近頃は絵を眺めても疲れる、と言ったではないか。歌を詠むのはよいが、記憶にとどめるというのは、いかがなものか。無用な神経を使い、体に悪い。頭を休めるようにしなさい」

「お気遣いはいりませんよ」さとが微笑した。

「疲れてしまった絵というのは、義理で見せられた絵なのです。ほめなくてはいけないので、ほめまくったあげくが、がっくりしてしまったのです。見えすいた自分に、愛想が尽きたのです。こんな時の疲労が、どんなにきついものか、あなただってご存じのはずですよ」

「確かに義理くらい疲れるものはない」川路はうなずいた。

さとが精霊《しょうりょう》棚から菓子を下げてきた。

「彰常の御物《おもの》、いっしょにいただきましょう」

葛饅頭である。ちょうど二個ある。

「お茶を入れます」

「冷《れい》茶でよい」

ひと口含んだら、急に頭のほとぼりがさめた。何を興奮しているのだろう。さとが葛饅頭を届けて来た者の話をした。川路は相槌を打ちながら、自分とさとの心にいる彰常は、同じ彰常でありながら全く異なる彰常なのだ、とそんなことを考えていた。

それも当然なのである。彰常の父はまぎれもなく自分だが、さとは実の母親ではない。

彰常は二番目の妻やすの子であった。最初の妻えつは、結婚して二年足らずで病死した。子どもは無かった。

やすは彰常と市三郎、そして、けい（のち邦子と改名）とのぶの二人の女児を生んだが、川路が出世するにつれ、次第に権高《けんだか》な態度になり、使用人をどなりつけたりした。わがままが目に余り、どうにも手がつけられなくなった。やむなく離縁した。

三番目の妻は、かねという。かねは、おとなしすぎて人に指図ができなかった。武家の妻として、家内の取締りが不行届《ふゆきとど》きではこまるのである。これまた別れることになった。

さとは四人目の妻である。彼女は四人の子を、実の子のように育ててくれた。

さとが川路家に入籍した時、彰常は十三歳であった。病死したのが、わずか二十一歳である。

さとが賢妻とはいえ、腹を痛めぬ子の死は、実の子の死とは感じ方が多分に違うだろう。他《ひ》人事《とごと》のように思えやしないか。

川路がいらつくのも、さとにはとうてい自分の気持ちが理解できないだろう、と思えるからである。自分と同じ感情を有していないのが、もどかしいのである。

口の中で、小さな音がした。葛饅頭のかけらを左の掌に吐きだした。

「何ですか？」さとが、けげんそうな顔をした。

「小石かも知れん」

立って縁側に出た。

「あら、いやなこと」

川路は掌の葛のかけらを、日に透《す》かすように眺めた。更に右の指先で潰した。

すると、何か固い物に触れた。葛の固まりをよけると、現れたのは歯であった。

よくない物を見つけたように、ドキドキした。あわてて懐紙を取りだし、固まりを押し包んだ。小さく畳んで、懐に収めた。

「何でした？」

「うん。やはり石ころだった」

「いやですねえ」眉をひそめた。「もらい物ですから、どこの菓子屋かわかりません。下さったかたに聞くわけにもまいりませんし」

「魂祭りだ。波風を立てるのはよそう」

何食わぬ顔をして、川路は舌先で口中を探った。下の歯の奥の方に、隙間を探り当てた。どうやら自然に歯が抜けたらしい。

葛饅頭を食べていて抜けるなんて。川路は笑みをこぼした。

豆腐に頭をぶつけて死んじまいな、という江戸っ子のへらず口がある。葛は豆腐と同じ歯ごたえの、柔らかなものである。その葛をかじって歯が取れるなんて。

川路は含み笑いをした。

「何ですか？」さとが振り向いた。

「何でもない。さきほどは悪かったな」素直に謝った。

「どうかしていた。つまらぬことにケチをつけたりして。気を悪くしないでくれ」

「ご心配なく。それよりお口直しに、甘酒を温めさせましょう」

「いや、いい」

冷茶を飲んだ。別に、染《し》みることもない。

「お代わりを持ってまいります」さとが立った。

川路は再び縁側に出て、先ほどの懐紙を開いた。やはり、歯であった。虫歯でもないのに自然に抜けることがあるんだ。

歯が抜ける夢は凶夢である、といわれる。夢でなくて実際に抜けたのだが、縁起のよくないことだろう。そう思ったので、さとに内緒にしたのである。

だが、魂祭りの日とは、亡き彰常の何ぞの知らせであるまいか。

突然、思いだした。

彰常が七、八歳の時、歯が抜けたと言って、母親のやすに見せに来た。

「上の歯が抜けたのか、それとも下の歯か？」

やすが訊くと、下の歯だと口を開いて見せた。

「下の歯なら屋根に上げなくては」とやすが言った。

「上の歯なら縁の下に入れるのだが、上だと屋根と昔から決まっている。鍬《くわ》五《ご》郎《ろう》にできるか？」

鍬五郎は、彰常の幼名である。

「できる」

「ではこう唱えて上げなさい。いいかい、屋根神さま、屋根神さま。新しい丈夫な歯と替えておくれ。古い歯は屋根神さまにご奉納。言う通りに唱えてごらん」

彰常は言いよどむことなく、正確に復唱した。

「さあ、上げておいで」

やすは女中たちに指図をしながら、彰常の報告を待った。

ところが、一向に来ない。心配になったやすは女中に見に行かせた。女中は血相を変えて、すぐに戻ってきた。彰常は屋根にいると言う。やすは走っていった。

どうしたのか、と問うと、歯を置くために屋根に上がったと答える。お前が上がるのでなく、歯を下からほうるのだ、と教えると、泣きべそをかいた。苦労してよじ登ったが、下りられなくなったのである。

仕事師を頼んで無事に下ろしてもらったが、冷や汗をかきました、とやすが川路に語った。「お前の言い方が、言葉足らずだったのだ」とたしなめると、やすが気色ばんだ。

「屋根に上げよ、と言うのに、自分が上がるなんて、おろか者のやることです」

「わが子ではないか。愚かなのは、お前の方だ」

やすはすっかりつむじを曲げてしまった。

思えばあの頃から夫婦の間に、細くひび割れが入っていたのかも知れない。いつの間にか、ひびが大きくひろがってきたのだろう。

(ところで、この自分の歯の始末だ)川路は、ひとりごちた。

(この年で屋根にほうり上げるわけにいくまい。江戸に戻るまで大切に保存しよう。江戸のわが屋敷の、しかるべき場所に供養してやろう)

影占い

奈良奉行・川路聖謨は、前兆らしきものを全く覚えなかった。

それは突然、起こった。

危く、死ぬところだった。

のちになって川路は、何度も思い返した。死の兆候を、うっかり、見逃していたのかも知れぬ。一つ一つの出来事を丹念に点検した。

その朝、起きぬけに、泉水の傍らで木刀の素振りをした。長いこと使ったあと、湯殿に行って、昨夜の残り湯を二杯、肩から浴びて汗を流した。

いつものように、さとと朝食をすませた。別に、変わったことはない。飯は二膳である。給仕は腰元使いの若狭《わかさ》という娘である。

「けさはばかに早起きでしたね」とさとが思いだしたように、川路に言った。

「寝足りたとみえて、夜が明けないのに目が冴《さ》えてしまった。無理に眠ろうとするのも馬鹿らしいので、いっそ起きてしまった。庭に出たのさ」

「何の御用事か、と案じていました。急いでいるご様子でしたから」

「なに、平八の言葉を思いだしたのさ。ほら、蓮《はす》の花が開く時、ポン、と鼓《つつみ》を打つような音がすると言ったろう?」

「どなたに尋ねても、実際に聞いた者がいない、とおっしゃいましたね」

「平八は嘘じゃないと言い張る。よし、確かめてやろう、と急に思い立ったのさ」

「お聞きになりました?」

「耳をすませたが、わからぬ。そのうち夜が明けきった。平八の言うには夜明けに開くそうだが、池の方を向いて素振りをしつつ待ったのだ」

「見たのですか？」

「気がついたら、水際に一つ、白く開いていた。咲く瞬間は、見逃した。音は、わからなかった」

「惜しいことをしましたね」

「木刀が風を切る音に消されたのかも知れん。素振りをしないで、じっと眺めていればよかったのだが、何もしないでいるというのは辛いもので、つい、体を動かしてしまった。貧乏性というものだな」

　茶を入れていた若狭が吹きだした。

「ごめんなさい。昨年の影占いを思いだしてしまったのです」とあやまった。

「ああ、影占い」さとが微笑した。「あれも考えれば、蓮の音と同じように、誰も確かめたことのないうわさですよ」

　盆の十五日の夜、蓮池の蓮の葉がほしい、何枚かいただけませんか、と四阿《あずまや》で夕涼みをしていた川路に、若狭ら女たち四、五人が頼みこんできた。川路は、たぶん精霊棚《しょうりょうだな》に用いるのだろう、と合点し、そこにいた市三郎に摘んでこい、と命じた。

市三郎が岸にある大きな葉を、中腰になって手繰り寄せ、苦労して折り取った。女たちが歓声をあげ、おのおの一枚を選んだ。そして各自おのが頭に載せて、互いに相手を指さしあって喜んでいる。

「河童《かっぱ》の真似か?」市三郎が問うと、それには答えず、礼を述べて走り去った。

「河童遊びでもするのでしょうか?」市三郎が川路に言った。

「河童遊びとはどういうものだ?」

「相手のお尻をねらうのではありませんか」

「鬼ごっこのようなものか」

「いい月夜ですからねえ」

川路たちは知らなかったが、若狭らは人目の無い場所を探して、そこでまっ裸になり、頭に市三郎から渡された蓮の葉をかぶり、手には迎え火や送り火を焚く長い苧殻《おがら》を一本持って、黙って月光を浴びていた。

真剣なまなざしで、地べたに映る自分の影法師を見つめている。

長いこと観察していたが、やがて、一人が「何よ、皆、同じ色の影じゃない?」と声を発した。とたんに黙《だんま》りの術が解けたように、「本当、あんたと私と寸分違わんね」「ということは、私ら長生きというわけじゃない？」「そうよ」「よかったねえ」口々にさえずっているところに、さとが何事かと怪しんで顔を出したのである。

まず、女たちが、あられもない姿であるのに胆を潰した。わけを聞いて、さとは爆笑した。

女の一人が出入りの商人から、奈良には影占いの風習がある、と聞いたのである。盆の十五夜の月におのが裸身をさらし、そこに映った影で寿命を占う。濃い影は生命が長く、薄い影は短い。昔から言い伝えられている、と教えられ、傍輩に試してみようではないか、と持ちかけたのである。

「それでどうだった？」さとがうながすと、「一人残らず長寿と出ました」若狭がしたりげに答えた。

さとは再び腹を抱えた。

「ばかだねえ。お前たちは商人にからかわれたんですよ。人によって影に濃淡が出るはずがないじゃありませんか。蓮の葉や苧殻に、何の意味がありますか？　ほら、その辺から商人がのぞいていますよ」

キャア、と女たちがあわてて前をおおいながら、しゃがみこんだ。さとが腹をよじった。

昨年のことを思いだし笑いをしながら、

「全くあなたたちは」と若狭に言った。「もしかしたら、商人にでたらめを吹きこまれたのは、あなたじゃないの？」

「奥様、わたくしではありません」まじめな顔で否《いな》やを申した。「でも、すっかり信じてしまいました」

「河童に化かされたのだろう」川路が笑った。

「蓮の葉を奪《と》られた腹いせさ。若狭、尻子玉《しりこだま》は抜かれやしなかったか？」

「抜かれませんでした」まじめに答えた。

「抜かれると腑抜けになるというからな。ならなくてよかった」

「あのう……尻子玉って、何ですか？」急にけげんな顔をした。

川路とさとは大笑いした。

朝から明朗であったのである。不吉なことは何もなかった。

出勤の支度をし、忘れ物に気がついて、さとの部屋に赴《おもむ》いたら、香を薫《た》いている。それがすさまじい強烈な香りである。

「どうした？　胸持《むなも》ち悪くなる」

さとが苦笑した。

「市三郎がおならをしたのです」

「臭い消しにしても、少し過ぎやしないか。香気も度を越すと悪臭だ。市三郎の屁と変わらん」

「これからお医者が参るのです。わたくしが放ったと疑られます」

「どの道この刺激では怪しまれる。市三郎を呼んで、私が犯人ですと証言してもらえ」

「おおげさになりますよ。お医者もあきれるでしょう」

「とにかく」川路は軽くむせた。「目にしみるようだ」

あわてて部屋を出た。何の用事でさとを訪ねたのか、忘れてしまった。

放屁のことでは、市三郎を咎められない。川路も、しょっちゅう、ぶっ放す。川路のも臭いが、市三郎は輪を掛けて凄い。似た者親子である。親子で、ひりあっている。さとが苦情をもらすのも無理はない。

こんなことがあった。

儒者と経書《けい》の解釈論義をしていると、儒者がやたらと目をこする。川路が鼻をひくつかすと、例のにおいである。いかにも自分が放ったように思われるので、次の間に控えて講義を聞いていた市三郎に、お前か、と問うた。

はい、そうです、と悪びれずに答える。

客人の前では遠慮するがよい、とたしなめたが、人のことは言えない。それにしても、

「儒生の目を屢《しばしば》たたきしは眼にしみしかとおもえばいとおかし」（川路の日記）

市三郎には、こたつの中で放つのだけは禁じた。ところが、ひそかに掌の中にもらして、外へ握り捨てたのを、さとがかいでむせた。さとが冗談に、父上に言いつけますよ、とおどした。

「この訴えを裁《さば》きなば、真の御なら奉行なるべし。市三郎が如きは、いたち狐などの類なからましかば、げに天の下に比類なき屁なるべし」（同日記）

ついでなので、もう一つ、川路親子の臭い話をする。

川路が市三郎に『日本書紀』の講義をしていた。

まず川路が原文の一節を読みあげる。欽明《きんめい》天皇の二年の項に、「秦人《はたひと》ノ戸数惣《そう》七千五百七十三戸」とある。市三郎が声を上げて笑う。

どうした？　と聞くと、市三郎が、その秦人は自分よりすさまじい、よもや一日の数ではないですよね？　と異なことを言う。

「一日とは？」

「おならの数ですよ」

「屁ではない。家の数だ」

当時は、戸数を「へすう」、戸を「へ」と読んだものらしい。市三郎は屁と誤ってしまった。

「正史に屁の数など記すものか。考えないでもわかることだ」

叱りながら、つい、吹きだしてしまった。

もっとも『日本書紀』には、雄略帝が采女《うねめ》を七回愛された、と愛の数まで記録されている。

「これらは閨門《けいもん》度数のことを正史にのせたれば、市三郎の屁の数も、せめて用部屋の日記にしるして、御なら奉行の御ならは、子たりといえどもかくの如し、とときわかきわに（永久に）あめつちと共に伝うべし、と言いて大いに笑いし也《なり》」（『寧府紀事』嘉永二年三月十五日）

川路の日記に「御なら奉行」の語が頻出するところを見ると、この頃はかなり有名になっていたらしい。本人もこの愛称は満更でもなかったようだ。

異変は、この日の夕方に起こった。

金魚

飯がのどに、つかえたのである。

川路聖謨は、苦しさに、もがいた。あいにく近くに人が居ない。人を呼ぼうにも、声が出ない。目の前が黄色に見えてきた。水洟《みずっぱな》が、しきりに流れる。

この日、公用が終ると、久しぶりにのんびりした。妻のさとも、定期健診を受けた医者から安定安泰を告げられて、上機嫌であった。

日暮れ時、養父母は次男の市三郎を連れ、夕涼みがてら、池に放す鯉を買いに町に出ていった。

川路は唐紙《とうし》を座敷に展《の》べて、歌や詩を揮毫《きごう》した。唐紙は中国製の紙である。和紙と違い破れやすいのが難点だが、墨の吸収がよく書きやすい。調子が出て、何枚も書いた。

前々から頼まれていた額字も、ついでにこなすことにした。

さとに食事ですよ、と何度も呼ばれたが、中断するのが惜しい。書だけは一気に仕上げないと、勢いがそがれる。

「あとで茶漬をかっこむから、先にすませてくれ」

「それじゃこのままにしておきますよ。味噌汁は下げます」

それからしばらくたって、川路はようやく腰を上げた。手を洗い、食膳に着いた。紗《しゃ》を張った蠅帳《はいちょう》を開ける。

里芋の煮ころばしと、茄子《なす》の揚げ煮、胡瓜《きゅうり》もみ、それに厚焼き玉子の菜である。

面倒なので川路は給仕を呼ばず、自分でお櫃《ひつ》から飯をよそった。大好きな厚焼きがあるので、茶漬はよした。

奈良は魚が高価なので、夏は魚代わりに玉子焼きである。

「玉子焼き鍋一つに、玉子七ツ入れてそれを厚焼きにして、いまだ中は水気あるかという位の時食べれば味よし。ひと鍋の入用百十七文ばかりかかるべし」（川路の日記）

食べながら思いだしたのは、川路が幼い時、病気をすると母が玉子を焼いてくれたことだ。銅鍋で玉子一つを紙のように薄く焼いて、菜切り包丁で端から起こし、巻き玉子にする。御徒《おかち》の身分では、これが最上のぜいたくであった。

「しかるに今は百文ばかりの奢《おごり》かと言いて、女へ申しつければただちに出来るなり。されどもご辛苦のうちになしくれたる母上の玉子焼きのありがたきこと、今思えば筆にも尽くされず」（同上）

三杯目に及んだ時である。飲みこんだつもりの飯の固まりが、飲みくだせず、のどの中途につかえた。汁を取らずに食べていたせいである。

庭を見ると、ずっと向うで、おさとが家鴨《あひる》に餌をやっている。呼ぼうにも声が出ない。

川路はとっさに食膳を引っくり返し、お櫃の飯を座敷にぶちまけると、二つを抱え濡れ縁に走り出た。膳の底に、櫃の本体を叩きつけた。お櫃が湿けているので、にぶい音しか出ない。

さとが振り返った。川路は踊るように両手を突き上げ、突き上げした。ようやく、異常を認めたらしい。走ってきた。

櫃の蓋《ふた》の方をぶっつけた。やみくもに、鳴らした。

「どうなさったんですかあ」

川路は身ぶりで胸をさした。かきむしる動作をした。

さとが人を呼びながら、川路の背を叩いたりさすったりした。

若狭《わかさ》たち腰元が、血相を変えて飛んできた。家来の順右衛門が、「ごめん」と断って川路をうつ向かせ鳩尾《みぞおち》に拳《こぶし》の一撃をくれた。

とたんに、飯の固まりが、口からポンと飛びだした。若菜たちが歓声を上げた。

「ようございました」さとが川路の涙目を手拭いでぬぐった。

川路は、大息をついた。

「ようやくにして胸開き、人事を弁ずるようになりたり。かかること、今までなし。その頃いったんの様子は、用人給人、下女らまで数十人使いながら、これは見殺しにせらるることかと思いしなり。そのうちに市三郎も帰り、おさとと代わりて背を撫で、よく介抱してくれ、ようように人心地つきて、しばしがうちに本復したり」（同上日記）

「ありがとう。心配をかけた。不覚を取った」川路は一人一人に感謝した。

順右衛門が、いたく恐縮していた。

「茶漬と申しますから、この通り大きな茶出しを用意しておきましたのに」

さとが座敷の隅に転がった急須を片づけた。

「何もかも私が悪い。ご隠居様には内緒にしておいてくれ。大げさに受け取られるとこまる」

お大事に、と口々に言いながら一同が退出した。さとと市三郎のみが残った。

「大事にならなくて幸せでした」市三郎が慰めた。

「初めてのことだ」川路が胸をさすった。

「腹の凝《こ》りのせいかどうか、医者に診てもらわなくてはならぬ。病気でなったとしたら、ことだ。そういえば」

石川左近将監《いしかわさこんしょうげん》が、しばしば食物をのどに詰まらせる、と以前聞いた。

「会った時、よく伺ってみよう。詰まらせた時の応急の処置は、知っていて損はない」

気分が良くなったので、川路は話題を変えた。

「お気に入りの鯉は見つかったか？」市三郎に訊《き》いた。

「見つけたのですが、値段が高くて」

「そりゃ良い物は、それなりの値がするだろう」

「さんざ交渉したのですが」

「またの機会をねらうさ」

「小便は悪いので、金魚をもらいました」

「おや？　しゃれた言葉じゃないか。どこで仕入れた？」

「大工たちが盛んに口にしてました」

値引きの掛け合いをしながら、買わずに帰ってしまうことを、商人たちは「小便」と言う。小便されたと腐る。蛙《かわず》の面《つら》に小便、の洒落《しゃれ》である。

「金魚は池に放したのか？」

「いや、お栄《えい》にあげました」

以前、ちらっと触れた、家臣の俊蔵の娘である。四歳だが、りこうなことは飛び抜けていて、大人の誰もが舌を巻く。

こんなことがあった。母親のそめが栄を抱き寝していた。夜半に、「おっ母さんはシイ（おしっこ）に行ってくるよ。おとなしくしているのだよ」と言い聞かせ、厠《かわや》に立った。栄は寝ないで待っていて、「おっかさん、これはどう？」とこう言った。

「長々シイをひとりかも寝む」

これには、そめ夫婦が驚いてしまった。

「長々し夜を、ひとりかも寝む」の歌の洒落である。大人たちの歌話を耳に挟んで覚えていたらしい。

川路も日記に記録している。「長き夜を待つの意は十二分にわかれり（理解している）。真に奇才なり。四才の少女、あやしというべし。この少女、常に十二三才の少女の才あり。（客の）取次などするも、少しも違わずというなり」

立派に客の対応をする、というのである。

その栄が「これはお魚に色をつけたの？」と不思議そうに市三郎に聞くから、

「いいや。生まれつき赤いオべべを着た魚で、金魚というのだよ」と教えたところ、

「赤いのに、どうして金魚なの？」

いや、あの子には参りました。ああいえばこう、でとても太刀打ちできません、と市三郎が頭をかいた。

「そういえば」さとが笑いながら、話を引き取った。「家鴨は、なぜ家鴨という名前なの？　と訊かれましたよ。あなた、わかります？」

「さあ？」

川路が首をひねった。そんなこと、考えたこともない。

翌日、栄の母親がただならない顔で、さとを訪ねてきた。

「市三郎さんに申しわけないことをしてしまいました」と謝るので、市三郎が何事かと顔を出した。

「昨日、栄がちょうだいした金魚のことです」

「はあ？　どうかしましたか？」

「栄がお風呂に放ったのです」

「あれ？　丼鉢ごと差しあげたのですが、鉢はどうしたのです？　陶製の鉢。金魚と一緒に求めたのです」

川路が、「朝からお栄が何かやらかしましたか」と笑いながら出てきた。

「殿様、私が殺してしまったのです」そめが泣きだした。

「えっ」と川路とさと、市三郎が目をむいた。

「殺したって、まさか、お栄を？」

「とんでもない」そめがあわてて手を横に振った。「殺したのは金魚です」

「胆を潰した。落ち着いて話しておくれ」

「いつもは行水を使うのですが、昨夕は久しぶりに風呂を立てたのです。金魚が放してあると知らないものですから――」

「私に謝る必要はありません。お栄に差しあげた金魚ですから」市三郎が慰めた。

「お栄が私を責めるのです」そめが、しゃくりあげた。

「生き返らせてくれって。詫びても、聞き入れようとしないのです」

「お栄はむずかしい子ですものねえ」さとが同情した。

「いや、わかった」川路が、うなずいた。「私が説得してみよう。お栄をここに連れてきなさい」

「殿様のお手をわずらわせて申しわけない」そめが恐縮しながら帰って行った。

「何と言って納得させます？」さとが心配した。川路にも名案はない。昨日の自分の窒息寸前の事故と、金魚の頓死と何か結びつかないか、と思案をめぐらす。

西瓜

奈良奉行・川路聖謨は、白家鴨《しろあひる》の玉子は中風《ちゅうぶう》に効くと聞いて、一昨年から雄雌《おすめす》一対《いっつい》を飼育している。

去年の五、六月頃は、毎日一つずつ確実に玉子を生んでいた。その頃は台所前の濁り水を飲み、体は泥まみれで、いかにも汚いので、今年になって台所へ行く道に小垣を結《ゆ》い、濁り水の方にはやらぬようにした。

池もあるし、清らな泉水もある。そちらの方に誘導して育てていたが、どうしたわけか、三日に一つくらいしか生まなくなった。濁り水を飲まさないせいか、と十日ばかり前に小垣を取っ払い、自由にさせた。すると喜んで濁り水を飲んでいる。

なんと去年と同様に、連日一つ生む。二つ生む日もある。

「清濁《せいだく》併《あわ》せ呑《の》む、と言うが、家鴨は清を好まぬようだ。度量の狭い鳥らしい」

妻のさとと餌を与えながら、川路が言った。

「お奉行にふさわしくない家禽《かきん》ですね」さとが笑った。

そこへ次男の市三郎《いちさぶろう》が、家臣の俊蔵の妻と娘のお栄を案内してきた。四歳のお栄は、もう泣いていない。

番《つがい》の家鴨を見ると、キャッキャと喜んだ。家鴨は台所の排水を盛んに漁《あさ》っている。時々、羽を振るう。泥の跳《は》ねが、散る。さとがお栄を抱きあげて、跳ねをよける。

「きれいなおべべが、泥をあびて台なしになってしまいますよ」

「おばさま」お栄が言う。「この家鴨は、泥をあびているから、あびるね」

市三郎が、けたたましく笑いだした。さとも、お栄の母のそめも腹を抱えた。むろん、川路も「絶倒」である。

(川路は日記に大笑いの意味で「絶倒」と記すのが癖である)。

「お栄」川路が笑いながら言った。

「清い家鴨が、あひるだね。これで、なぜ家鴨と呼ぶのか、謎が解けたじゃないか」

「この子は口が達者で弱ります」

そめが川路の手前、こまった顔をした。

いつだったか川路がお栄に菓子をくれたことがある。その時、歯が痛むと言って食わなかった。

川路がお栄をからかった。

「お前はそんなに歯が痛むなら、このジジの嬶《かか》だぞ。ジジには歯痛のババが似合いだ」

するると、こう返した。

「これはこれは、まことのハハハでございます」

笑い声に「歯」を利《き》かせ、なお、ババにも通わせた洒落《しゃれ》である。とても四歳の子の、とっさの受け答えと思えない。

「俊蔵娘不相替《あいかわらず》才女也《なり》」（川路の日記『寧府紀事』嘉永二年九月朔日の項）。

お栄が言葉を覚えだした頃、十五夜の満月に向かい、「ののさま」と言って拝んだのには、そこにいた大人たちが皆唖然としてしまった。

そして父の俊蔵を、「トト、かんしゃく」と言った。癇癪持ちの、癇癪である。大人たちの会話を耳にして、記憶にとどめていたのだろう。

「それじゃ、カカは？」川路が尋ねると、

「カカ、あんよ」と答えた。そめはその時少し脚を痛めていたのである。

「それじゃ、栄坊は？」と畳みかけると、

「坊、ボンボン」といって拝む真似をした。

ボンボンとは子どもらが盆に、大勢で盆歌を歌いながら家々を回ることで、一方、京や大坂では若旦那のことを称した。お栄は女の子なのに、栄坊と呼ばれたので、この二つに掛けて答えたものらしい。

川路は江戸の実母に宛てた日記に(弘化三年八月十一日)、こう記している(ちなみにこの記述が、お栄に触れた初出である)。

「右に准《じゅん》じたる才気驚《おどろく》こと多く且《かつ》ますくいろ白にて奇麗《きれい》也。俊蔵そめの愛すること御察しあるべし」

余計なことだが、この時代に「愛する」という言葉が使われているのは珍しい。子どもとはいえ、普通は可愛がると書く。

「お栄」川路がしゃがんで、幼女の目の高さから話しかけた。

「金魚は気の毒なことをした。金魚の寿命だったのだろう。命だけは、これは神がお決めになることだ。人間の力では、どうにもならぬ。わかるね?」

お栄が、こっくりをした。

「よしよし、いい子だ。近いうちにジジが、立派な金魚を買ってやる。待っていな」

「それまでジジは死なないよね」

「たぶんな」川路は苦笑した。

「天命だから、保証はできん。でもジジはお栄との約束をきっと果たすつもりだ」

お栄が、うなずいた。

「それでは指切りげんまんをしよう」川路が幼女の前に小指を立てた。

お栄がおずおずと松葉のようなかわいい小指を出した。川路がおのれの小指を松葉にからめる。

「指切りげんまん、嘘ついたら針千本」と唱えた。

玄関の方で、「ご隠居様のお帰り」と足軽の声がした。

「おや、お早いな」川路が立ち上がった。

「いいか、昨日の窒息の件は、内密だぞ」さとと市三郎に口止めした。何も知らぬそめが、お栄の金魚のことと勘違いし、

「殿様、窒息だなんて、そんな大げさな」とぶつ真似をした。

川路やさと、腰元たちは、奥の茶の間で義父の光房を出迎えた。

最初に家来二人が、それぞれ炭俵の半分ほどもある、大きな西瓜《すいか》を抱えて入ってきた。川路たちが目を丸くしていると、やがて光房が、

「ややあ、驚いたろう?」と元気な声を上げて現れた。「見てくれたか、この見事な図体。畑のお化けだ」

「直三のみやげですか?」川路が問うた。

「これにびっくりしてはいかん。こいつよりもっと大きな西瓜が、明日、籠長持で届く。当分、西瓜にうなされるぞ」

ひゃあ、と女たちが悲鳴を発した。

「とにかく味を見てもらおう。おい、台所へ運んで適当に切ってきてくれ。女どもには重くて運べん。男衆が持ってくれ」

抱えてきた二人の家来が、命じられた通りにした。

「直三自慢の収穫品だ。今年は豊作の上、特別玉が大きいという」

光房は三日前、山辺郡永原村の直三宅に出かけていたのである。

川路は奈良入りした年の夏、西照寺から贈られた西瓜を思いだした。やはり巨大なもので、江戸では見たこともない大きさである。切り分けて家来たちにも配ったが、皆、切り身のけしからぬ大きさに恐れをなし、味には期待していなかったようである。

ところが食べてみたら、絶品である。

川路は日記に記す。「くれないの雪を食らうが如く、口に入るれば水となるなり。砂糖などをかけたら、桜の花に彩色を加えたるが如くにて、かえって味を失うべし」

ああ、江戸の母上に味わわせてあげたい。

西照寺には徳川家康公が奉《まつ》られてあり、代々の奈良奉行は赴任すると、春日社、東大寺と共にまっ先に参拝するならわしである。

川路も、そうした。住持が門の外に出迎えてくれた。非常にていねいな人で、川路が拝殿に上がる時、裏返した草履《ぞうり》をそっと直してくれた。何気ない心配りに、川路は感じ入った。

奉行に西瓜を贈るのは、この寺のしきたりらしい。

「さあさあ、こちらですよ」義母のくらの声がして、若い娘が連れられてきた。

市三郎が、あ、と発した。

妙《たえ》、である。

「カズは初めて会うのだな」光房が言った。カズは川路の元服名である。川路家の養子となり、元服（成人式）した際、歳福《かずとみ》と名のった。現在は聖謨に改めたが、養父母には歳福が呼び名である。カズ、カズと呼んでいる。

「直三の養女の、妙だ」

妙が川路夫妻に挨拶をした。さとが、よろしくね、と返し、市三郎を紹介した。

「私は先日お会いしたばかりです」照れたように言い、

「いや、覚えていて下さらないかも」

「覚えております。紫蘇《しそ》めしをお召し上がられました」

「いや、どうも」市三郎が赤くなった。

「妙が奈良町で働きたいと申すのだ」光房が川路に説明した。

「鄙《ひな》に置くには惜しい。働き者だし、機転も利《き》く。それで私の身の回りのことをしてもらおう、と思うのだ。直三の許しを得てある」

「結構です」川路はうなずいた。

光房に古根村の一件を話したところ、面白い、わしに片棒を担がせてくれ、と膝をのりだしたのである。

「隠居生活の退屈しのぎになる。障子の内から鳥の声を聞いているばかりでは、人間世間から置いてき堀だ。鳥と対話しても、鳥のように飛べるわけでない」

「危ない橋を渡るかも知れませんよ」

「渡らない。橋の手前で引き返すさ。さし当たり、お前の伝言板になる。奉行のお前は自由に直三と会えまいだろうから」

川路は直三にこれこれの用事を頼みたいのだ、と語った。それから蝮《まむし》取りの良七に、毒草の調べを託したい、と光房にその意図を打ち明けた。良七の本職は、薬草採りなのである。

了解した光房は、奈良に用事で出てきた直三と、宝池の茶屋で早速会った。その時、一度気晴らしに、私の田舎に遊びに参りませんか、と誘われたのである。光房は釣と園芸が好きだった。ふたつ返事で、承諾した。

けろけろ

さとが、寝付いてしまった。例の、「けろけろ」である。

久しぶりのことだった。

「けろけろ」は夫の川路聖謨の命名で、頭痛と吐き気のことである。げろを吐くような声を上げ、しきりに嘔吐《おうと》するのだが、その実、何も出ない。げろげろでなく、空嘔吐《から》だから、けろけろというわけ。症状がおさまれば、けろりとしている。それもあって、「けろけろ」。

「けろけろ」は、若い時からのさとの持病であった。川路との結婚は三十四歳で初婚だったが、体が弱いため縁談を拒んでいたのである。しかし命に別状のない持病と見た川路の友だちが、熱心に二人をとりもち、めでたく結ばれた。

友だちの見立てた通りであった。結婚後、たびたび病床に臥《ふ》したが、四、五日も休むと、大抵、回復する。重くはならない。

この一年ほどは、「けろけろ」の気配もなかった。体質が変わったのだろう、と掛り付けの医者が言っていた。

百姓直三《なおぞう》の養女妙《たえ》が、川路家に奉公した。養父母の身の回りの世話がおもな仕事だが、まずは川路家のしきたりや、どんな人たちが雇われているか、それぞれの役目などを知ってもらわなくてはならぬ。

さとが手ほどきすることになり、数日間、さとの部屋付きに預かった。

その初日に、「けろけろ」の発作である。何も知らぬ妙は、どうしたらよいのか、うろたえてしまった。

落ち着かせたのは、川路である。病気のことを話し、空嘔吐の際の手当ての法を教えた。これまで川路が引き受けてきた役目である。

「このように背中をさすってやってくれ」

「はい」

「傍《はた》からは辛そうに見えるが、本人はさほどでないようだから、あわてないこと。しばらくすると吐き気は治まる。冷汗が吹き出しているから、ぬれ手拭いで拭ってやってくれ」

「はい」

「息が普段通りになったら、湯ざましを飲ませてくれ」

「はい」

体を前に折り曲げて、苦しそうに空嘔吐を繰り返していたさとが、ひとつ、大息をつくと、上体を起こした。吐き気が止まったらしい。

「心配をかけましたね」妙に礼を言った。

「もう大丈夫ですよ」乱れた呼吸をととのえている。

妙はぬれ手拭いで、さとの額《ひたい》を拭いた。

「そうそう、その手順だ」川路が微笑した。

「ありがとう」さとが礼を述べた。

妙が、見はからって湯のみに湯ざましを注《つ》いで差し出した。さとが、数度にわたって、ゆっくりと飲み干した。

「ああ、スッキリしました。頭の痛みも無くなりました」

「久しぶりの発作だから、まごついたよ」川路が正直に言った。

「妙さん、私にも湯ざましを一杯」

「はい」いそいそと立ち働く。

嘉永元年七月二十六日の川路の日記『寧府紀事《ねいふきじ》』に、こうある。

「おさとけろ〱《けろ》よし。われ号《なづ》けて女の零分といふ」

この零分の解釈が、むずかしい。

まず、何と読むのだろう？　たぶん、「こぼれ・ぶん」だと思うのだが、自信がない。零れざいわい、という言葉があり、思いがけぬしあわせのこと。また零れ物という語もあって、これは残り物のことである。

分、の方だが、程度、身の程、力量、務め、地位など、いろいろな意味がある。

川路がどのような意味で、さとの病気快復（あるいは持病）を、女の零分と称したのか、わからない。

さとが腰元使いの若狭《わかさ》を呼び、床《とこ》を上げさせた。そして化粧の用意を頼んだ。妙が、「私が」と腰を上げると、

「妙さんにはお願いしたいことがあります」と制した。

「この部屋は寝臭いから、庭の木蔭で麦湯でも飲みながら話しましょうか」

そう言って、

「あなたもご一緒にいかがですか。私は髪を撫でつけて、じきに参ります」と夫を誘った。

「それじゃ妙さんと先に行っていよう。市三郎自慢の亭《ちん》（あずまや）に居る」

妙をうながして庭に下りた。

池のほとりには、わずかに涼風があった。樹齢二百年を越える樟《くすのき》や椎が、池に黒い影を落とし、いかにも水深があるように見せている。

市三郎が普請《ふしん》したあずまやは、これら大木の枝葉を傘にして建てられている。

川路と妙は、池に向いて並んで縁台に腰を下ろした。

川路奉行の出勤は、巳《み》の刻（午前十時）である。あと一時間あまりある。もっとも出勤といっても、廊下を回れば、そこが書院公事場《しょいんくじば》であって、職住一体、着替えさえすればよい。

蝉の声に熱が入りだした。今日も暑くなりそうだ。

「お母さんが亡くなられたのは、江戸大火の時と聞いたが、あなたはいくつだった？」

妙に聞いた。

「五歳でした。天保六年一月十一日の火事です」

「神田蝋燭《ろうそく》町から出火した？」

「はい。父に聞いた話では、前の年に火事に遭い、親戚宅に身を寄せていて、また焼け出されたということです。二度も大火にやられ、二度目は母が逃げ遅れて……」

「天保五年の火事は、神田佐久町から出た。火は新橋や芝まで燃え広がった。大層な被害だった。亡くなった人の数が、三千人近い。お母さんはその翌年の犠牲者だったのか」

若狭が麦湯を運んできた。

「まもなく奥様が参られます」

「ありがとう」

ひと口すすって、妙に手つきでうながした。遠慮して、湯のみを取らないからである。

「いただきます」ようやく手を伸ばした。

川路が養父から聞いた妙の身の上は、ざっと次のようなことだった。

妙の父は寺子屋を開いて、町家の子どもたちに読み書き算盤《そろばん》を教えていた。教え方が上手で話も面白く、子どもに人気があった。

大火で財産と妻を失うと、つてを頼って上方《かみがた》に居を移した。寺子屋商売は、子どもさえいれば、どこでも開ける。

父はそのうち心学《しんがく》で有名な柴田鳩翁《しばたきゅうおう》に弟子入りした。京都の柴田師宅に妙と親子で住み込んで、師の世話に励んだ。

鳩翁は手島堵庵《てじまとあん》に石門《せきもん》心学を学び、諸国を巡遊して心学の教えを広めていた。心学は、人間修養の学問である。庶民にわかりやすいように、俗語で、たとえ話を用いて説く。柴田鳩翁は心学の大成者である。

しかし鳩翁は中年に至って失明した。妙の父は鳩翁に気に入られ、最晩年の愛弟子に加えられたわけである。

師亡きあと、養子の武修（鳩翁の道話を筆記した）を助け、百五十に及ぶ講舎の維持につとめた。

その一つに、直三が通っていた奈良町の講舎がある。直三は自分の村に出張講演を頼んだ。村人に道話を聞いてもらいたかったからである。

来てくれることになった。直三は会場の手配をした。村の寺である。五日連続での講演が決まり、妙の父が多忙を割《さ》いて来村した。

ところがその夜、遅くまで村人と話していて、突然、倒れたのである。意識は、あった。しかし、天命を覚ったのだろう、直三に自分の素性を逐一明かした末、妙の後事《こうじ》をくれぐれも託し、京都から駆けつけた妙の到着を待たずに息を引き取った。

直三はかくも自分を信頼してくれたことに、感激した。寺の住職に相談し、妙を自分の養女にする手続きをすませた。そうはいっても妙を百姓に育てるわけにはいかない。

妙は商売が好きだという。奈良町の商家で働きたい、と希望する。

妙は父親の学問好きを受けついで、頭もいい。直三は、できればそちらの方面で活躍してほしい。永原村の直三宅を訪問した養父に、そんな話をしたわけである。

さとが、やってきた。

「妙さん、若狭が矢絣の着物を何枚か蔭干ししております。古着ですが、新調するまで間に合わせに着ていて下さい」

「申しわけありません」妙が恐縮した。

「義父《ちち》がそのうち着替えを届けてくれるはずですので」

あわただしく出郷したので、身の回り品の用意ができなかったのだ。

「いいえ。ここでは、ここの着物を着て。郷《ごう》に入《い》っては郷に従えですよ」

「はい」

「それではご隠居さまのご日常をお話しましょう。お仕事の手順です。私のけろけろ介護と同じ」

さとが、妙に向きあって座った。

川路は立ち上がって、池のふちに歩いた。

(天保六年か)

思わず、つぶやいた。

妙は本年十七歳というから、妙が生母と死別したのは十二年前になる。

(ということは、あのことが起こって、もはやその年数になるのだ。早いものだ)

つい、この間のことのように思える。

(あの年、私は三十五歳。働き盛り。いくら体を酷使しても、疲れ知らずだった。この自分が、まるで別人のようだった)

平気で、十日間、ほとんど一睡もせず、膨大な書類を読んでいた。

天保六年、二月の末に、二番目の妻やすと離婚した。死んだ長男弥吉の母である。

その年の夏、いわゆる「仙石《せんごく》騒動」事件の審理に忙殺された。川路が大出世するきっかけとなった、大名家のお家騒動である。

眠気ざまし

いわゆる「仙石騒動《せんごくそうどう》」というのは、但馬国《たじまのくに》（現在の兵庫県北部）出石《いずし》藩五万八千石の御家騒動であるが、ひょんなことで内紛が表に現われたのは、天保六年四月二十一日だった。

しかしそのずっと前から、川路聖謨は出石藩仙石家の、穏やかでない情報をつかんでいた。絶対に、人にもらせぬ秘密事情である。なぜなら川路を信じて、川路にだけ耳打ちしてくれた内容だからだ。

「いいかね」とその者が、ささやいた。

「もうじき、この一件はおおやけになる。すると秘密でも何でもなくなる」

「誰かが発《あば》くのですね」川路も小声で応じた。

「発くのは、わしさ」

川路は相手を見た。

「まもなく、やるさ」相手が、うなずいた。

「世間がびっくりするような形で、やる」

相手が声を出さないで笑った。

「そうすると、お前さんの出番だよ」

「まさか」川路は苦笑した。「私は寺社方《じしゃがた》ですから、そんな大それた案件は扱いません」

「扱うことになるのさ」

相手が、ささやいた。

「その時は、これまでわしが打ち明けたことを、ていねいに思い返して、参考にしろ」

「先生」

「この一件はお前さんが考えている以上に、大きいぞ。もっとも、大きくしたのは、このわしだがね」

いたずらっぽく、目を細めた。

「大きくもなるさ」小鼻をうごめかした。

「何しろ、おおごっさんが身を乗りだしたからな」

「えっ」川路は目をみはった。

おおごっさん、とは当代の将軍家斉《いえなり》のことである。大御所《おおごしょ》様を、このように呼んだ。

「いいかね、わしが仕掛けるまでは、内緒だよ。人に知れたら、わしの首が」

相手が手刀を振るうしぐさをした。

「もちろんです、先生」川路が大きく、うなずいた。

日本橋横山町の路上で、白昼、大捕物、の注進があった。「先生」の話していたあれだな、川路はピン、ときた。

飛脚問屋「佐野屋」から出てきた浪人が、大勢の捕手《とりて》に囲まれ、乱闘の末に捕縛《ほばく》されて南町奉行所に連行されたという。浪人は尺八を武器に暴れまわったらしい。少なからぬ怪我人も出ている。

浪人は虚無僧《こむそう》に変装していた。虚無僧は深編笠をかぶり、首に袈裟《けさ》を掛け、刀を帯び、尺八を奏して諸国を行脚《あんぎゃ》する有髪の僧である。普化宗《ふけしゅう》という宗派で、徳川家康によって保護されていた。何でも宗祖は楠木正成の末の正勝という。正勝は僧となり、虚無と号した。もっとも宗祖については、いろいろの説がある。

家康のお墨付にしても、真偽があいまいである。しかしそのお墨付の存在ゆえに、普化宗及び普化僧は特権を持っていた。

捕えられた浪人は、自分はほんものの虚無僧である、と奉行に主張した。南町奉行は、筒井《つつい》伊賀守《いがのかみ》である。

調べてみると、確かに上総国《かずさのくに》（千葉県）三黒村松見寺《しょうけんじ》の看守《かんす》（住職代）で、友鶖《ゆうが》という者である。

浪人が僧だとすると、話が違ってくる。町奉行には、扱えない。寺社奉行の支配である。

なるほど、「先生」はこれを狙《ねら》っていたのだな。川路はひとりうなずいた。

川路はその時、寺社奉行吟味物調役《ぎんみものしらべやく》である。「先生」は、町奉行と寺社奉行が対立することを望み、このたびの大捕物を仕組んだに違いない。「先生」の台本通りに、ことは進んだわけだ。

上総国松見寺の本山《ほんざん》は、下総国《しもうさ》小金《こがね》の一月寺《いちげつじ》である。友鶖は先月まで一月寺で修行をしていた。浅草に末寺がある。捕縛の知らせは、この寺にもたらされ、ただちに本山に通報された。

本山は寺社奉行に訴えでた。

寺社奉行は、町奉行に問い合わせる。そこで分かった事実は、江戸の出石藩邸の依頼で友鶖を召し捕ったことだった。

友鶖は元同藩士の神谷転《かみやうたた》という者で、理由もなく藩を出奔し行方不明になった。藩は手を尽して探索したが、どうしても見つからない。そこでやむを得ず、犯罪者ということにし、町奉行所に協力を仰ぐことにした。

町奉行が調べたところ、神谷は名を変えて虚無僧姿になり、上総と江戸を往き来していることとがわかった。

捕縛はしたが、寺社奉行所から友鶩の取調べは当方が行う、と申し入れが来た。出石藩邸からは、身柄を引き取るとの要望が入る。町奉行所は神谷がどのような罪を犯したのか、知りたい。

三者の思惑が錯綜し、神谷こと友鶩の処置は決まらない。同人の身柄は、南町奉行所の牢に留め置かれたままである。

その間に出石藩の国元では、神谷の親友の勝手方《かってがた》（財政担当）の河野瀬兵衛《かわのせへえ》という者が、確かな理由不明のまま処刑された。

これを知った一月寺は、友鶩の身が危ない、と判断し、あらかじめ友鶩から聞いていた出石藩の内情を、逐一、書面にして寺社奉行の脇坂淡路守安董《わきさかあわじのかみやすただ》に上書《じょうしょ》した。

脇坂は一読、これは容易ならぬ事件である、と息をのんだ。

御家乗っ取りである。

一月寺の書面は、川路聖謨に回された。念を入れて調べよ、との下命である。

（先生の言っていた大それた案件とは、これだな）

川路は早速、着手した。

「先生」が内密に話したことを、忠実に思いだしながら、友鵞の行動を時系列で追った。

川路が十日間、ほとんど一睡もしないで、膨大な書類を読み込んでいたのは、この時である。何しろ大名家の内訌《ないこう》であるから、外部にもれてはならぬ。たとえば特定の大名家の家系録や藩史を、ひもといているところを、同僚にのぞかれただけでも、うわさの種になる。調査の助っ人を頼めないということである。

すべて川路一人で行わなければならない。

「私の邸に来ないか」

脇坂が、川路を誘った。

「窮屈と思わなければだが、私の邸に寝泊りしてくれた方が、何かと都合がよい。事件の話もできるし、打ち合わせもしやすい」

「はい」

川路は二番目の妻を離縁したばかりだった。

「お言葉に甘えさせていただきます」

「そうしてくれ。部屋を用意しておく」

三日後、川路は脇坂邸に移った。

おそらく以前は隠居所だったらしい、離れ家ひと棟を、川路のために使わせてくれた。雪隠《せっちん》も湯殿もついている。

食事は三食運んでくれた。酒や菓子の好みを聞かれたが、それはお断りした。静養に来たのではない。

源助という老人と、貝太郎という少年が、川路の用を足してくれた。

「どうも私の見るところでは、話が大仰なのでないか、という気がする。いやさ、出石藩の一件さ」

脇坂が川路に言った。

「大捕物や一月寺の訴えは、この際すっかり忘れて、冷静に事実のみを調べてくれ。どちらがいい悪いの判断は、一等最後に二人で下そう。先入観は禁物だよ」

「はい」

「御家騒動の善悪をみきわめるほど、むずかしいものはない。出石藩の国元には、探索方を手配した。必要な物があったら、遠慮なく言ってくれ」

「ありがたく存じます」

第一日目から、川路は徹夜した。二日目も、半徹夜した。

源助老人が、おそるおそる申し出た。

「眠気ざましの食べ物があるのですが、お入用じゃありませんか?」

川路がよほど眠たそうに見えたのだろう。

「食べ物?」

「はい」

「それは重宝な物だな。一体、何かね?」

「特別な物ではございません。大蒜《にんにく》ですよ」

「大蒜は嫌いじゃない。むしろ大好きでよく食べるが、変わった料理でもあるのかい」

「いえいえ。料理というものじゃありません。ぬく灰の中に大蒜を突っ込んでおいて、時間をかけて柔らかくするだけ。つまり、焼き大蒜です」

「それが眠気ざましになる?」

「覿面《てきめん》です」

自信ありげに断言した。

「焼き大蒜は食べたことがあるけど、そうだったかな、眠気を払ったかしら、覚えがない」

「試してごらんになりますか?」

「馬には乗ってみよというからね。大蒜は食ってみるか」

川路は韮《にら》などにおいのきつい物が好物であった。

夜も更けてきた頃、源助がくだんの品を持参した。

温かいうちがおいしいというので、一つ、鬼皮を剥いて、口に入れた。ばかに大粒の大蒜である。

「私の郷里の物です」

「郷里はどこかね?」

「津軽でさあ」

「ほう、遠いね。おや、これは百合根のように、ねっとりとして、おいしいね」

「甘藷のようでしょう?」源助が嬉しそうに、もみ手をした。

「効きますよ効きますよ」ウヒヒヒと変な笑い方をした。

その晩、川路は目が冴《さ》えて、全く眠気がなかった。自分が野生動物になったような気がした。

目が爛々《らんらん》と光っている。

密偵

川路聖謨は、脇坂邸の離れ家《や》に居る。

脇坂淡路守安董《やすただ》の屋敷は、芝口《しばくち》（現在の新橋汐留《しおどめ》）にある。播磨《はりま》国龍野《たつの》藩五万三千石の、堂々たる構えの邸宅である。隣が更に広壮な、仙台伊達《だて》藩《はん》の上《かみ》屋敷である。

ここでしばらく脇坂安董について、語らねばならない。川路を引き立ててくれた大恩人である。触れないわけにいかない。

川路はただ今、脇坂邸に籠《こ》もって、寝る間も惜しんで、出石《いずし》藩のお家事情を調べている。その間に、脇坂家の略史と安董の人となりを説明する。

脇坂家の祖は、近江《おうみ》国脇坂の出で、織田信長についていた。信長の命令で明智光秀の配下になり、次に羽柴秀吉に仕え百五十石取りになった。

加藤清正、福島正則、片桐且元《かつもと》らと決死の突撃で、いちやく勇名を轟かせた「賤《しず》ヶ嶽《たけ》の七本槍」の一人、脇坂安治は二代目である。

安治は関ヶ原の役で豊臣方の西軍に属していたが、小早川秀秋が徳川方の東軍に寝返ると、右に倣《なら》った。その功により伊予国大洲《おおす》城を賜わった。五万三千石である。

時代を経て領地は信濃国飯田、そして播磨国龍野と変わったが、石高は飯田も大洲も同じである。

大名ではあるが、関ヶ原役前からの徳川方でないから外様《とざま》で、幕政には関われない。ところが飯田城主の世に、老中の堀田家から養子を迎えたため、家格が上がり譜代に列せられた。縁故による譜代大名を、「願い譜代」という。

安董は十七歳で家督をついだ。翌年、淡路守を叙任、二十三歳で奏者番《そうしゃばん》に選ばれた。

奏者番は、大名らが将軍謁見《えっけん》の際に、太刀などを献上する。それを将軍に披露する役で、同時に将軍下賜《かし》の品を大名に渡す。譜代大名約百三十家から、二、三十人が選抜される。優秀な者のみが選ばれる。交代で奏者番を勤める。そしてこの中から四、五人が、寺社奉行に抜擢された。奏者番と兼任する者もある。

寺社奉行は町奉行、勘定奉行のいわゆる三奉行の一つだが、他の二つが老中支配下にあるのに、寺社奉行のみは将軍直属で、将来は京都所司代か大坂城代を約束されたエリートコースである。また勘定奉行も町奉行も旗本でなれるが、寺社奉行だけは譜代大名でなくては就くことができない。

安董は二十四歳で奏者番と寺社奉行を兼務した。寛政改革の老中・松平定信の推挙による。

定信は同時に、根岸鎮衛《やすもり》（名随筆『耳囊《みみぶくろ》』を著《あらわ》した）を江戸町奉行に、長谷川平蔵を火付盗賊改に擢用《てきよう》した。

安董が三十六歳の時に、「破戒淫欲僧」日道による、いわゆる「延命院」事件が起こった。安董は寺社奉行職を奉じて、実に十二年目で、五人いる寺社奉行の中で最古参であった。

享和の初め頃、谷中《やなか》の延命院という寺が、にわかに人気を得て、連日、押すな押すなの参詣人である。何んでも境内に七面堂という堂があり、七面大明神なる仏像が飾られていて、拝むと、きわめて霊験あらたかなのだそうである。

それにしても解《げ》せないのは、参詣人は圧倒的に婦人や娘であった。安董が探らせると、住職の日道は三十代の後半だったが、歌舞伎役者と見まがう、おそろしく美貌のぬし、それが婦人たちの人気の理由とわかった。

門前に、日道の似顔絵を売る店ができた。行列ができる繁昌ぶりに、同じような店が三軒も進出した。先鞭をつけた店は、似顔絵に日道自筆の書き判を入れて、特色を出した。住職と契約を交わしたのだろう。

すると他の店は、日道の手形や、色彩入りの似顔絵で対抗した。ついに、日道の唇の押型を、和紙に写したものまで売られるに至った。

女たちは御守のようにそれを大切に懐中に忍ばせていて、人の目を盗みこっそり押型に接吻するのだという。

そんな風評は笑って聞き逃せたが、延命院内で情事が行われている、といううわさが、ちらほらと安董の耳に入ってきた。

大名家の奥女中が、供を連れ駕籠で参拝に来るのが、目につきだした頃である。中には大奥の老女も含まれていた。

情事の風説は、やんごとなき婦人の出入りが頻繁なせいでの、下世話な臆説だろう、と思っていた。

ある寺の、十五歳の娘が妊娠し、親に知れたため激情し、あらぬことを口走りだし大騒ぎになった。娘は延命院通いをしていたことを白状した。娘の親が寺社奉行の小検使《しょうけんし》に訴えた。小検使は、寺を回って、変わったことはないか、と聞く役である。富籤《とみくじ》や相撲興行などに携《たずさ》わる。

小検使は上役の大検使に、妊娠一件を知らせた。

大検使は延命院に関わる話なので、安董に報告した。

「娘は通夜参籠《つやさんろう》という行事の手伝いをしていたそうです」

「それはどういう行事かね」

「祖師堂に夜通しお籠《こも》りして七日に及ぶ、というものです」

「願を懸けるわけだな」

「娘の腹の子は、日道の子と娘がはっきり申しました」

「しかし、正常な状態で告白したのではない。信じるわけにはいかない」

「通夜参籠は近頃大層な活気で、順番待ちだそうです」

「うまい内偵の法はないかな。大奥の者が信者では、うかつに動けぬ」

「考えてみます」

小検使の一人が、知りあいの町娘を推挙した。変わった娘で、捕物にあこがれている。頭もよく、美人の、十七歳である。名は、のぶ。

安董はそれとなく観察して、ひと目で気に入った。

親元に話して脇坂家に奉公させた。しばらくは様子を見るのである。

三カ月ほどたって、安董の身の回りの世話係につけた。なかなか気のきく、はしこい娘である。安董の命令を喜んで、いそいそとこなす。

「のぶ」

ある日、安董は親しく呼び寄せた。

「はい」

「つかぬことをたずねるが」

のぶが、愛らしく小首をかしげた。真剣な表情で、あるじの次の言葉を待つ。

「お前は男女の道を知っているか？」

のぶが、みるみる顔を赤らめた。

「いやさ、これはまじめな質問だ。お前をからかっているのではない。私は寺社奉行の役柄で尋ねている。仕事の話だ」

「はい。話には聞いております」

いっそう、赤くなった。

「実際には知らないか」

「存じません」

「どこまで知っている？」

「どこまでとおっしゃると？」

「たとえば男がお前を襲ったとする。お前を手籠《てご》めにしようとした。どうする？」

少し、笑った。

「むろん、撃退します」

「どのように？」

「あの、蹴ります」

「ん？　どこを？」

「急所です」

「急所とは？」

「男の、泣きどころです」

「ほう？　どこだい？」

「あの、股の、突き出たところです」

「誰に教えられた？」

「子どもの頃、近所のご隠居さんに教えられました」

「試したことはあったか？」

「いえ」

苦笑した。

「試す折りはありませんでした」

「よかった」

安董が笑った。

彼は眉目秀麗の、偉丈夫《いじょうふ》で知られていた。弁説も爽やかである。若い時は、大奥で取り沙汰された。ふだんは、めったに表情を崩さないが、ひとたび笑うと、その笑顔の魅力は「破顔《はがん》千両」といわれた。

のぶも、たちまち「千両」のとりこになった。

「頼まれてくりゃるか」

「喜んで」

内容も聞かずに、のぶがうなずいた。すっかり、「安董いのち」になってしまったのである。

そこで初めて、打ち明けた。

日道に何とか取り入ること。通夜参籠を体験すること。そこでどんなことが行われているか、つぶさに調べること。

「どのような危険があるかわからない。くれぐれも気をつけてほしい。いざとなったら、急所だよ。いいね？」

「お任せ下さい」

のぶが、目を輝やかせた。夢に見ていた、仕事である。

「明日暇をとって、早速、着手してくれ。以後は、ここに顔を出さないこと。連絡は、私の手の者が、こちらからお前の家の菩提《ぼだい》寺に伺って、そこで承る。お前は実家と菩提寺を往復するだけにしろ。首尾よく運んだら、ほうびを取らせる。何か、聞くことがあるか」

「あの」と言いよどんだ。

「うん。遠慮するな」

「殿さまと、あの、こうしてお会いすることは、またありますか？」

「お前が急所を間違えなければね」

安董が微笑した。

「お前の身はお前一人で守らなくてはならぬから、十分に気をつけるのだよ」

のぶが大きくうなずき、うるんだ瞳であるじを見た。

上人

奈良奉行・川路聖謨《かわじとしあきら》を引き立ててくれた、脇坂淡路守安董《やすただ》の話を続ける。脇坂が寺社奉行時代に手がけて、いちやく、名奉行の評判をとった、「破戒淫欲僧」日道《にちどう》による、「延命院」事件である。

享和三年の出来事で、脇坂は三十六歳、川路はたった三歳、今から実に四十三年も昔の話である。

江戸谷中《やなか》の延命院は、変哲もない寺であったが、七面大明神なる仏像が飾られてあって、これを拝むと霊験《れいげん》あらたかのうわさが広がり、あっという間に参拝客が激増した。女性客が圧倒的で、やがて大名家の息女や、大奥の女たちが、お忍び駕籠《かご》で乗りつけるようになった。黒羅《くろら》紗《しゃ》で駕籠をおおい、乗り手が男か女か、何者かわからぬようにしてある。

客たちは通夜参籠《つやさんろう》といい、祖師堂に七日間お籠《こも》りして願掛けするのである。何しろ妙齢の婦人がお人払いをして立願するというのだ。そこにもってきて住職の日道が、歌舞伎役者と見まがうほどの若い美男子、あらぬうわさが飛びかうのも無理はない。

上流婦人が夢中の仏事、と聞いて、寺社取り締まり役の脇坂も捨てておけない。内偵を始めた。乱倫の気配が濃厚だった。間者《かんじゃ》（スパイ）を送り込むことに決めた。

起用したのは、町娘ののぶである。捕物が大好きという、妙な十七歳であった。おきゃんな性格だから、少々の事には動じない。肚《はら》の据わったところは、侍顔負けだ。

それと、稀《ま》れにみる美貌を、脇坂は買った。日道はおそらく好色漢に違いない。自分の似顔絵を門前で売らせて、やにさがっているような坊主である。美女には目が無いだろう。日道はきっとのぶに着眼するはず。脇坂はのぶに、差し当たって日道にお目通りする法を授けた。会って、とにかくも好印象を抱いてもらわなくてはならぬ。

それから先は、成行き任せである。のぶの才覚如何《いかん》である。

のぶは延命院門前の似顔絵屋を訪れた。三軒ある内の、一番の老舗《しにせ》である。女たちで店頭は、混雑している。日道のさまざまの表情や姿態の版画が、何十種も軒から下げられている。版画には番号が付いている。客は好みの版画の番号を店に告げる。店は用意の袋入りの品を、金と引き換えに手渡す。

のぶは脇坂の手の者を同道していた。この者はのぶの家の番頭になりすましている。のぶは日本橋の仏壇屋のお嬢さまということになっていた。

お嬢さまが番頭に目まぜする。番頭は店の者に大声で、この似顔絵を端から端まで、二枚ずつ全部包んでくれ、と命じる。店は、あっ、と驚いた。一枚ずつ全部買い占める客はいるけど、二枚ずつ求める者は珍しい。その場にいた客たちも、皆振り向いた。

番頭が金を払いながら、主人に相談がある、と持ちかけた。主人がうなずき、奥へどうぞ、と導いた。

実はお嬢さまが延命院の通夜参籠を希望している、自分は主人に命じられて供をしてきた、口ききをお願いできないだろうか、と番頭が頼んだ。

通夜参籠はこのところ申し込みが殺到し、さばききれず、半年先の予約を受け付けていた。そこを待たないですむように計らってもらいたい、と小声で告げた。ふところから、虎屋の羊羹《かん》の桐箱を取りだした。店主の目の前で蓋《ふた》を開くと、中はからっぽである。番頭はおもむろに巾着から小判を一枚出し、桐箱に収めた。蓋をすると、「これは手みやげです」と主人に差し出した。店主が、ニヤリとした。

「色よいご返事をお待ちしております。明日《みょうにち》、今日と同じ時刻にお嬢さまとこちらに参ります」と言って、二人は下がった。

似顔絵屋に鼻薬をきかせれば首尾よくいく。これは脇坂の筋書であった。その通りになった。

のぶと番頭は似顔絵屋に付き添われて、納所《なっしょ》に案内された。納所は、本来、施物を納める所で、会計など寺務を行う。そこに六十代の柳全《りゅうぜん》という僧がいた。日道の片腕を務める男である。

そしてこれが延命院の不思議なところだが、連日、押すな押すなの参拝客で大賑いの繁昌寺にして、僧は日道と柳全の、たった二人きりなのである。男衆は何人かいる。彼らは雑役をする、いわゆる寺男たちである。女衆は多い。ほとんどが参拝客の案内役や、お茶汲みである。

柳全は似顔絵屋からあらましを聞くと、のぶをそれとなく品定めした。大きく一つうなずき、

「何とか計らいましょう」と請《う》け合った。

「どうぞお願いいたします」番頭が持参の風呂敷包みを、包みごと柳全の手元に押しやった。

柳全が包みをほどく。「喜捨《きしゃ》」と筆で書かれた奉書紙が現れた。寄付金である。柳全が押し戴いた。中身を改めることはしない。重さで、およその金額がわかるのであろう。もっとものぶたちも、昨日、絵葉書屋から耳打ちされたのである。「このくらい」と言われて、「このくらい」の額を包んできた。

柳全が二人を七面堂に案内した。七面大明神像前に導くと、「しばらくお待ち下さい」と奥に入った。

七面堂はお参り客でいっぱいである。客は願い事を唱えると三拝九拝し、後ろに控えている客に場所を譲って帰っていく。

柳全が戻ってきた。

「祖師堂にご案内しますが、お嬢さまのみ入室です。申しわけありませんが、付き添いのかたはご遠慮いただきます」

「これから通夜参籠ですか？」

「番頭」がびっくりした。「何も準備してきていないのです」

「いやいや」柳全が右手を押しとどめるような形にした。

「今日は段取りの説明のみです。正式の日時は後日、改めてご通知します」

「安心しました」番頭が胸を撫でおろした。

のぶと今後の打ち合わせをする必要がある。いきなり通夜参籠に入るのか、とまごついたのだ。

「私はここでお待ちしていればよいのですか」

番頭が柳全の隙をみて、のぶに目交《ま》ぜした。のぶも、すばやく目で返事した。

「はい。なに、大して待たせません」

柳全がのぶをうながした。

七面堂と祖師堂は廊下でつながっているらしい。祖師堂の手前に、いくつかの控え部屋があり、のぶはその一つに請《しょう》じられた。

「ここでお籠りの手順や注意を説明しますから、しばしお待ち下さい」

柳全が下がった。のぶは部屋を観察した。

三方が壁の、六畳間である。床の間があって、竹の花筒に八重山吹が生けてあった。「南無《なむ》」と記された掛字がある。他に何も無い。

のぶと同い年ぐらいの娘が、茶を運んできた。

「上人《しょうにん》さまは、どちらにおられますか?」

のぶが声をかけると、驚いたように顔を上げた。

「さあ?」と小首をかしげた。「私は、何も存じませんのです」

「どこに参れば、お会いできます?」

「さあ?」

「あなたはお会いしたことがない?」

首を横に振った。

「もったいのうございます」

「そう」のぶがうなずくと、そそくさと下がった。

のぶは茶をすすりながら、人の視線を感じた。そっと、振り返った。人らしき者は、見当たらない。

しかし、どこからか見られているような気がする。床の間に目をやった。「南無」の文字が怪しい。黒い色は、その二文字のみである。のぶは目を反《そ》らせた。その時、「南無」が動いたような気がした。

柳全が戻ってきた。通夜参籠の説明が始まった。当日は斎戒沐浴《さいかいもくよく》して当院にお越し願いたい。時刻はこれこれ、持参する物は、これこれ。

「ご質問は、ございますか?」柳全が訊《き》いた。

「お上人さまにお目にかかれるのでしょうか?」

「もちろんです」柳全がうなずいた。そして、急に声をひそめた。

「あなたは特別ですよ」

「まあ。なぜでしょう?」のぶは大げさに目を見開いた。

「そのように私が計らいました。上人は誰でもお会いになるわけじゃないのです。それじゃ、体がいくつあっても間に合わない。特別のかたのみです」

「どうして私が選ばれたのでしょう?」

柳全が声を立てないで笑った。

「七面大明神の意に叶ったのでしょう」

「大明神のみこころに叶わぬ方は、どのようにすればよろしいのですか？」

「上人は毎月五の日に、七面堂で説教をなさいます。どなたでも、お聞きになれます」

「五の日に、ご尊顔を拝むことができるのですね？」

「いや」柳全が首を横に振った。

「顔は隠されております。あなたもご存じのように、上人が顔を見せると、当院は大変な騒ぎになります。ですから、皆さまの前にお見せするのは、お体のみです。まあ、声は聞けますがね」

「通夜参籠の際には、拝むことができるのですね？」

「ほんもののお顔をね」柳全がニヤリ、と笑った。

指定された日時に、のぶは参上した。身を清めている。持仏堂に案内された。内陣（本堂）に進む。香が焚《た》かれ、めまいがするような空気である。経を唱えながら、日道上人が現れた。

その顔を見たのぶは、思わず、あっ、と声を発した。

五日目

日道上人は、ひとしきり経を読むと、のぶの方を振り返り、ようこそお越し下さいました、と丁重な挨拶を述べた。どうぞお楽に、と言われて、恐る恐る顔を上げた。

改めて、上人の容貌をつくづく拝んだ。さきほど、ちらりと横顔を見て、自分が驚いたのも無理はない、と納得した。

そっくり、なのである。目元、口元、声が、信じられないくらい、似ている。

誰に似ているか、というと、恐れ多くも、のぶに密命を課した脇坂淡路守《わきさかあわじのかみ》である。

瓜ふたつ、と言ってよい。

上人は四十歳に近い年齢のはずだが、とてもその年恰好には見えず、三十そこそこくらい、三十六歳の脇坂も若く見えるけど、二人は同年と言っても不自然でない。

上人は七日間の通夜参籠《つやさんろう》の説明を始めた。このあと籠《こも》り堂に入っていただき、終夜、祈念三《ざん》昧《まい》の手順だが、不眠不休の儀式ゆえ、初日のことなので夕方まで別室で仮眠をとって下さい。仮眠部屋は心を落ち着かせるため、人払いしてあります。安心して、しばしお休みあれ。

「どうしました？　もしもし？」

のぶは、ハッ、とした。上人の淀《よど》みない、心地よい声音《こわね》に、つい、うっとりと聞き惚れてしまった。魂が、抜け出ていたらしい。

「あの、私……」

「どうなされた?」

「眠くないんです。家で、いっぱい寝てまいりました。だから、このまま籠り堂にご案内いただきたいのですが、構いませんか?」

「ご希望とあらば、すぐに支度《したく》させますよ」

上人が声を立てずに笑った。

「しかし、あなたのような信者は珍しい」

笑顔がまた、脇坂そっくりだった。のぶは、赤くなった。

「わがままを申して、ごめんなさい」

わざと、人と違うことを言ったのである。上人の気を引くためだった。

寺男が呼ばれて、のぶは籠り堂に連れられた。持仏堂の隣が祖師堂で、祖師堂の裏が籠り堂であった。

畳の枚数で八枚の広さの、板の間である。奥に七面大明神と大書された軸と絵像が掲げてある。その前に大きな箱型の香炉が据《す》えてあり、他に何も無い。部屋のまん中に、藺草《いぐさ》で編まれた円《まる》い薄縁《うすべり》が、一つ敷かれていた。

寺男が去ると、のぶは軸と絵像の裏側を調べた。壁を叩いてみた。異常は、ない。香炉を押してみた。びくとも、しない。

堂内の隅から隅を見回った。最後に天井を見上げていると、先ほどと違う男衆が乱れ箱を運んできた。

「どうぞ、お着替えを」と言った。乱れ箱には白衣《びゃくえ》が畳まれてあった。

男衆は香炉の香木に火を付けた。やがて、強烈な香りが堂内に立ち籠めた。男衆が香木を何段か井桁《いげた》に組むと、「私どものお世話は、本日はこれまでです。明朝まで、参りません。どうぞ心置きなくご祈祷下さいまし」と丁寧な辞儀をして下がった。

「ご苦労さま」のぶは礼を述べた。再び籠り堂内を点検したのち、白衣に着替えた。

そして敷き物に正座し、絵像に向かって合掌した。唱え言《ごと》は、おのおのの自由とされている。延命院が人気なのは、特定の教義を押付けないからであろう。

いつのまにか、のぶは眠ってしまったようである。

気づくと、のぶの前に、上人の背中があった。日道上人が低い声で経を読んでいたのである。香炉から盛んに薫煙が上がる。のぶはあわてて起きあがり、居ずまいを正した。

その際、とっさに、おのが腰のあたりをさすってみた。何ともない。

上人が、ゆっくりと振り返った。

「よくおやすみでしたよ」

「お恥ずかしい」のぶは、恥じらった。

「ずいぶんお疲れのようでしたが、大丈夫ですか？　参籠は一日のばしても構いませんよ」微笑した。

のぶは、クラクラとした。

淡路守さまが、私に微笑まれた。

「いえ。今夜から籠ります。どうぞお導き願います」

「たってとおっしゃるなら、そういたしましょう。私は、ときどき見回りに参ります」

上人が立ち上がる。

「あの？」

「何か？」

あの、笑顔。淡路守さまだ。

「いえ、何でもありません」

「お励み下さい」

さっさと、退去する。どこから出て行くか、と見送ると、一カ所しかない開き戸からだった。

のぶは、がっかりした。何事も起こらない。

期待していたのに。

上人は私が気に入らないのではないか。これでは通夜参籠を志願した意味がない。淡路守さまに合わせる顔がない。

私から仕掛けるか。この香の匂いに惑わされた振りして。

求められたら、さんざん、じらしてやろう。私だけ愛してくれないなら、承知しない、と逃げる。逃げる振りして、おいでおいでをする。その繰り返しで、相手を翻弄《ほんろう》する。

どんな形で女をたぶらかすのか、実地に見てやる。その様子を事細かに、淡路守さまに報告すれば、私の役目は終わる。

むろん、いざという時は、淡路守さまと約束した「急所」だ。淡路守さまは大笑いして、私の手柄をたたえて下さるだろう。

それにしても、この薫香だ。これが、くせものらしい。眠くなる。薫き物《たもの》で、女を酔わせて、体の自由を奪うのに違いない。

おや？　開き戸が、開いたようだ。音もなく、少しずつ開いている気配だ。香が、私の背後に流れていく――いや、違う。どうやら部屋の隅の方に――隅って、どこだろう？

眠い。猛烈に眠い。急に、眠気が襲ってきた。

そして、のぶは、足を踏み外したように、眠りに落ち入った。

目覚めたのは、明け方近い。最初に、自分の体の様子を見た。全く、何ともない。

香炉の香は絶えている。

寺男が朝の挨拶に現れた。

「仮眠部屋に朝食を用意してございます。また、ゆっくりお休みできるように寝所《しんじょ》を調えてございます。ご案内いたします」

「上人さまは、どちらにいらっしゃいますか？」

「朝の勤行《ごんぎょう》をおつとめでございます」

なるほど、本堂の方から、上人の美声が聞こえてくる。

通夜参籠中の者は、籠り堂と仮眠室以外に、出歩くことは禁じられている。むろん、身内の者や知人と面談はできない。

粥《かゆ》と梅干のみの朝餉《あさげ》をとりながら、のぶは考えた。

何事も起こらず、一日が終わってしまった。上人が用人深いのか、自分に魅力が無いのか、はたまた世間のうわさが間違っているのか。このまま参籠が満願になったら、どうすればいい？

次に取るべき手段は？　寺で雇ってくれと申し出ても、むずかしいだろうし、当然、身元を調べられる。

お籠りの期間しか、上人とじかに話をする機会は無い。何としても、上人の関心を得なければならない。どうしたら、いい？

参籠は、五日目に入った。

相変わらずの状況である。さすがに、のぶもお籠りに慣れて、眠くなることはない。きちんと、夜っぴて、七面大明神の絵像に、祈りを捧げている。

上人は二、三度、堂に現われ、香を焚き、経をあげていく。開き戸を静かに開けて、入ってくるのである。

帰りがけ、「ご気分はいかがですか?」と、ひと声、必ず声をかけていく。

「上々でございます」のぶは返事しながら、もっとしゃべりたい、とあせる。

もっともっと上人の声が聞きたい。話をしたい。

でも、何と言えばよいのか。

早く、早く。急がないと、上人は退出してしまう。

「あの?」

のぶは、ひと言を絞りだした。

「何か?」

上人が、微笑した。

のぶは、混乱した。淡路守さまが、優しく私を見つめていらっしゃる。

「好きです」

のぶは、血を吐く思いで明言した。言ってから、急に恥ずかしくなり、円座をすべりおりるや、突っぷした。

「知っておりますよ」

淡路守が言った。そっと傍らに寄ると、のぶの肩に手を置いた。

「とうから、知っておりましたよ」

淡路守が、そうささやいた。のぶは、性根《しょうね》を失った。

「私も」ああ、これは誰の声だろう？　「とうから思っておりました」

そうか、そうか、と淡路守が、うなずいた。のぶの肩に置いた掌を、その言葉のように軽く動かしたのである。

のぶは、相手に抱きついた。淡路守が受けとめ、のぶの背を、何度も撫でさすった。

「今夜」とささやいた。「いいね？」のぶは感きわまって、泣きだした。

ようやく、思いが叶った。これでよいのだ、と泣きながら、うなずいた。

捕物

一応は、抗《あらが》ったのだ。

抗う？　本当だろうか？　のぶは日道上人《にちどうしょうにん》の胸を強く手で押した。つもりだった。だが、すぐにその手を引っ込めた。相手が上人ではなかったからだ。のぶの唇に、唇を接してきたのは、脇坂淡路守《わきさかあわじのかみ》様であった。

その後は、よくわからない。のぶは脇坂様に抱きすくめられた。夢の中の出来事のような気がする。

いや、夢だ。のぶはいつの間にか眠っていて、甘美な夢を見ていた。

どのくらい、たったろう。気づくと、七面大明神絵像の前に横倒しで寝入っていた。あわてて起き上がる。あっ、と前に手をやった。夢ではなかった。

香の匂いが、きつく鼻を刺激した。絵像を拝んでいた日道上人が、座ったまま振り向いた。

ゆっくりと体の向きを変え、のぶと正対した。

「おめでとう」脇坂様が微笑した。

「えっ?」のぶは首を振った。脇坂様ではない。上人である。

「めでたく満願ですよ」

「満願? あの、今日は?」

「結願日《けちがんにち》ですよ」

「だって、今日は、六日目、では?」

上人が笑う。明らかに、上人の笑顔だ。

「あなたは夢中だったので、あいまいなのでしょう。間違いなく七日目ですよ。寺の暦で確かめている。お疲れなさっているんでしょう。無理もない」

「七日目」のぶは、独りごちた。五日目までは、知っている。しかし、六日目の記憶がない。

「立てますか？」上人がにじり寄り、のぶの手を取った。立とうとして、ふらつき、上人に抱きついてしまった。上人が優しく抱きしめる。

「思い人《びと》の夢でもご覧になり、うっとりと夢にひたっておられたのではありませんか」のぶの耳に口を寄せて、ささやいた。

「思い人のお名をおっしゃっておられましたよ」

「えっ？」のぶは、はじかれたように身をそらした。

「亀様とは、どなたですか？」

「えっ？」のぶはいよいよ反《そ》り返った。

「知っておりますよ」上人が、いたずらっ子のような目で見た。

のぶは、青くなった。

無意識に口に上《のぼ》せてしまったのだろうか。亀様とは、脇坂淡路守の幼名なのである。

いつぞや、淡路守に、子ども時代のことを聞かれた。十歳ののぶが男の子らを率いて捕物ごっこに興じていた、どんな風に遊んでいたのか、詳しく教えて下さいよと、せがまれたのである。

「さしたる魂胆はないのさ」脇坂が笑って弁解した。

「捕物の参考になりゃしまいか、と思って、ね」

「あくまで、ごっこですよ」のぶが、照れた。

「鬼ごっこと隠れん坊を合わせたような遊びです」

「盗賊と捕方《とりかた》に分かれて遊ぶんだね。のぶは、どっち？」

「捕方です。一人の義賊を、みんなで追いかけるのです」

「追いかける方が、面白いのかね？」

「隠れている賊を探すのが、楽しいんです」

「義賊のわけは？」

「悪人だと、なり手がいないんです」

「なるほど」

のぶは、これだけは脇坂に語らなかった。義賊は大好きな男の子だった。義賊をまっ先に見つけ、抱きついて捕える。のぶのひめやかな愉《たの》しみだった。

ところが、ある日、捕方役の男の子から文句が出た。いつも義賊役が決まっていて、つまらない。クジ引きか、持ち回りで公平に選ぶべきだ。捕方役の者が、口々に賛同する。のぶが渋っていると、それじゃこの遊びはやめよう、と決まりかけた。のぶ一人では、成り立たない遊びだった。仕方なく皆に同調すると、のぶより二つ年上の男の子が義賊役を買ってでた。のぶがあまり好きでない、乱暴っ子である。「いち抜けた」で降りるわけにいかない。

それなら、日頃のうっぷんを、この子で晴らしてやろう、とのぶは考えた。手荒に扱って、懲《こ》りさせてやろう。のぶは張り切って、年上の賊を追い詰めた。

炭小屋の奥にひそんでいるところを、「曲者《くせ》、見つけた」と指さしたところ、その手をつかまれ、強い力で抱き寄せられた。口をふさがれ、もう一方の手で喉《のど》を締められた。

「おおい、おのぶー」小屋の外から、これまで義賊だった男の子の声がした。「どこだ。いないのか」入口から呼ばわる。

「動いてみろ」新しい義賊が、声を押し殺した。のぶの着物の裾《すそ》を、まくり上げた。「恥ずかしい姿を見せつけることになるぞ」

「どこだ」入口の影が消えた。「おおい」声が遠ざかる。

「あいつにだけ見せないで、おいらにも与《あず》からせてくんな」のぶを裸にしようとする。

のぶは暴れた。積み上げた炭俵が崩れた。

「中にいるのは誰だ！」入口に人が立った。大人の影である。のぶを押えつけていた少年が、足元に火が付いたように飛び上がり、入口の人をはねとばす勢いで逃げていった。

「何だ？　男と女の豆煎《まめい》りをしていたのか？」

この家の老人だった。炭を取りに来たのである。

「違う」のぶは、くやしくて反発した。「あいつ、あたいを手籠《てご》めにしようとした」

「何だって？」老人が、あきれ返った。

危険を覚えたら男の急所をねらえ、とのぶに教えたのは、このご隠居である。

「義賊役の男の子は、何という名だ」脇坂が聞いた。「さぞかし、はしっこい子だろうな」

「鶴寿、といいました」のぶは顔を赤らめた。

「めでたい名だ。お前が好きな子だったんだね？」

「いいえ」ますます赤くなった。

「好きでなかったら、追いかけないさ」脇坂がほがらかに笑った。

「鶴寿か。実は私の幼名は亀吉というんだ」

その時、脇坂が打ち明けたのである。

脇坂の父は『大日本史』編纂の大事業を起こした水戸の徳川光圀《みつくに》公を尊敬していた。光圀は湊川神社に楠正成の墓を建てた。墓の台座は亀を模《かたど》った亀石である。吉祥《きっしょう》の亀にあやかって、わが子の名とした。

「亀様」のぶは声に出さずに言った。

「私は」のぶは上人に答えた。「神さま、とつぶやいたのです。この七面大明神さまの御名を」

「神さま？　そうかな。私には亀様と聞き取れたが。まあいい。私はあなたが他人と思えなくなった。また会いたい。約束してくれまいか」

「本当ですか？」のぶは真剣に上人を見返した。（何か私のことを知っているのではないか）

「本当に会っていただけますか？」

「二言《にごん》は無い」

「証《あかし》になるものを下さい」

「差し上げる物はない。でもお疑いなら、証拠を見せよう」

上人が立ち上がった。のぶについてこい、と目でうながす。

奥の隅の辺りで跪いて、羽目板の壁を軽く叩いたと思うと、どういう仕掛けか、戸板半分ほどの空間ができていた。観音開きの扉になっていた。上人が身をかがめて入る。いったん顔を出し、のぶに続けと目交《めま》ぜした。のぶがくぐると、上人が扉を閉めた。

中は三畳ほどの小部屋である。階段を四段下りる。低い天井の、六畳間に出た。思うに、籠《こも》り堂の縁の下になるらしい。

「ここは特別の者しか入れない部屋だ。これで私の思いが、まやかしでないとわかっていただけたかな」

壁は極彩色《ごくさいしき》の肉筆春画で飾られていた。春画の人物は、上人の似顔であった。のぶの傍らには違い棚が据えてあり、棚には性具や春本らしきものが置いてあった。

「私が居ては気詰りだろう。しばし、楽しむがよい。小さい用事を片づけてくる。すぐに戻る。秘密の部屋だから安心するがよい」

上人が扉を開いて出て行った。隠し通路があるらしい。足音は祖師堂の方向に向かって消えた。

のぶは違い棚の冊子を手に取った。部屋に入りしな、一等最初に目にとめたものである。子どもの時分の、捕物ごっこの感覚を蘇らせていた。その冊子は、暦である。単なる暦ではあるまい、という勘は適中していた。

本日の日付の所を開くと、のぶの偽名が偽名のまま記されてあった。その名は、むろんのぶが寺に告げている名である。のぶは本日までの七日間、通夜参籠《つやさんろう》している者として明記されていた。明日からお籠りする者の名も書いてある。すべて、女の名である。

のぶは今までお籠りした女と、明日から籠る女の名を、急いで読んで記憶にとどめた。女の名は覚えやすい。明らかに町娘や人妻とは思われぬ、御殿女中らしい名が多く見られた。隠し廊下を、忍び足でやってくる気配だ。のぶは暦を閉じ何食わぬ顔で、違い棚の一番上にあった春画本に見入っている振りをした。

のぶは実家に帰るや、脇坂淡路守あてに詳細な復命書をつづり、菩提寺で待ち合わせた大検《けん》使《し》（寺社奉行の番頭格）に託した。延命院の内情、日道上人の所業、通夜参籠の実態など、手に取るようにわかりやすく説明した。

享《きょう》和《わ》三年五月二十六日早朝（五ツ時といわれている。現在の午前四時）、寺社奉行・脇坂淡路守安董《やすただ》は、家臣八十数名を率い、自らは陣羽織に野袴を着け乗馬し谷中延命院に向かって出動した。

丁度その時間、のぶは武家の妻女のように、喉を短刀で突いて自殺した。

地蔵由来

世に、「延命院大捕物」という。

住職の日道は、秘密部屋の、大長持の中にひそんでいたところを発見された。僧衣を剥ぎ取られて、縄を打たれた。僧侶の身分のままでは、召し捕れないからである。武士同様、寺僧には特権があり、保護されていた。

納所《なっしょ》坊主の柳全《りゅうぜん》も、同じく僧衣を脱がされて、お縄になった。僧はこの二人だけで、あとの男たちは寺の雑務をする雇人であった。

寺社奉行の脇坂淡路守安董《やすただ》は、日道と柳全を用意の網乗物《あみのりもの》に押し込んだ。青い網のかかった護送駕籠《かご》である。士分以上の重罪人に用いる。

手勢《てぜい》の半分以上を現場に残し、脇坂は網乗物を護衛して自邸に戻った。ただちに日道と柳全を取り調べた。

延命院は表門と裏門が封じられ、出入りが差し止められた。谷中地区の触頭《ふれがしら》(寺の代表)が呼ばれ、触頭立ち合いのもとで、家探しが始まった。シラミ潰しに、行うのである。女たちの艶書が、何百通も見つかった。秘密部屋、隠し階段、隠し通路、抜け穴、抜け道などが、次々に暴《あば》かれた。

七面堂、籠《こも》り堂は、さながらカラクリ堂であった。至るところに、思いがけぬ造作が施されている。長い間にわたって、少しずつ建物を改造したらしい。継ぎ足したり、減らしたり、形を変えたり、広げたりしているうちに、奇怪な仕掛け堂が出来あがってしまったようだ。

脇坂は日道の尋問に当たって、のぶの復命書を、もう一度最初から丹念に読み直した。途中まで読んだ時、注進が来た。

脇坂の顔色が変わった。

「今日は、やめる」

席を立った。日道が、押しとどめた。

「何もかも包み隠さず、申し上げます」

脇坂が振り返った。

「いきなり、どうした?」

「私は七面大明神に仕える者」日道がニヤリ、と相好を崩した。「たった今、大明神のお告げがありました」まじめな顔をした。

「一切を語ることで、いささかの罪滅ぼしになると」

「されば、女犯《にょぼん》のざんげから聞こう」

脇坂が元の位置に座り直した。

「その前に、新仏《あらぼとけ》に経を手向《たむ》けさせて下さい」

日道が朗々と読経《どきょう》を始めた。脇坂の配下が制止しようとした。脇坂が目でたしなめた。そして瞑目《めいもく》した。


五月二十六日に大捕物があり、七月二十九日には落着した。大事件の裁きとしては、異例の早さである。

日道が観念して素直に白状に及んだのと、脇坂が大奥筋に配慮して、そちらを不問に付したからであった。事件は評判になり（何しろ寺社奉行が自ら出動して逮捕するなど、めったにない）、内容が庶民の大好きな色事で、しかも上流社会が関与とあれば、話に尾ひれがついて、世の中は騒がしくなる一方である。小さくまとめないと、社会不安を巻き起こす。

申渡《もうしわたし》（判決）によると、日道は死罪、柳全は晒《さらし》の上、触頭預け、のち寺法による処罰である。

申渡書に、こうある。まず日道だが、

「その方儀、一寺の住職たる身を顧みず、淫欲をおかし、源太郎妹ぎん、また大奥部屋下女こ、ろと密通に及び、その他、屋形向きに勤めし女両三人に艶書を送り、右の女が参詣の節密会を遂げ、あるいは通夜などと申し、寺内に止宿いたさせ、殊にころ懐妊の由を承り堕胎の薬をつかわし、総じて破戒無慙《むざん》の所行に候、そのうえ寺内作事の儀、奉行所へ申し立の趣と引き違い、勝手のまま建て直し候こと、重々不届の至りにつき死罪申し付けるもの也《なり》」

情事や艶書のやりとりで死罪は厳しすぎるようだが、実は日道には殺人の前科があった。お尋ね者だったのである。

幼名を牛之助といい、歌舞伎役者の子であった。美貌と口跡の良さで人気を得ていた二十三歳の時、誤って人を死なせた。自首すればよいものを、こわくなって逃げた。ひいきにしてくれた谷中の延命院に助けを求めた。

住職の日暁は、牛之助を出家させた。牛之助はまじめに仏道修行に励み、三十二歳の時、日暁のあとを嗣いで延命院住職となり、日道を名乗った。住職交代の折は寺社奉行に届け出て、奉行が身元調査をするのが習いだが、脇坂が奉行を拝命する前のことだった。

申渡書には、大奥部屋の下女ころだけが明記されているが、また、「屋形勤めの女」は二、三人とあるけれど、大奥の関係者はこんな数ではない。

日道は変装して大奥に出入りしていた、というから（役者だけに変装はお手のものである）、実態は目に余るものだったのだろう。

一方の柳全は年齢六十六、元は武家で森野元次郎といった。放蕩で身を持ちくずし、遊芸ができることから、宴席で座を仕切る幇間《ほうかん》、いわゆる男芸者になった。

年を取るにつれ食えなくなり、僧侶を志願して延命院にやってきた。日道と気が合ったのだろう。いつか寺に住み込み、会計などの手伝いをするようになった。知恵はあるし、機転がきく。日道の美男子ぶりを金儲けに結びつけたのは、柳全である。似顔絵商法や、七面大明神のご利益を宣伝したのも、彼であった。日道の好色を増長させ、秘密部屋を造らせたり、女たちを手引きしたのも柳全の采配だが、彼のお目当ては金であった。

金の顔を見ていれば、ご満悦だったのである。片や色、こなたは金。二人の欲が延命院を切り回していた。

この事件は解決後、半年とたたぬうちに、読物として江戸市中の貸本屋に出回った。作者は不明で、登場人物も仮名である。しかしほぼ事実に近い記述から、当事者に縁のある者が書いたに違いない。その証拠に、まもなく幕府は禁書に指定し回収、貸本屋数十人を手鎖刑にした。読物は主として大奥の秘事に触れていたからである。

脇坂淡路守は名奉行と称《たた》えられた。それから十年、存分に才腕をふるっていたが、四十六歳の時、突然、寺社奉行を辞任した。

理由は、わからない。不思議なことに、どの本にも確かな説明が無い。大奥の仕返しだとも、失態の責任をとったとも、病気によるなど、憶測のみ書かれている。

そして十六年後、再び寺社奉行に任命された。再任して六年、「仙石騒動」が出来《しゅったい》、脇坂はこれの審理を任された。脇坂は迷うことなく、川路聖謨《かわじとしあきら》に実質審理を命じた。

川路は三十五歳、寺社奉行吟味物調役《しらべやく》である。脇坂は六十八歳、翌年には西ノ丸老中となり、翌々年には本丸老中、幕府の高位高官に昇り詰める。

話が先走りしすぎた。

川路は脇坂邸の離れ家に一人こもって、出石《いずし》藩騒動一件を調べている。源助老人の差し入れてくれた焼き大蒜《にんにく》の効き目で、眠気が差さない。

その代わり朝餉《あさげ》をとった直後、深い穴に落ちたような猛烈な睡魔に襲われる。これはいけない、とあわてて自分の太股をつねる。昼までに是非とも仕遂げねばならぬ用事がある。

川路は気合いをかけて立ち上がり、床の間の刀架《とうか》（刀掛け）から木刀を取ると、庭に下りて素振りを始めた。木刀は川路の身の回りの世話を焼く、貝太郎《かいたろう》という少年から借りたものである。貝太郎は脇坂邸出入りの炭屋のせがれだが、武家にあこがれていて、商売が暇になる春から秋口まで、脇坂邸に季節奉公している。

「武家のどこが好きなのだ」川路が尋ねると、「食わなくとも高楊枝《たかようじ》。こういう姿勢が魅力なのです」と生意気を言う十五歳である。

素振り三百本を使うと、眠気が吹っとんだ。川路は湯殿で汗を流すと、着物を着替えて再び庭に下りた。その辺を腹ごなしに散策するつもりだった。

植込みの奥に、稲荷《いなり》の祠《ほこら》があり、紙きれのように乾いた油揚げが一枚供えてあった。その隣に地蔵堂があった。格子《こうし》越しにのぞくと、柔和な微笑をたたえ、左足を垂れ下げた半《はん》跏《か》像《ぞう》が見える。

水桶を提《さ》げた貝太郎が通りかかった。川路の姿を見つけると、びっくりして、「お早うございます」桶を置き、ていねいに辞儀をした。

「お早う。このお地蔵さまは、何とも美しいお顔だが、何地蔵だろう?」

「お屋敷では、おのぶ地蔵と呼んでおります」

「おのぶ地蔵? どんな字を書く?」

「さあ?」

「延ぶるか。すると延命地蔵かな」

「源助じいさんに聞いてまいります」

貝太郎が走りだした。

「あ、これ。桶を運んでいけ。急がずともよい。用事をまにあわせないと、叱られるぞ」

「はい」と水桶を持ち上げた。

「ついでに、いわれも伺ってくれ」

「はい。文字といわれ」

程なく走って戻ってきた。

「おのぶさんという人を祀《まつ》ってあるそうです」

「ほう。どういうかただろう?」

「殿さまの大事なおかただそうです。源助さんがただいま参ります。文字は源助さんもわからないそうです」

川路は元よりおのぶを知らない。延命院大捕物のいきさつは、記録で読んでいるが、のぶの蔭の活躍ぶりは、当然のことながら公式の記録には載せられていない。

源助がやってきた。右手に花束を持っている。庭の花を適当に摘んだらしい。地蔵堂の竹筒の花入れに生けようとして、「ホイ、しまった、水を忘れた」舌を出した。

「貝太郎、水を汲んでこい」と命じた。

「水？　水かあ。さっき運ばなけりゃよかった」と言いながら、水屋の方に向かう。

「このお地蔵さまは、殿さまが大事になさっている菩薩《ぼさつ》でして」源助が川路に由来を語った。

思案所

川路聖謨《かわじとしあきら》の回想に、移る。

川路は芝口《しばぐち》（現在の東京新橋汐留《しおどめ》）の、寺社奉行・脇坂淡路守《あわじのかみ》安董《やすただ》の上屋敷にいる。寺社奉行は、奉行の自邸に置かれている。町奉行のように、特別の役所は無い。

天保六年八月時は、寺社奉行は四人いた。脇坂の他に、間部《まなべ》下総守《しもうさのかみ》詮勝《あきかつ》、井上河内守正春、それに堀田相模守正篤である。この四人の上屋敷が奉行所で、屋敷内に政務を執る場所を設けている。

川路はこの時期、寺社奉行吟味物調《ぎんみものしらべ》役で、脇坂の腹心の部下であった。

但馬国出石藩《たじまのくにいずし》のお家騒動を調べている。のちに、「仙石騒動《せんごく》」と呼ばれた家老・仙石左京による主家乗っ取りを謀《はか》った事件である。

ひょんなことから、発覚した。出石藩の江戸屋敷から藩士の神谷転《かみやうたた》という者が、理由もなく姿をくらましたので、探してほしいと町奉行所に届けがあったのである。犯罪者であるとのことだったので、網を張った。

　すると虚無僧《こむそう》姿で飛脚問屋から出てきた神谷を発見した。大捕物の末、お縄にしたのだが、神谷は変装でなく、自分は普化宗《ふけしゅう》の僧だから、本山の下総《しもうさ》小金《こがね》の一月寺《いちげつじ》に照会してくれ、と頼む。出石藩からは、早く神谷の身柄を引き渡してほしい、と催促が来る。一月寺からは間違いなくわが宗門の役僧である、出石藩に渡すのは筋違いだ、寺に帰してほしい、ときつく申し入れてきた。町奉行は、裏に何かあると、不穏な気配を察し、神谷を厳しく尋問した。

　これが長引いたので一月寺は業を煮やし、寺社奉行に訴えた。僧侶の事件は寺社奉行の所管である。寺社奉行は町奉行に問い合わせた。両者で取調べの主導権争いになった。

　やきもきした一月寺は、寺社奉行の脇坂に、神谷転から聞いていた出石藩の内紛を、書面に仕立てて提出した。神谷を出石藩に渡すと、秘密を知る神谷は、ひそかに殺される恐れがある、と訴えた。

　藩の秘密とは何か。それは仙石左京の野望であった。

　左京はこの数年、藩の改革を強行し、自分の意に染まない者を失脚させたり、追放したりした。自由にあやつれる者のみで、藩政を進めようとした。はじかれた者は、当然、反発する。

藩内が二分し、対立した。

藩主はまだ幼い。後見役の左京の思うがままである。そこに昨年の秋、老公が病死した。急だったので、あらぬうわさが立った。毒殺されたのではないか、という穏やかでない風評である。以前から左京は自分の息子小太郎を、然るべき地位に着けたいと画策していた。それはどう考えても、藩主の地位である。当主を亡き者にする計画を、着々と運んでいるようだった。

神谷転は、いずれかの筋から確かな情報を得て、国元の親友に密書で知らせた。親友の河野瀬兵衛は、反左京派の面々にこれを伝えた。

左京は瀬兵衛を、「許しがたき謀計を企てた」容疑で召し捕り、ろくろく調べもせず口封じのため処刑した。これを知って神谷は脱藩し、逃走した。人のつてで一月寺に助けを求めたのである。


川路が脇坂邸にこもって数日過ぎた。

「殿の御成《おなり》です」

触れがあった。川路は居ずまいを正し、平伏して待った。

やがて、「やあやあ」と友だちにでも会うように、気さくに殿様がやってきた。奥小姓《おくごしょう》を連れている。居間で主君の私用を果たす者である。奉行所で公用を務める者を、表小姓と呼ぶ。

「めっぽう暑いな」脇坂は江戸暮らしが長いので、巻き舌の江戸弁である。奥小姓に部屋の障子戸を全部開け放させた。警護の武士たちが、あわてて庭を移動する。

「何だろう、このにおいは？」脇坂が鼻をうごめかす。

川路は恐縮した。自分ではわからないが、多分、大蒜《にんにく》である。昨夜も、源助老人が持参した。けさ、部屋の空気を入れ換えたのだが、脇坂の鼻は過敏である。

「その後、調べは捗《はかど》っているかね？」

川路は手元の書類を見ながら報告した。

「驚いたことが一つございます」

「そうだろう」

脇坂は動じない。

「仙石左京の家系を調べていてわかったのですが」

川路はひと呼吸置いた。

「左京は姓の通り藩主の仙石一族ですが、先年、総領の小太郎に嫁を迎えました。嫁は松平主税《ちから》の娘です」

「そうか」

別に驚かない。

「主税は、あの、周防守《すおうのかみ》様の弟御に当たります」

「そうらしいな」

「ご存知でしたか?」

「先刻」

「さようでしたか」

川路はちょいと、がっかりした。

松平周防守康任《やすとう》は、現在の老中筆頭なのである。つまり、騒動の張本人と目される左京の親戚に、幕府最高の執政《しっせい》職がいる。張本人を告発しても、握り潰されるということである。いや、それよりも発《あば》く側がにらまれる上、どのようないじわるをされるかわからない。下手をすると、どん底に突き落とされ、一生、這い上がれぬ目に合わされるかも知れぬ。

「出石城下に送り込んだ者から、左京の風聞書が出され、左京の係累《けいるい》についても詳しい報告があった」

脇坂が語った。

「評定所の評議では、私以外の意見は、確たる証拠も無い事件であるし、風評だけ一人歩きしている事柄だから、神谷の身柄は出石藩に渡し、事の処置を任せたほうがよい、だった。町奉行や勘定奉行は、老中のご機嫌を損ねたくないという腹さ。しかし、火のない所に煙は立たない。一月寺の真剣さは、普通でない。私は左京の野望は本心と見る」

「私も彼は老中を頼みに事を起こした、と判断しました」

川路は左京が松平老中に六千両の金を贈っている事実を話した。

「むろん、これは藩の金です。勘定方を丸めこんで作らせたものです」

脇坂が、沈黙した。腕を組み、庭に目をやった。ぎらつく正午《まひる》の日差しが、合歓《ねむ》の葉を艶やかに照らしている。

「鰻はお嫌いか？」

意想外の問いに、一瞬、惑乱した。

「好みでございます」

「ご馳走しよう」小姓に蒲焼を四串命じた。

「ここは品川に近い。鰻が自慢だ」

「道理で海風が心地ようございます」

「今日は凪《な》いでいる。暑さ負けしそうだ。鰻を食って精をつけようじゃないか」

膝を崩した。

「楽にしてくれ。正座で鰻を味わうのは、鰻に悪いだろう」

小姓が戻ってきた。

「貝太郎を店に走らせました。時分どきなので、少々時間がかかるかと存じます」

「そうだろう。はい只今で届けられるような鰻じゃ願い下げだ」

脇坂が鼻を鳴らした。立ち上がった。

「鰻にふさわしい味見どころがある。そこへ参ろう」

「シアンジョ、ですか?」小姓があわてて立つ。

「しばらくぶりだ。下検分を頼む」

「ただいま」小姓が縁に出て、警護の武士を呼んだ。小声で短く命じた。武士がうなずき、去った。にわかに庭内が人の気配でざわついた。

「シアンジョとは、何のことですか?」川路が問うた。

小姓が庭に下り、沓脱《くつぬ》ぎ石に、竹皮草履《ぞうり》を二人分揃えた。脇坂が突っかけ、次に川路が履《は》いた。脇坂が振り返って、

「私の隠れ家だよ。思案に余ることがあると、そこに一人こもって智恵をめぐらす。それで思案所。私が落ち着くので、私晏如《しあんじょ》でもある」

脇坂は「おのぶ地蔵堂」の方に歩いて行く。地蔵でなく、その先に家来たち四、五人が集まる椎の大木がある。そこに向かう。武士たちが最敬礼で迎える。

「蛇はいまいな?」脇坂が冗談っぽく尋ねる。

「隅々まで調べました。大丈夫です」かしら分らしい者が答えた。

椎の幹の後ろ側に回ると、縄ばしごが吊《つ》るされている。見上げると、一丈(約三メートル)半ほどの高さに、小屋が作られている。

中間《ちゅうげん》が見下ろしている。

「せがれが腕白時代にこしらえたのを、こわすのは勿体《もったい》ないので、私が思案所に用いている」

脇坂がはしごに手をかけながら説明した。

「お先にごめん」

言うなり、いとも軽々と上がっていった。

脇坂はこの年、六十八歳である。もともと実齢より若く見える人だが、外見もだが体力も決して衰えていない。相当なものである。

あっという間に、樹上の小屋に姿が消えた。あとについていく川路の方が、もたついている。もっとも木登りは得意でない。武士たちが縄ばしごの裾《すそ》を、揺れぬようにおさえている。お陰で苦労しないで上がれた。盆踊りの櫓《やぐら》が、樹の上にのっていると思えばよい。

「巧みにこしらえてありますね」川路は世辞を言った。太い枝の股を上手に活用している。微風があり、涼しい。隣の仙台伊達《だて》藩の屋敷林が、築地塀の向こうに、森のように見える。伊達藩上屋敷は六十二万石の大大名にふさわしく、敷地はとほうもなく広い。

おごっさん

椎《しい》の古木の枝分かれ部分に拵《こしら》えられた櫓《やぐら》は、畳三枚ほどの広さである。板葺《いたぶ》きの屋根もある。

川路聖謨は巧みな造りに、感じ入った。

脇坂安董《わきさかやすただ》が中間《ちゅうげん》に、「戸を立てろ」と命じた。中間が天井から下がった太綱を引くと、戸板が上がってきて、たちまち壁を作った。縄ばしごで出入りする側を除いて、三方が囲われた。

「これもせがれの考案でね」脇坂が息子自慢をした。「子どもというのは、大人が思いつかないことを考える。遊びの天才だね」

釣戸《つりど》の応用だろう。ふだんは櫓の下に床代わりに蔵しておくらしい。

「ご苦労」と中間をねぎらった。「ここは二人きりにしてもらおう。下りたら縄ばしごを外し、誰も上がらせるな」

中間が威儀を正して拝承した。

「鰻が来たら合図をしろ」

「かしこまりました」

「出入口の戸も閉めていけ」

小屋の中が暗くなった。中間が地上に下りた様子だった。脇坂が天井の隅に手をやった。小窓が開いた。明かり取りである。

「さて、例の件の、その後の報告を聞こう」

脇坂があぐらをかいた。

「近う寄れ。ここなら盗み聞きされる気遣いがない。しかし用心のため、お互い声を落そう。遠慮するな。あぐらでよい」

「失礼します」川路が言葉に甘えた。

扇子を半開きに開き、それで口元をおおうようにして、ひそひそ声で仙石家の内情を語った。

脇坂はうなずくのみで、口を挟まない。川路が一方的に話した。

報告が終わって、ひと息ついた時、見はからったように、天井のどこかで涼しげな鈴の音がした。合図らしい。

脇坂が、「やっと焼きあがったようだ」と立ち上がり、床の隅の太紐を引っぱった。樹の根本でギャラン、ギャランと鉄棒が触れ合う音が響いた。

「ご子息の工夫はすばらしいですね」川路が感心すると、

「なに、この仕掛けは親父様の考案だ」照れ笑いを浮かべた。

岡持《おかもち》を抱えた小姓が現れた。土瓶《どびん》と、二つの重箱を岡持から取りだす。脇坂と川路の前に、一つずつ置いた。脇坂が早速、蓋《ふた》を開ける。鰻の蒲焼が二串並んでいる。香ばしい匂いが、炎のように立った。その下の箱には、点々と垂《た》れのかかった白いご飯が詰まっている。

川路も蓋を取った。すると脇坂が自分の蒲焼を一串、川路の重箱に当たり前のようにのせた。

「お前さんは若いんだから、苦になるまい」

「あ、いや、これは」川路は恐縮した。

「しばらく人を遠ざけてくれ」脇坂が茶を注いでいる小姓に命じた。「樹の下で見張りをしてくれ。誰も来させるな。話が終わったら、合図をする」

「御意《ぎょい》」小姓が承知し、するすると縄ばしごを伝って下りた。

「食べながら聞いてくれ」脇坂が咳払《せきばら》いをした。お茶をひと口含むと、まずご飯の固まりを箸でつまんだ。殿様らしくない豪快な食べ方である。それから蒲焼を半分、ぺろりと食べた。次にまたご飯の大きな固まりになる。

早食いである。川路は追い立てられるように、あわてて箸を運ぶ。

川路がようやっと一枚片づけた時には、あるじは平《たい》らげてしまっていた。

「急がなくてよい」脇坂が笑った。

「これは私の性分でね。こと食事に限っては、どうも人に合わせられない。自分勝手に食べないと食べた気がしないのだ。人に同調できない。がっつく。がっつき病という、これも病の一種だな」

くすくす笑いながら、続けた。

「早食いは胃を悪くするというが、私の場合はこうしないと逆に悪くなる。根性曲がりの胃袋らしい」

「はあ」何と返事してよいのか。

「いっそ病気になった方がよい」笑いながら言うのである。

「そう願えば願うほど、皮肉なもので病気から遠ざかり、健啖家《けんたんか》になってしまった」

一体、何を言いたいのだろう。

「大食いというものは、常に腹が空《す》いている。食べても食べても、満足しない。もっと食べたくなる。身の程を知らない。この病気は恐ろしい。がっつき病どころではない」

声を立てて笑う。

「餓鬼《がき》だな。餓鬼道に落ちた亡者《もうじゃ》」

今度は声に出さずに、笑った。

「自分ではそのつもりではなかったが、見る人が見れば餓鬼とわかるようだ」

急に、声をひそめた。

「そこに、まんまと、つけこまれた」

川路は脇坂の顔を見た。脇坂が、苦笑した。

「いや、どうも」

とってつけたように哄笑する。

「脇坂も老耄《ろうもう》したものだ。こやつ、組しやすし、とみくびられたのさ」

川路は重箱に蓋をした。三串をようよう食べ終わった。

「昨日、御用取次の土岐豊前守《ときぶぜんのかみ》に呼ばれた」

突然、言いだした。川路は脇坂を注視した。御用取次とは、将軍のおそばに仕《つか》え、将軍の意向や用事を老中らに伝える役目である。

「申すまでもないが、これから話すことは、極内《ごくない》（極秘）だ」

脇坂が耳をすました。川路が息をのんだ。何も聞こえない。

「仙石家一件は、脇坂が扱えとの仰せであった」

川路は緊張した。御用取次の言葉は、将軍の命令である。辞退することはできない。

「そのあと水野越前守からも、くれぐれも励むようにと鼓舞《こぶ》された」

水野越前守忠邦は、このたびの出石《いずし》藩問題の担当を任された老中である。水野もまた、将軍じきじきの内命であった。

川路はいつぞや「先生」が口走った言葉を思いだした。

「おおごっさんが身を乗りだした」という言葉である。

おおごっさん、とは大御所《おおごしょ》のことで、大御所は将軍家斉《いえなり》を指す。

水野や脇坂の人事は、「おおごっさん」の意向であった。将軍にそうするよう仕向けたのは、「先生」に他ならない。「先生」の目的は、何か。

「これは喜ぶべきだろうか。それとも悲しむことか」脇坂が茶をのんだ。軽くむせんだあと、仕方なさそうに笑いだした。

「昨夜、あれこれ考えた。辞退する法をだ。病気になる手もある。でも、もう遅い。上様が関心を寄せられたからには、引くに引けない」

ゆうべは一睡もできなかった。そう言って目をしょぼつかせた。

脇坂がどうして妙なことで笑いだしたり、体調の話を持ちだしたり、いささか興奮気味なわけがわかった。寝不足なのだ。それと、自分の先ゆきの不安からだろう。今回の処理が失敗したら、おおごっさんのお覚えは悪くなり、当然、現在の地位を失うことになる。蒲焼を四人前も注文したのは、体力を回復するためだったろう。同時に川路に対する激励であるか。慰労ともいえる。

脇坂が責任を取らされる事態に陥《おちい》れば、当然、部下の川路もただですまない。

「先ほど出石城下に放った密偵が戻った」脇坂が話を変えた。

「お前さんが話していた左京が、老中筆頭に贈ったという六千両の公金だが、これは事実ではないようだ」

「さようでしたか」

「何しろ出石藩は財政逼迫《ひっぱく》の様子で、正直のところ、そのような公金を動かせる内情にない」

「恐れ入ります」

「いや、叱責と取られてはこまる。縮こまらずに、引き続き調べを続けてくれ」

「かしこまりました」

「さあ、この辺で部屋に戻ろうか」立ち上がった。

「書類を見ながら打ち合わせた方が、はかが行く」

例の紐を引いた。下方で鉄棒が触れ合う。

「出石城下に派遣した聞き込みは、皆優秀で、それぞれ充実したみやげを抱えて帰った」

「はあ」

「探偵の仕事は男に限る」

「はあ」

「昔、娘に頼んで気の毒なことをした」

「何か」

「そこに地蔵堂がある。お参りしていこう。地蔵堂由来を話してあげよう」

おのぶ菩薩《ぼさつ》のことらしい。

脇坂が先に樹を下りた。椎の周りは武士たちが警固している。

そして川路は脇坂の口から、初めておのぶの活躍と、悲劇の生涯を逐一《ちくいち》伺った。

暑い日が続いた。

紙が自然に反り返るような旱天《かんてん》で、お湿《しめ》りがほしいところだった。

川路の調査も追い込みに入った。源助の差し入れの焼き大蒜《にんにく》も、数量を増やしてもらっている。もはや、においも気にならない。麻痺《まひ》してしまったのだ。脇坂の寝不足が心配になった。源助に聞くと、殿様は大蒜が嫌いという。においが苦手なそうで、川路は恐縮してしまった。

どうしたものか、迷っていることがあった。誰にも相談できない。相談できるのは、その人だけだ。しかし、今となっては、連絡をとるのもむずかしい。その人というのは、このたびの事件の予告を、そっと川路にほのめかした「先生」である。

また川路が時々思う人がいた。脇坂から聞いたおのぶである。今の自分はおのぶだ、脇坂に尽して殉《じゅん》じたおのぶに他ならない。これでいいのか、と自分に問うのである。

甘露

脇坂安董《わきさかやすただ》は思案に余ると、樹上にこしらえた小屋にこもると言った。そこで瞑想《めいそう》にふけると、心が落ち着き、妙案が生まれる、と川路聖謨に打ち明けた。樹上小屋を思案所《しあんじょ》、と称していた。川路にとってこの頃、庭内のおのぶ地蔵堂が、思案所になった。

明け方、二時間ほど仮眠をとると、庭に出て木刀で素振り一千本が日課である。湯殿で冷水を浴び、梅干と削り節の茶漬を二杯。これが朝食である。川路の方から注文したのだ。

源助老人が、いかに何でもこれでは体がもたない、と菜《さい》の皿小鉢を増やしたが、

「遠慮ではない。普段この通りなのだ」

「お家《いえ》ではそうでしょうが、あなたは当家の客人《まろうど》です。私どもが殿さまに叱られます」

「心配に及ばぬ。先刻、殿には話してある。客の要望に従え、と源助も命じられたはずだ」

「それでもこの暑さです。参ってしまいます。どうか召し上がって下さい」

「普段通りでないと、かえって体調を崩してしまう。悪いが、わがままを許してくれ。それに源助特製の焼き大蒜《にんにく》のお陰で、病知らずだ。あれは効《き》く」

ウヒヒヒ、と嬉しそうに笑った。

「ご馳走さま」川路が箸《はし》を置いた。源助が茶を入れた。麦茶である。

「当家の梅干はひと味違うね」世辞を言った。

「もしかすると源助が漬けたのかい?」

「わかりますか?」ウヒヒヒ。

「お国流の漬け方かい?」

源助の郷里は、確か津軽と言った。

「なに漬け方は江戸と同じです。梅の種類は国によって異なるようですが」

「そういえば豊後梅《ぶんごうめ》があったな」

花も果実も大きな梅を思いだした。川路が四歳まで過ごした豊後国日田(大分県日田市)代官所の庭の梅である。だいだい色に、鮮やかな朱色の斑点模様の実が、雨の翌朝、あちこちに落ちていた。

幼児の聖謨はそれらを拾い集め、玉のように転がして興じていた。ある時、その一つをかじろうとして、乳母にこっぴどく叱られた。近在の農家から奉公にきたまてという女で、聖謨はずいぶんかわいがられた。

「いいですか。生梅は猛毒ですよ。私の村の子で、死んだ者が何人もいます。侍の子が梅の実で命を落としたら恥です。こんなもの、こうしちゃいます。不届き者。不届き者」

まては梅の実を実に憎々しげに、草履の裏で何度も踏みつけて潰した。

「今日も暑くなりそうです」源助が膳を片づけながら、ぼやいた。「蝉たちの嬉しそうなこと。いまいましいくらいです」

「蝉に八つ当たりしても仕方ない」川路が苦笑した。

それからしばらくのち、おのぶ地蔵堂内に居る。地蔵と同じ恰好の半跏趺坐《はんかふざ》で思念をこらしている。こうしていると心が安らぐ。

「思案所」にこもっていることは、源助と貝《かい》太郎の二人に教えてある。脇坂の呼び出しが、いつかからぬと限らない。

（おのぶさん）川路は地蔵に語りかける。（迷っている）（一体、どうしたものだろう）

（あなたは、なぜ自ら命を絶ったのですか）（日道《にちどう》の自白でも、あなたは、汚《けが》されていなかったそうではありませんか）（脇坂様も、あなたのおふるまいの理不尽に、ずいぶん苦しまれたようです）（いまだに謎だ、とおっしゃる）（教えて下さい）

（恋、ですか？）（思い違い、ですか？）（あなたは日道に犯されたと、てっきり思い込んだのですか）

（乙女《おとめ》特有の、潔癖《けっぺき》だったろうか）（脇坂様に会わす顔が無い。そう、思い詰めた末に選んだ道だったのだろうか）

（わからない）（どうしてあなたが自殺したのか、わからない）

（私に迷いが生じたのも、あなたが死なねばならぬ理由が見つからないからなのです）

（だって、あなたは脇坂様のために働き、大きな手柄を立てた。誇ってよい。おのが身を汚《けが》さずに、日道を手玉に取った。恥じることは何ひとつ、していない）

（それなのに、黙って、自殺してしまった）

（脇坂様に尽くそうと一所懸命な私が、ふと不安になるのも無理からぬことではないか）

（今の私は、おのぶさんなのだ）

（あなたの本心を知りたいと願うのも、当たり前ではありませんか）

ドーン、と地響きがした。

川路は、我に返った。

山吹色の光が、堂内に射《さ》し込んだ。消えた。

いつのまにか、辺りはまっ暗になっている。すさまじい音がした。雷である。また、光った。鳴った。近い。

天が破けたように、どっと雨が落ちてきた。固まりのような雨である。堂の木肌葺《きはだぶ》きの屋根が、めりこむような勢いである。

突風が吹き込んできた。光った。まっ赤な稲光だった。轟音。川路は、堂の隅に跳ね飛ばされた。

すぐそばに、落ちたようである。

「わあっ」という絶叫と共に、貝太郎が転がり込んできた。

川路に、しがみついた。ふるえている。何か言っているようだが、雷と雨の音で聞こえない。

川路は、貝太郎の頬を平手で張った。

「しっかりしろ」耳に口を寄せて一喝した。

「そんな弱虫では武士になれんぞ」

「落ちた。雷、落ちた」呂律《ろれつ》が回らない。

「大丈夫だ」揺さぶった。

貝太郎の目が、とろんとしている。

「ほら、目をさませ」もう一発、頬にびんたをくれた。

「遠ざかっている。わかるか？」

うなずいた。恐縮したように、離れた。

「心配いらない。大きく息を吸って、ゆっくり吐いてみろ」

そうしている。光った。

「声に出して数えてみろ」

「一」と言った。

「二、三、四」

どん、と鳴った。頭の上でなく、明らかに遠い。

「ああ、驚いた」ようやく人心地ついたようである。いつものような声が出た。

「こちらに参ります途中で、急に、辺りが火のように赤くなったんです」

「そばに落ちたようだ」

「火柱が見えました」

「どの辺だ？　もしや」

脇坂の「思案所」ではあるまいな。あの椎の樹は、ひときわ高く目立っていた。

「いや。お隣の伊達《だて》様のお屋敷の方角です」

光った。

貝太郎が数えた。九つ、と言った時、カラカラカラと乾いた音が連続し、そのあと、どしん、とにぶい地響きがした。

「だいぶ遠のきました」川路を見て、照れくさそうに微笑した。

「私に何か急用だったのか？」

「いえ。お殿様のご伝言です。明日、評議を行いますので、外出しないようにとのことです」

仙石《せんごく》事件の、いよいよ決着をつけるようである。

出石《いずし》藩家老・仙石左京は、主家乗っ取りを謀《はか》ったのか、否か。左京とその一味を呼びだして、直接、糾《ただ》してみようというのである。その可否を明日、脇坂邸において、川路たちに問うというのである。つまりは、左京は白か黒か、おのおの判断を示さなければならない。その上で脇坂が断を下す。

誤まったら、ことである。大名家の審理である。老中首座がかかわっている。大御所（将軍家斉）が見守っている。冤《えん》罪であったら、裁いた脇坂は責任をとらねばならない。川路はお家断絶の上、身は切腹である。

雨脚が弱まってきた。夕立は、あがりつつある。貝太郎が濡れた着物を脱ぐと、下帯のまま堂を飛びだしていった。

「甘露《かんろ》、甘露」と叫びながら、雨に打たれている。

川路は驚いたように、貝太郎を見た。

「気持ちよいですよ。汗を流しませんか」と大声で誘った。

「今、何と申した?」

「行水ですよ。行水しませんかと申しました」

「いや、その前だ。確か」

「ええ。甘露、甘露と言いました。私たち、恵みの雨を甘露と申します。良いことが起こる前触れです」

「祥瑞《しょうずい》か。よし」

川路も脱衣した。下帯ひとつになると、表に出て、貝太郎と並んで雨を浴びた。

「どうですか? 雷様の贈り物です」貝太郎が嬉しそうに笑った。

「うん。気持ちよい」

日が差してきた。雨は、やまない。

貝太郎が、ころころと笑う。

「何だ。おかしいか」川路が振り返る。

「だって」笑いながら言う。「裸になると、お侍さまも、同じですね」

「何を。化物じゃあるまいし。同じさ」

「同じなんだ」感に堪えたように繰り返す。

「おいら炭屋のせがれだけど、裸になると、お侍様と違わないんだ」

雨が上がった。いつもの強い夏の日が焼きつける。蝉がいっせいに鳴きだした。

川路は空を仰いで深呼吸した。新鮮な、におうような外気である。

「使いを頼まれてくれないか」堂に戻りながら、川路が言った。体は拭くまでもなく、もうすっかり乾いている。着物をつける。

「小石川の船《ふな》河原《がわら》橋《ばし》を知っているか？」

川路の屋敷が橋の角にある。

「深川にこれから出かけるので、家来を寄こすよう言ってくれ」

「先生」に会いに行くのである。

予言者

永代橋《えいたいばし》を渡りきると、そこは深川の佐賀町《さがちょう》である。空気が、ヒイヤリとしている。水の匂いが濃い。

深川は至るところ堀割と小橋がある。橋を三つ越えた。やがて、仙台堀川《せんだいぼりがわ》にぶつかった。わりあい大きな堀川である。目の前に架かっている橋が海辺《うみべ》橋らしい。間違いない。こちら側の寺の門に、正覚寺《しょうがくじ》の名を記した石がある。

川路聖謨はそこで町駕籠《まちかご》を乗り捨てた。川路に従ってきたもう一丁の駕籠も停《と》まった。若い武士が下りた。川路の元に寄る。

「この辺りですか?」小声で訊《き》いた。

「橋の川下が蛤町《はまぐりちょう》と冬木町《ふゆきちょう》だ。両町の境に路地がある。そこを入る」川路も小声になった。

「この正覚寺が目印だ」

「ずいぶん寺が多いですね。寺ばかり並んでますね」

「しかし皆似たような構えだ。それでなくても深川という土地は、わかりにくい」

同じ地名があちこちに散らばっている。たとえばこれから訪ねようという「先生」宅は蛤町だが、この辺一帯に蛤町は十四カ所もある。黒江町《くろえちょう》という地名も、十二もある。「正覚寺裏の蛤町」「冬木町隣の蛤町」と断らないと、とんでもない方角の蛤町に案内されてしまう。

実は「先生」がご在宅か否か、使いを出し確かめさせたのだが、その使いが「先生」宅を探しあぐねて、ようやく戻ったのが、つい半時（一時間）前なのである。

川路自身が迷った口だった。ふた月ほど前、「先生」から引っ越し通知が届いた。遊びに来い、とあったので、茄子《なす》の芥子漬《からしづけ》を手みやげに訪ねた。「先生」は、独身なのである。酢の物は嫌いで、漬物が大好物と聞いていた。

ところが転居先が、見つからぬ。屋敷かと思ったら、花屋の二階を間借りしていた。しかも、偽名で借りていた。最近越してきた人、と軒なみ聞いて回った末、ようやく探し当てたのだが、肝心の当人は留守で会えなかった。

とにかく外出の多い人だから、いきなり訪ねてもむだ足になる。これに懲《こ》りて、今回はあらかじめ「先生」の都合を伺ったのである。

蛤町と冬木町の間の路地に入った。角から三軒目が花屋である。花屋といっても、土間に水桶が二つ据えてあって、そこに樒《しきみ》や千日紅の花が投げ入れてあるだけ。墓参客だけを相手の商売で、店には誰もいない。

若侍が呼ぶと、昼寝をしていたらしい老女が顔を出した。「先生」は十日ばかり前に、この路地の奥に引っ越したという。さっきも「先生」を訪ねて見えた者がいた、と言った。どうやら川路が差し向けた使いのことらしい。

川路は首をかしげた。使いは花屋を移っていたとは、ひと言も告げなかった。しかし、本日「先生」に会って、川路の訪問を予告したのは確かなのである。喜んで待っている、と「先生」は確約したのだから。

花屋が教えてくれた家は仕舞屋《しもたや》で、表戸が閉まっている。若侍が戸を叩《たた》き声をかけたが、反応がない。

「裏に回って呼んでみます。お待ち下さい」と川路に言い置き、路地の更に奥に向かった。川路は所在なさに、辺りを眺めた。

「先生」は、どういうつもりで、こんな所に住む気になったのだろう。

長屋ではない。言ってみれば商家の通い番頭が、情婦《いろ》を囲っているような一角である。それも中流の商家の、だ。家のたたずまいに、艶めいた気分が無い。

若侍が戻ってきた。

「変です。人の住んでいる気配がありません」

「何と」

全く妙である。使いの者は嘘をついたはずがない。

川路は時間を逆回しにして、これまでの出来事を点検した。

昼前、脇坂淡路守《わきさかあわじのかみ》邸内のおのぶ地蔵堂にいた。貝太郎《かいたろう》と素っ裸になって夕立を浴びた。急に「先生」に会いたくなり、貝太郎を小石川船河原橋《ふなかわらばし》の自邸に使いにやった。用人の間笠平八《まがさへいはち》に、急ぎ深川に誰か走らせて、「先生」に面談可否を問え、と命じる一方、深川に供する侍を選んで脇坂邸に来させよ、ついでに貝太郎に着替え一式を持たせよ、と命じたのである。

貝太郎が帰ってすぐ、供を仰せつかった侍が町駕籠でやってきた。

香取数馬《かとりかずま》、という。三十歳。若党から川路家の侍に召し抱えられた男で、機転が利き、腕も立つ。よけいなことはしゃべらない。そこを川路が気に入っている。

貝太郎に数馬を紹介すると、ひと目で惚《ほ》れてしまったようだ。町人から士分になったいきさつに興味を持ったらしい。何しろ侍にあこがれて、脇坂家に雑用志願をした少年である。

川路が数馬に深川行きの段取りを話していると、間笠の使いが到着した。「先生」がすぐに会いたいと願っている。そう伝えた。「先生」直筆の書き付けを持参した。一言、「鶴首《かくしゅ》」とだけ記してあった。鶴のように首を長くして待っているよ、という意味である。

川路は数馬に町駕籠を二丁手配させた。歩くのが好きなので、普段はあまり駕籠を使わない川路だが（後年、ロシアのプチャーチンと日露交渉する際、東海道をほとんど徒歩で長崎まで行ったくらいである）、今日は一刻も早く「先生」に会いたい。会って確かめたいことがある。芝口《しばぐち》の脇坂邸から新橋、銀座、京橋、日本橋を抜けて、右手に曲がり、まっすぐ突っ走れば、じきに大川を跨《また》ぐ永代橋である。

数馬が言いにくそうに、提案した。

「お訪ねするかたの、本当の名を人に告げてはまずいのでしょうか？」

「と申すのは？」

「この辺の人たちは本名でおつきあいしているのではありませんか？」

「そうではあるまい」川路は断言した。

お使いが告げたのは、本名でなく仮名なのだ。それで会ったのだから、仮名が通用している証拠だ。

数馬がもう一度、家の表戸の前に行き、耳をすませている。すぐに戻った。

「気のせいか、人の居る気配を感じるのです。さっきは全く覚えなかったのですが」

もしかすると。川路は思った。家の中から、こちらを観察しているのかも知れぬ。

「先生」なら、それくらい、やりかねぬ。

「引き揚げよう」大声で、うながした。

「急用ができて出かけているとも考えられます」

数馬が、ためらった。

「もうしばらく待ってみては如何でしょう。出かけたとしても、近間《ちかま》に違いありませんから」

「いや」川路は歩きだしていた。「帰る」

数馬があわてて従う。

花屋の前を過ぎ、路地を抜け、仙台堀川にぶつかり、正覚寺の方に折れる。とたんに、川路が立ち止まった。数馬がぶつかりそうになる。

誰か、足音を鳴らして、小走りにこちらにやってくる。川路が回れ右をした。足の運びは明らかに女である。

角から、現れた。若い女である。そこに川路たちが立っているのを知ると、ギョッとして、

「ああ」と言った。

「あの、川路様でいらっしゃいますか?」

「川路です」

「ああ、よかった」胸を撫でおろしている。

「今しがた用ができ、留守にしていたのです。裏から戻りましたら、表でお声がするものですから、急いで。間に合いました」大きく溜息をついた。

「どうぞ、こちらに」と正覚寺に向かって歩きだす。川路は、あっけにとられた。

「ご自宅の方ではないのですか?」

「こちらにご案内するようにと言われております」

寺の門を入って庫裏《くり》(台所)の方に行く。庫裏の裏手に回る。

「うちの人は、ここにいます」と物置を示した。

「あの……失礼ですが、ご令室でいらっしゃいますか?」

雇いぬしを、うちの人とは呼ぶまい。

「はい」

ぽっ、と頬を染めた。

「それはそれは。大変失礼をいたしました」

川路は、恐縮した。

妻女が物置の戸を開けた。川路は、たじろいだ。目の前に鎧櫃《よろいびつ》が据えられ、黒光りする甲冑《かっちゅう》が飾られている。一領ではない。三領。

「よく来た」

櫃の向こうから、日焼けした顔が突き出た。

「ここは私の秘密部屋での。めったな者には明かさない」

「恐れ入ります」

川路は、特別の客というわけだ。

「先生」は武具の手入れをしていたらしい。立ち上がった周囲に、畳針や太い片撚糸《かたよりいと》や諸撚糸《もろ》、棕櫚縄《しゅろなわ》や鋏《はさみ》、小刀、等が散らばっている。

「そこに床几《しょうぎ》がある。それに掛けてくれ」

「はい」

「お前さんも掛けなさい。そこにも一つあるはずだ」

数馬に勧めた。

「暑いかね」と気を使う。

「大丈夫です。朝方のお湿りで、しのぎやすくなりました」

妻女が庫裏から汲んできたらしい水桶を提げてきた。桶の中から緑色の硝子《ガラス》の瓶を取りだした。布巾《ふきん》で瓶を拭《ぬぐ》う。

「珍しいものをご馳走しよう。オロスの酒だ」

オロシャ、ロシアの異称である。

「先生」は六十一歳、このたびの仙石事件の「予言」者である。

屋根舟

「ロシアの酒はきついので、ひと息にあおらないで、なめるように味わったがよい」

「先生」がギヤマン（硝子《ガラス》）の器に注《つ》ぎながら言った。黄金色の酒である。

「ひと口ごとに、この水で」と妻女が汲んだ茶碗を示した。

「のどを湿しながら呑《の》むとよい。のどが焼けるから」

「何だか怖いですね」川路聖謨が苦笑した。

「異国の酒は初めてかい？」

「初物《はつもの》です」

「それじゃ話の種になる。私もご馳走の甲斐がある」

「ちょうだいいたします」

川路がコップを手にすると、供侍の香取数馬《かとりかずま》も倣《なら》う。川路がにおいをかぐと、数馬もそうした。

「先生」は二人より先に口に含んだ。うがいをするように、口中で転がしている。四、五回転がすと、ゆっくりと呑み下した。

川路も数馬も「先生」を真似た。確かに口に含むと、焼けるような刺激がある。においも、松脂《まつやに》のようだ。「先生」が居なかったら、吐きだしてしまいたくなる。

思いきって、呑み込んだ。のどが、ヒリヒリする。あわてて茶碗の水を含む。香取は平然としている。水を呑まない。どころかふた口目を味わっている。

「お前さんは初物ではなさそうだな」

「先生」が笑った。

「いえ。初物です」香取があわてて首を横に振る。

「あんまりおいしいもので、つい」

「お気に召したか。さ、遠慮せずに、もう一杯」と香取のコップに注ぎ足す。

「いえ。もう結構です」さっきよりも大きく首を振る。

「注いでしまったものだ。飲み干すがいい」

「お言葉に甘えたがよかろう」川路もうながした。

「はっ。いただきます」数馬が二度に分けて口に運んだ。

「若い者のためらいのない呑みっぷりは、見ていて気持ちがよい。勧め甲斐がある」

「恐れ入ります」数馬と川路が、同時に言った。川路の方はコップに手で蓋《ふた》をした。

「それじゃ、あるじの代わりに干してくれ」

「先生」が数馬に注ぎ、自分のコップにも、なみなみと注いだ。「先生」は水を呑まない。

「体が熱を持ってきました」川路が感想を述べた。

「寒い国の酒だからの、ロシアでは火酒《かしゅ》と称している」

「火酒？　道理で」

「どうぞ火を静めて下さいまし」妻女が水を勧めた。

「いただきます」川路が茶碗を差しだした時、数馬が、「うっ」と変な声を発して立ち上がった。

「失礼します」急な用を思い出したように、表に出ていった。

「悪酔いしたかな」「先生」が苦笑した。

「いや、申しわけないことをした。調子に乗って勧めすぎた」

「こちらこそ。機転のききすぎる男なのです。たぶん私が不調法なので、客として失礼になると考え、とりつくろうつもりで無理したものと思われます。浅はかなところは平にご容赦下さい」

様子を見に行った妻女が戻ってきた。

「お寺さんに頼んで休ませてもらいました」

「よし」「先生」が勢いよく立ち上がった。

「半刻《はんとき》（約一時間）もすれば酔いがさめるだろう。深く酔う酒だが、さめるのも早い。良い酒なので、さめたあとはスッキリしているはずだ。あなたは、どうかね？」

「快い酔い心地です」川路は答えた。

「では用事をすませよう」外に出ると言う。

「いつもの所に行っている。彼が目ざめたら心配しないで待つように伝えてくれ」と妻女に言い置いた。

二人は正覚寺を出て仙台堀川に向かう。

道を隔てて目の前が仙台堀川で、海辺橋の下には屋根舟や猪牙舟《ちょき》が舫《もや》っている。

その中の一艘《そう》に、「先生」が乗り込んだ。石ころを飛んでよけたように、実に軽々しい身ごなしで乗ったのである。川路は驚いて、足を止めて「先生」を見た。

「どうした？　舟はお嫌いか？」

「いえ。嫌いじゃありません。びっくりしたのです」

「いつもの所」が舟なので、あっけに取られたのである。

「涼むには川が一番さ」艫綱《ともづな》を解いている。

船頭らしき者は、見当たらない。舟には二人のみである。「先生」が艪《ろ》を漕ぐ。川下に向かって、漕ぎだした。

「これは先生の舟ですか？」

たちまち松平大膳大夫《たいふ》の屋敷前を過ぎる。

「先生はよさないか」

「何とお呼びすれば？」

「トモムネでよろしい」

漢字で倫宗と書く。本名の林蔵をリンソウとし、それに漢字を当てた。「先生」の名を、間宮《まみや》林蔵《りんぞう》という。樺太《からふと》とシベリアの間の、「間宮海峡」を発見した探険家である。

また、オランダ商館の医員として長崎に着任し、高野長英らに医術を教えたシーボルトが帰国の際、禁制品《きんぜいひん》の日本地図を持ちだそうとした。それを幕府にひそかに告げたのが、間宮林蔵といわれている。そのため多くの蘭学者が弾圧投獄された。いわゆる「シーボルト事件」以後、間宮は幕府の隠密《おんみつ》となり活躍した。

隠密として抜群の成果を挙げたのは、薩摩藩の密貿易である。この藩くらい秘密主義に徹底した国は無い。国情を探らんと薩摩に入り込んだ密偵で、一人として無事に出られた者はいない。そこで行ったきり、再び帰らないことを「薩摩飛脚」といった。

間宮は二カ年を費《つい》やして、潜入探索に成功した。

そしてこうして、川路と共に舟の上にいる。林蔵の正式の身分は、勘定奉行普請役《ふしんやく》である。

「しかし、私は、あくまで先生と呼ばせていただきます」川路は毅然と主張した。

「世間はあなたを奇異の目で見るよ」

「世間は世間です。これは私の信念です」

間宮はシーボルト事件以後の、世間の評価を言っているのである。

探検探査の英雄は、一転して、忌《い》むべき密告者となり、幕府の犬と白眼視された。犬とつきあうのは犬である。

「あなたも頑固だからなあ」間宮が苦笑した。

舟は茂森町と吉永町の間を抜けると、左右の光景が一変した。右側は六万坪の原田新田《しんでん》、左側は十万坪の海辺新田である。広大な田畑が広がる。

川沿いの農家で、若者が西瓜《すいか》の選別作業をしている。もう一人の若者が田舟《たぶね》から西瓜を運んでいる。

「一つ、わけてくれんか」

間宮が舟を漕ぎ寄せた。

「あいよ」若者が青緑色の大玉を、無造作に間宮に放る。受けとめて、間宮が何がしかの銭を渡す。

「釣がねえよ」

「いらない。取っておけ」

「ありがとう」

間宮が舟端に西瓜を打ちつけた。まっぷたつになる。一方を川路に差し出す。

「こいつは刃物を入れると味が落ちる。こうして食べるのが一番だ」

顔を埋めるように、まっ赤に熟れた果肉にかぶりついた。川路も、そうした。

「おいしいですね」西瓜の香りが、口いっぱいにひろがる。ほんのりと甘い。

「獲りたてだからね」間宮がうなずく。

二人はしばらく無言で食べた。

間宮の方が早く食べ終わった。舟を動かした。人家が尽きて、見渡す限り田と葦原である。

このまま進むと、砂村新田となる。

「ここなら壁の耳も無い」

葦原が尽きた所で舟を停《と》めた。岸に寄せる。

「心置きなく、よもやまの話ができる」

人影があれば、ただちにわかる。青臭い微風がある。聞こえるものは、何も無い。

間宮が、語りだした。

それは川路が全く知らない事柄である。

間宮林蔵が、命がけで探りだした事実であった。

「という次第だ」

語り終わって、櫓を握った。

「ありがとうございました」川路は深々と頭を下げた。

「自信を持ちました」

「急ごう。若い衆が酔いからさめる頃だろう」

舟足を速めた。

「あれは、佐原《さわら》の者での」

「えっ？　何の話ですか？」

「あなたを出迎えた女だよ」

「奥様の話ですか」

「下総《しもうさ》佐原の百姓の娘だ。変わった女で、学問を好む。深川に住居を構えたのは、水辺が良いとせがむものだから。舟を漕ぎたいんだよ」

「奥様の舟でしたか」

西瓜を買った農家の前を過ぎた。若者二人の姿は見えない。

「楽しい一日でした」

舟を下りながら川路が礼を述べた。

「またおいで」間宮が言った。「ここは密談のできる恰好の場所だから」

「相談に乗って下さい」

正覚寺の方から、数馬と内儀が歩いてくるのが見えた。数馬は心なしかふらついている。

八月十日、寺社奉行・脇坂淡路守安董《やすただ》は、但馬《たじま》国出石《いずし》藩江戸藩邸に、仙石左京他十二名の召喚命令を発した。九月五日までに奉行所に必ず出頭のこと、病気であっても欠席を許さぬ、と厳しい通達である。

直感

川路聖謨《かわじとしあきら》が臍《ほぞ》を固《かた》めたのは、先生（間宮林蔵）のこの一言に共鳴したからである。

「最後は自分の感性を信じるしかない」

先生もこの信念で仕事をこなしてきたのだろう。

シーボルト事件の密告者、と世間は先生を糾弾《きゅうだん》した。しかし先生は一切釈明しなかった。今に至るも、真相は不明である。先生が弁解しないので、世間はうわさ通りなのだ、と決めつけている。

川路は先生がなぜ言いわけをしないのか、わかる気がする。風評は、当事者がいやがればいやがるほど、火に油を注ぐ形になる。じたばたしない方が、よい。先生が泰然としているのは、自分を信じているからなのだ。

よし。先生を見倣《みなら》おう。

おのれの感性は、おのれが三十五年生きてきて、さまざまな経験を積み、そこから得た智恵の精髄だ。そりゃ先生の体験と知識の豊富と比べると雲泥だが、量や年月の多寡《たか》ではない。人はそれぞれに培《つちか》ってきた感性で、物事を判断しなければならない。結果が間違っていたなら、自分の感性が違っていたのだ。間違って、培養してきてしまったのだ。その責任は当然、自分にある。潔く、それは負う。

いよいよ仙石《せんごく》騒動のお裁《さば》き開始である。

寺社奉行・脇坂淡路守安董《やすただ》は、ご家来衆の中から有能な何人かを選抜し、公事方《くじかた》にした。公事方を増員したのである。寺社奉行は町奉行と違って、いわゆる与力や同心を抱えていない。家臣の目付や組頭の中から、裁判や召し捕りの才に長《た》けた者を指名し、専従させるのである。彼らの束《たば》ね役として、吟味物調役《しらべやく》の川路を据《す》えた。

但馬《たじま》国出石《いずし》藩に仙石左京らの召喚命令を発した脇坂邸は、出陣の如くあわただしくなった。

左京ら取調べの準備である。

出石藩は、ただちに江戸藩邸から本国に早飛脚を仕立てた。九月五日までに、左京ら十三名を脇坂邸に出頭させねばならない。十三名はいずれも出石在住である。

寝耳に水、の通知だったようである。しかし、詮議している場合ではない。いかなる状況にあっても欠席を許さない、という一文が付いている。仙石らは旅支度もそこそこに、国元を出立した。

一人ひとり、彼らの顔をひと目見て、白か黒かの最終判断を下《くだ》そう。

川路は、そのように決意した。

顔は正直だ。どんなに不都合なことを包み隠そうとしても、目や鼻や口や眉や耳に現れる。

顔を見れば、その者の実体がわかる。

川路はおのれの直感を信じることにした。

九月二日、左京たちが江戸に着き、出石藩邸に入った旨《むね》、寺社奉行に届け出があった。五日午前八時に、十三人が揃って出頭した。

早速、吟味が始まった。

左京をのぞき、十二人を脇坂と川路が尋問した。もっぱら脇坂が問い質《ただ》した。川路は補佐である。

午前一時頃に、十二人の小手調べが終わった。本式の吟味は明日以降になる。

三人が事件に関係ないと判断され、帰邸を許された。

左京の吟味は、三時すぎに行われた。

川路は白洲の左京を見た。むろん、初めて会うのである。

左京の肩書は出石藩大老（家老に当たる）である。四十九歳。

川路は、ハッ、とした。あわてて、視線をそらした。

似ている。いや、錯覚だろう。川路は改めて正面の左京に目をやった。まじまじと、見つめた。

似ていない。正直、ホッとした。しかし、明らかに動悸している。心音を聞かれなかったろうか。川路はいらぬ心配をした。

よりによって左京を、養父の光房《みつふさ》に擬したのである。

馬鹿な話だ。どうしてそんな突拍子もないことを連想したのだろう？

左京の放つ雰囲気が、とっさに養父を思い出させたのか？　よく、わからない。

おちつけ。おちつくんだ。動揺してはならぬ。

やんぬるかな。自分の直感に、自信が持てなくなった。

川路は、体をふるわせた。

脇坂淡路守が、いきなり左京を一喝したのである。第一声が、「不忠者！　覚えがあろう」であった。

左京が顔色を変えた。脇坂は更に声を荒げた。

「異存があるか！　あるなら申してみよ。まず、藩主・仙石政美《まさよし》危篤の報を受けた時、十歳の息子新之助（のち小太郎と改名）を連れて江戸に上ったのは何ゆえか、申せ。理由のみ申せ」

「あの折は殿のご危篤の急飛脚に動転いたし……」

「一子同道の理由のみでいい。魂胆を申せ」

脇坂の尋問は畳みかけるように、切れ目なく続いた。

左京のお家乗っ取り疑惑の第一が、跡目相続を狙《ねら》ったのではないか、ということだった。

政美には、子が無かった。そのため父・久道《ひさみち》の妾腹の男児を仮養子に決めていた。政美の弟になる。しかし、弟は五歳である。

「出府は一刻を争うものでしたし、何より幼子を長旅させるわけにまいりませぬ。それで、とっさの処置として息子を」

「新之助は十歳、仮養子は五歳。長旅に耐えられる体力の差は、いかほどあるか、伺いたい」

脇坂が踏み込んだ。

「恐れながら息子は、数里の道を苦にせず歩けます。それは日頃、実際に確かめております。

息子なら理由も告げずに江戸に連れていけます。格別の支度も要しません。世間をあざむけます。殿のご不例は知られたくないことでした」

川路は左京を注視した。やましそうな影は無い。

藩主が亡くなると、喪を発表する前に相続人を老中に届けなくてはならぬ。本来、生前に届出をすませておくものなのである。政美は仮養子は決めたが、正式の嗣子届けをしてなかった。左京はそのことを懸念した。死後届けとなると、老中に認められない恐れがある。その場合、血縁関係のない大名の子息を急養子に迎えさせられる。先例は、たくさんある。

左京は藩主の家系である。縁者が政美のおそばにいたとあれば、少なくとも死後に養子認可の申請をしたという疑いはかけられまい。生前に決まっていた、と認めてさえもらえば、名前の変更などはどうにでもなる。左京はそのように考え、行動に移したと主張した。

「軽率であったかも知れませんが、何分あわただしい最中の決断でありました。のちにあれこれ陰口を叩かれましたが、私には一点も後ろ暗いところはございません。ご指摘のような野望が仮にあったなら、初めからそのような筋書を書いて実行しておりましょう」

政美逝去後、親族会議が開かれ、悶着もなく五歳の仮養子が本養子とされ、国元に知らされた。左京がまっ先に賛意を表している。国元から養子が出府してきた。

養子は久利《ひさとし》と命名され、再び開かれた親族会議の席上、正式に政美の子と認められた。老中あて願書が提出され、受理された。

そこで翌日、政美死去の届け出をした。七日後、本葬が行われた。

久利が幼いため、政美の父・前藩主の久道が、当分国政を見るようにとのお達しがあった。

久道は大老の左京とそりが合わない。

出石藩内が、ぎくしゃくしてきたのは、この辺からである。

初日の詮議は、左京の履歴と家族構成確認、そして子息を同道しての出府理由、くらいで終わった。訊問はほとんど脇坂が受け持った。川路は脇坂にうながされて、最後に一問だけ発した。

「誰が見ても子息を連れての出郷は、異様としか言いようがない。非難は覚悟の上とのことだが、あくまでもそなたの一存であるか」

「然り。主家の存亡しか頭になかった。誰にも相談しなかった。その時間もなかった。結果からみても、自分の判断は正しかったと胸を張れる」

「終わります」川路は引き下がった。

「一同、立ちませい」

脇坂が宣言し、自ら立って袴の裾を払った。太刀持ちがあとに続く。川路が座を立つ。左京は平伏している。白洲の隅には、出石藩江戸詰の中老や年寄りらが控えていたが、彼らも奉行が引っ込むまで平伏している。

やがて脇坂家の家臣らが左京に退出をうながした。左京のみ別室に案内される。軟禁されるのである。

脇坂と川路は御用部屋で、今日の首尾を話しあった。

感触は如何か、と川路は訊かれた。

「せがれ同道の理由は弱いと思います」

率直に述べた。

「しかし、今ひとつ納得できないのは、どうして弁解できぬことを、あえて行ったのだろう?」

脇坂が首をひねる。

「一つの賭《か》けではありませんか」

「賭けとは?」

「うまく運べば、せがれを藩主にできる。殿の遺言だと言い張って通す。思い通りにならなくとも、言い抜けることはできます。そして世間は悪事を隠さず堂々と実行すると、こんなに大っぴらに悪さをするわけがない、と疑った自分をむしろ信じないものです。左京はそれを狙ったのではないでしょうか」

川路は左京の第一印象を思い出していた。

養父のような明朗穏やかな好人物。自分の直感は当てにならないかも知れぬ。不安が、またしても、頭をもたげてきた。

梅雨

仙石左京《せんごくさきょう》らの取調べは、連日、行われた。

とはいえ、必ずしも厳しく詮議《せんぎ》のみに徹していたわけではない。

いわゆる息抜きもある。雑談である。

出石《いずし》藩乗っ取りの容疑者の仙石左京は、あくまで容疑者であって、刑が確定したわけでない。藩政をつかさどる大老（主席家老）である。寺社奉行吟味物調《ぎんみものしらべ》役の川路聖謨は、取調べにおいては容赦なかったが、一段落した休憩時は、左京を高貴な身分の者として相対した。へりくだったわけでない。対等の気持ちで話しかけたのである。

川路は三十五歳、左京は四十九歳である。川路と比べると貫禄がある。重職にある人特有の、口が重い。しかし雑談になると、気軽に応じた。

川路は出石から江戸に下る道中の難儀を、ねぎらった。左京が夏負けで大分弱った、と聞いていたからである。

「もともと暑さに弱いので、用心のため枇杷《びわ》の葉湯《ようとう》を煎じさせ、毎日それを飲んで旅をしていたのです」と左京が語った。

「枇杷葉湯ですね」

暑気あたりの薬である。

「ところが葉湯に中《あた》ったのです」

「薬に？」

「暑さで、いつの間にか湯が腐っていたのです。作り置きしていたもので」

左京が照れ笑いをした。笑うと、何とも言えない愛敬がある。とてもお家乗っ取りを企む極悪人と思えない。

「枇杷といえば」川路がやはり思い出し笑いを浮かべながら応じた。

「私は少年の頃、枇杷坊と呼ばれておりました」

「枇杷が好きだったから？」

「いや」首を振って、照れ笑いをした。

「このように頭の形が枇杷の実にそっくりでしたから」

「なるほど」うなずいた。「鉢が大きい。英明だったのですな」

「逆です」大きく首を振った。

「枇杷は種がずばぬけて大きく、その分、果肉が少ない。中身が無いという意味です」

「そのような悪口を放つのは、塾生ですね」

「おっしゃる通りです。共に学ぶ者はよく見ておりますし、あだ名をつけるのがうまい」

「なるほど。枇杷坊の坊は、坊やという意味と、楽器の枇杷を弾ずる坊主に掛けているのですね」

「その通りです。ある日、友達と友の屋敷の枇杷をもいで食べていたのです。そこを塾生に見つけられました。塾生たちが大声ではやすのです。枇杷坊が枇杷をかじっている。共食いだ、と」

左京が笑った。口は開けたが、ほとんど声を立てない笑いである。

川路は、「いや、どうも」と首をすくめた。

「私は最初、自分がからかわれている、と気づかなかったのです。当たり前のことを言っている、としか思わなくて。そこがそれ枇杷坊たるゆえんでして」

そう言いながら、何だか自分が左京を皮肉っているような気がした。左京はそのように受け取ったのではないか。こちらは雑談のつもりで話しているのだが、どうも相手は警戒しているようだ。

左京の緊張をほぐすため、事件に無関係の話題を持ち出したのだが、そのため逆に勘繰られてしまったようだ。

これはいけない。こちらには何の魂胆もないことを見せるため、子ども時分の思い出を続けるしかあるまい。川路は四歳の折に落ち梅を拾って口にした話をした。果物続きの話題である。

「梅は食うとも核《さね》食うな、と教えられませんでしたか?」左京が言った。

「教わりました」川路はうなずいた。「核に毒があるのだと」

懇々と諭《さと》してくれたのは、乳母のまでである。

「梅は食うとも核食うな」川路はつぶやいた。

「中に天神様ござる」左京が続けた。

「おや。その通りです」川路は驚いた。「私は豊後《ぶんご》の地において、その文句を教えられたのです。仙石殿は但馬《たじま》。してみると日本全国同じ文句なのですね」

「俗諺《ぞくげん》や格言の類は、多少の違いはあれ、皆共通のようですな」

「青梅の毒は天神様ということでしょうか」

「罰が当たるということでしょうな」

左京が何かを思いだしたように、ふっと黙った。

川路は、しまった、と胸の内で舌打ちをした。左京に良からぬ連想を持ちかけてしまったのではないか。毒。毒殺である。左京には主人に毒を盛ったといううわさがある。これはさすがに真実ではない。

しかし川路は自分に鎌をかけている、と疑ったのではないか。

あわてて話をそらす。

「梅が熟れる頃の雨を梅雨《ばいう》といいますが、これは黴雨とも書きますね。黴《かび》が生えるからとの説ですが、どちらが正しいのでしょうか」

「さあ」左京が首を傾けた。

「梅雨は長くて厄介ですな。中休みがあって、後半はにわか雨や、どしゃ降りなど気まぐれで」

文字の話柄《わへい》を避けている。

「梅の実を叩き落すような勢いで降ったりしますね。黴など洗い流れてしまいます。やはり黴雨でなく梅雨でしょうか」

「梅雨末期の雨は恐いくらいですな」

「いつぞや晴れた空が急に暗くなって、隠れる間もなく、車軸のような雨に打たれました。あの時は震えました。辺りが夜のようになり、豪雨がまるで墨を流したようにまっ黒く見えるのです」

「やめてくれ」左京が短く言った。白い顔をしている。川路は息をのんだ。

何が気に障《さわ》ったのだろう？　自分の語った内容と、言葉を思い返した。わからない。

まさか、突然の降雨が不快だったのではあるまい。いや、もしかすると？　驟雨《しゅうう》は事件を思い起こさせるものだったのでは？　何だろう？　調べてみる必要があるかも知れぬ。

「そろそろ再開しましょうか」

川路は立ち上がった。役人たちが、いっせいに動きだした。二人は控え部屋から、所定の審問部屋に移った。


左京の詮議は、河野瀬兵衛《かわのせへえ》処刑のいきさつに入っていた。

親友の神谷転《かみやうたた》から、仙石左京の陰謀を知らされた国元の河野は、左京のふるまいに反感を持っている国の重役三人に訴えた。重役は出石在国の大殿（当主の父）に注進する。

このことを知った左京は、河野ら四人を、役職において不行届《ふゆきとど》きあり、藩に多大の損害を与えたとの理由で、隠居逼塞《ひっそく》、あるいは隠居蟄居《ちっきょ》を命じた。逼塞は、夜分のみ外出を許されるもので、蟄居はそれよりも重い。外出は一切ならず、部屋に閉じこもっていなければいけない。隠居を命じられると、家督を子息に譲らねばならない。

河野は出石を追放された。江戸立ち入りを禁じられていたが、ひそかに江戸入りし、左京の所業と藩の内情を然るべき筋に訴えようと画策していたところを捕縛された。

国もとに送られ取り調べられた。身に着けていた訴状が問題となった。根も葉も無い、全くの作りごとをつづってお上に差し出そうとした、と左京は断じた。三人の重役を扇動したのも河野である、と非難した。改めて四人を藩政攪乱《はんせいこうらん》の重罪で起訴した。

その結果、河野瀬兵衛は死罪となり、三重臣は剃髪《ていはつ》の上、座敷牢入りの刑になった。

刑は執行され、これを知った神谷転が身の危険を感じ、脱藩して行方をくらませたところから、「仙石事件」が表立ってきたのである。

はっきり姿を現したのは、神谷が町奉行の手で逮捕されたことだった。神谷は出石藩士でなく、普化宗《ふけしゅう》の僧になっていた。僧の逮捕は寺社奉行の職分である。町奉行は関われない。

従って「仙石事件」は、寺社奉行・脇坂淡路守の手で詮議している。

ここで川路がいぶかしく思ったのは、三重臣の刑の処分であった。

三者一様に、「永《えい》座敷牢」とある。終身、座敷牢に監禁する刑である。

これの執行の様子を記録した書類によれば、親類預けになっていた重臣のもとに、それぞれ藩の物頭《ものがしら》と目付と係の侍二人、計四人がひと組となり訪れて、本人に直接、申し渡し書を読み上げたのち手渡した、とある。

そして剃髪し、駕籠《かご》に乗せて藩の座敷牢に収容したとある。

書類に目を通していた際、うっかり見過ごしたが、この「剃髪」である。罪人を剃髪する例を知らない。これは出石藩独自の刑であるか。それとも三重役に対して敬って、特別に施したものなのか。つまり刑でなく、武士の情けで身だしなみを整えさせたのだろうか。それでも剃髪という語は、ただならない。

この時代、剃髪は姦通罪を犯した女にのみ科した刑なのである。剃り落とした髪は、親族に下げ渡された。男の刑には無い。

三人の重役は「仙石事件」の重要な証人であるから、むろん、出石から召喚している。

左京らと一緒に出頭した第一回の組である。初日に「かかわりなし」として、放免になった三人である。

川路は三人が滞留する出石藩江戸屋敷に詮議方の者を走らせていた。左京と雑談を交わした直後である。三人から聞いてきてほしい、と川路がひそかに命じたことは、次の二つであった。

「梅の実」と、「梅雨」である。何でもいい。この二つに関する左京のことで、知っていることがあれば教えてもらえ。

左京の糾問《きゅうもん》が一段落ついた時、その詮議方が戻ってきた。

仕返し

川路聖謨《かわじとしあきら》が、倒れた。

さいわい執務中でなかった。

一日が終わって、湯殿で汗を流し（川路は入浴が好きでない。寒中でも長く浸《つ》かることは稀《ま》れで、ほとんど烏《からす》の行水である）、離れ家《や》の部屋で日記を書いていると、めまいがした。横になってしばらく様子をみると、めまいは収まったが、どうも胃袋が重たい。過労かも知れない。寝不足もある。

源助老人を呼び、床を取らせた。ついでに症状を話し、何か良い常備薬はないかと訊《き》いた。

源助が驚いて、のけぞった。

「どうなさったのです？　ひどく気分がお悪いですか？　いつから、そんなに……」

「落ち着け。心配いらない。お前があわてると、こちらも浮き足立ってしまう」

「大蒜《にんにく》がいけなかったのでしょうか？」

「そんなことはない。疲れだ。ひと晩寝れば回復する」

「大蒜が過ぎたのです。私がいけない。無理にお勧めして」

「大蒜のせいではない。それより薬だ。清涼薬の持ち合わせがあったら、くれ」

「お持ちします。床に入っていて下さいまし」

源助があたふたと下がった。

しばらくして貝太郎《かいたろう》が、茶盆を運んできた。湯呑が二つと、急須が二つ載っている。

「ええと、この白い急須が先で、青い急須があとだ」と独りごとを言いながら、白い急須の中味を湯呑に注ぐ。

「何だ？」

「順番を間違えるなと源助さんに注意されました」

「薬を飲む順か」

「間違えると毒になるそうです」

「冗談じゃない。何の薬だ?」

「熊笹葉茶だそうです。胃腸病、疲労に効くそうです」

「源助が太鼓判を押すからは、確かなのだろう」

川路は迷わず、ひと息に干した。乾いた笹の香りが、強くする。

「これは源助が作った茶かい?」

「源助さんはいろんなお茶をこしらえています。名前を書いた紙袋が、二十も三十も部屋の天井に下げてあります」

「薬屋を開くつもりかね?」

川路は冗談を言ったのだが、貝太郎はまじめにうなずいた。

「どんな葉でも干して茶にしています。自分で味わって試しています。今、唐もろこし茶をこしらえています」

「ほう。何の薬効があるのだろう?」

「利尿に効くと言ってます。それと寝不足によいと」

「それそれ。源助にそいつを持ってくるように言ってくれ」

言うまでもなく、源助が茶盆を手に現れた。唐もろこしの香りがする。

「貝太郎、二つともお勧めしたか？」と確かめた。

「青い方はこれからです」貝太郎が答える。

「そちらが先だ」源助がうなずく。

「厳格だね」川路が感心した。

貝太郎がうながされて青の急須を取る。川路は新しい湯呑を差しだした。

「あ、これは赤紫蘇だな」

独特の匂いである。

「うん。さっぱりした味だ。気分が晴れてきた。もう一杯いただこう」

「お口直しに、この唐もろこし茶をお召し上がり下さい」源助が勧めた。

「よく眠れると思います」

「うん。このまま休む」

川路は書きかけの日記にざっと目を通した。

出石《いずし》藩江戸屋敷に赴いた詮議《せんぎ》方の報告を、つづっていたところだった。

「梅の実」と「梅雨」。この二つと仙石左京《せんごくさきょう》に思い当たることはないか。

詮議方の問いに、三人の元重役は、一様に首をひねるばかりであった。無理もない。問う詮議方も、川路がなぜこんな突拍子もないことを伺ってくるよう命じたのか、わからないのである。

「突然申されても」と重役たちは困惑し、「この場では思いだせませんが、何かの折に思いだすかも知れません。その時お話してはまずいのですか?」

「いや、それで結構です」詮議方はあっさり質問を引っこめた。川路からは「無理強《じ》いするな」と釘を刺されている。

雑談になった。重役の一人が話しながら頭に手をやった。

三人とも、やや毛が生えている。やはり頭髪が気になるのだろう。一人が手をやると、釣《つ》られたように他の二人も、同じしぐさをする。

詮議方は気の毒になり、「貴藩の刑は特殊ですな」と同情した。

「いや」大島という重役が首を横に振った。

「これは左京の私刑ですよ」

他の二人が大きくうなずいた。

「私刑と申しますと?」

「仕返しですな」大島が断言した。

「何の仕返しですか?」詮議方が間《かん》、髪《はつ》を入れず問うた。職掌柄、この辺の呼吸は堂に入ったものである。

「禿《はげ》ですよ」

「禿?」

「左京に禿があった。恥ずかしいものだから隠していた。それを私に見つけられた。それで私に復讐した」

「そんなことがあったのですか」

「昔の話ですよ。昔も昔、大昔。私ども三人が九つか十歳の頃です」

「えっ。そんな古い話ですか」

「左京はあれで執念深い男ですからね。私どもは忘れていましたよ。だって覚えているほど大層な事件ではないのですから」

大島が語りだした。

詮議方から聞いた話を、川路は今日の出来事として、私用日記に記していたのである。

大島の話というのは、こうだった。

大島は仙石左京と同じ出石藩の家老の出である。他の二人も一千石級の良家の子息で、三人は藩校弘道館付属の幽蘭舎《ゆうらんしゃ》という塾に通っていた。三人と同い年の左京も仲間である。十五歳に達すると藩校で学ぶことになる。

左京は身体が弱い子で、しばしば塾を休んだ。

ある日、講義の最中、大島が少し離れた斜め横に座っている左京の鬢《びん》に目をやると、左京がちょっと首を動かした時、何か光ったような気がした。頭の片側の髪が、銀色に光るのである。

何だろう？　と大島は自分の方でいろいろ頭を動かし、角度を変えて、それとなく左京の鬢に注目した。じろじろと一つところを見つめると、相手にさとられるので、適当に視線を他の物に移したりして紛《まぎ》らした。

そしてわかったのは、左京の左耳の上に、寛永銭大の禿があることだった。左京はその禿に墨を塗ってごまかしているのだ。墨が光の加減で、赤っぽく、あるいは銀色に見えるのである。

大島は左京の秘密を、塾生に打ち明けたわけではない。むしろ隠して、誰にもしゃべらなかった。左京が墨で糊塗《こと》しているということは、人に知られたくない一心だからで、十歳のガキとはいえ、大島はその辺の機微がわからぬ阿呆《あほう》ではない。絶対に人には言うまい、と誓ったほど健気《けなげ》であった。

ところが、ある日、大島は塾生二人を自分の屋敷に呼んで遊んでいた。屋敷塀のそばに、樹齢何十年といわれる唐茱萸《とうぐみ》の大木がある。毎年、大粒の赤い実がたわわに生《な》る。

大島たちは木に登って、夢中で実を取って口に運んでいた。急に辺りが暗くなって、雷が鳴りだした。あわてて木から下りようとしたとたん、雨が降りだした。叩《たた》きつけるような激しい雨である。

木の葉が繁っていて傘の役を果たし、むしろ木につかまっていた方が濡れない。大島たちは下りるのをやめ、木の股に両足を掛け、雨宿りをしていた。

そこに足音が聞こえ、塀の外の道を左京が走ってきた。ずぶ濡れである。三人は左京を注視した。大島たちが驚いたのは、左京がまっ黒い顔をしていたからである。

丁度、三人のいる木の下を通りすぎた。

左京の左の鬢がほつれ、丸い禿が浮きだしたようにくっきりと見えた。墨が流れたのである。

大島の仲間二人が、突然、笑いだした。大島が手真似で制止したが、遅かった。左京が足を止め、振り返った。唐茱萸の木を見上げた。二人がいっそう声を立てて笑う。

左京が顔を両手でおおった。背をかがめて、全力で走りだした。雨足が、強くなった。

尚も笑いやまぬ二人に、大島は注意した。そしてこのことを誰にも語らぬよう、きつく口止めした。二人が、うなずいた。

だから、夕立の一件は、これきりで終わったはずだった。大島はもちろん、二人の塾生も、二度と話題にしなかった。

三人はすっかり忘れていたが、笑われた左京は忘れなかったのである。

「剃髪《ていはつ》する、と言われた時、ああ、あの時の仕返しだと、ただちに思った」大島が溜息をついた。二人の元重役も、深くうなずいた。

川路が倒れたのは、翌朝である。

いつものように目ざめたが、ひどく頭が重い。まともに仕事ができそうにない。早退を願おうと手留役《てどめ》（奉行の連絡役。書記を兼ねる）の部屋に向かった時、昨日の詮議方に呼び止められた。

「こよいは御用がすんだら、九月十三夜のお月見だそうです。無礼講とのことです。楽しみですよ」

「それはそれは」答えたとたん、目が眩《くら》んでその場に卒倒した。

八万四千煩悩

夢を、見ていた、ようだ。誰かに声をかけられたような気がして、返事をする寸前に、ふっと、目がさめた。枕の上の首を心持ち傾けて、行灯《あんどん》の明かりの方に目をやった。明かりの届かぬ位置に、貝太郎が正座している。頭を垂れて、舟を漕《こ》いでいる。

川路聖謨は耳をすました。蟋蟀《こおろぎ》が鳴いている。夢で人声と思ったのは、この虫らしい。ささやくような声である。

川路は上体を起こした。寝汗をかいている。胸に手を当てると、べたついた。気分は、さっぱりとしている。川路は気合いを掛けるように、勢いよく立ち上がった。

その気配で、貝太郎が覚醒《かくせい》した。

「どうなされました？」とあわてている。

「着替えを出してくれ」と命じた。

貝太郎が隅の行李《こうり》を開けている。

「月見の宴は終わったようだな」汗を吸った寝巻を脱ぎながら、大欠伸《おおあくび》をした。

「月見？　今夜は行われませんでしたよ」貝太郎が川路の背後に回って、用意した御絞りで肌を拭う。

「変だな？　今日は九月十三日だろう？」

「さようです」

「夢だったかな」

確か詮議方が、今夜は無礼講の十三夜宴を開くと言っていたが。

「今、何時《なんどき》くらいだ？」

貝太郎が、夜の九時近いです、と答えた。

「そうか。ずいぶん眠ってしまったな」

「心配になるほど、熟眠されました」

「お陰で身体が軽くなった」

川路は厠《かわや》に立った。部屋の隣が厠になっている。貝太郎が木刀を手に川路の後ろに付く。川路の警護役のつもりである。

小用をすませて、南天の木の陰の手水鉢《ちょうずばち》で清めていると、

「起きられましたか？」と部屋の方で声がした。脇坂安董《わきさかやすただ》の奥小姓《おくごしょう》である。上《うわ》ずった声である。

軽く川路に礼をすると、部屋の中に目を走らせた。

「殿は、こちらではなかったのですか?」

「どうした?　私はたった今起きたところだ」

奥小姓が血相を変えた。

「何があった?」

川路は身構えた。

「殿がいなくなったのです」

「どういうことだ?」

「先ほど殿が起きられて、私に川路様の容態《ようだい》を見てこい、と命じられました」

「もったいない」川路は恐縮した。「すっかりご心配をおかけしてしまった」

「川路様のお寝間に伺うのは大仰だから、源助に様子を聞いてこいとおっしゃられまして」

奥小姓は、そのようにした。

「そういえば先ほど源助さんが」貝太郎が、うなずいた。「川路様の血色が大層よい、と喜んで下がられました」

「殿にはその通り言上《ごんじょう》しました」奥小姓が続けた。「大事なくてよかった、と何度も胸を撫でられました」

「つくづくありがたい」川路は頭を下げた。

「ところで殿をお探しのようだが、何かあった?」

「川路様はご存じない?」奥小姓が真剣な顔になった。「いや、無理もござらぬ。川路様は御寝《およ》ってらしたのだから、ご存じないのは当然です。実は、本日、執務を終えられた直後、殿は倒れられたのです」

「なんと?」川路は表情をこわばらせた。

「いや。実際に倒れたわけじゃない。眩《めくら》みを起こして、その場にしゃがまれた。ただちに床をとり、御典医に診てもらいました。過労による貧血との診断《みたて》でした。ひとまず安堵《あんど》しました」

「よかった」川路は肩の力を抜いた。「その殿が私の病状を案じられたとは。よけいなご心痛をおかけしてしまった。重々、申しわけないことをした」

「川路様の容態を報告した時には、殿はご気分も快くなり、床を払われたのです。書見をなさっていました。十三夜の月見宴ができなかったことを悔やまれて、家来衆に失望させたと、何度も申されて」

奥小姓が続けた。

「つい今しがたです。殿が思いついたように突然、花がほしい、とおっしゃるのです。源助に言って三、四本、生花を切らせて、ここに持ってきてくれ、と」

「何の花がよろしゅうございますか?」

「好みはない。源助に任せよう」

「お待ちを」

源助に伝えると、源助はすぐに庭に下りて切ってきた。

龍胆《りんどう》の花である。この植物の根は胃薬に用いる。源助が大切にしている庭の一画は、御薬園になっていた。

奥小姓が花束を受け取って戻りかけたところに、脇坂安董が寝間から出てきた。

「ちょうどよかった」そう言って花束を受け取った。「ちょいと行ってくる」

「どちらに参られます?」

「すぐ戻る」

川路の居る隠居所に向かった。

「てっきり川路様のお見舞いに行かれたものと思いました。花をお持ちでしたから。ところが一向に帰られない。不安になって、探しに参ったのです」

「ここにはいらっしゃいませんでした」貝太郎が答えた。

「一大事じゃ」奥小姓が身ぶるいした。「こうしてはいられぬ」浮足立った。

「待て待て」川路が、とどめた。

「騒がぬ方がよい。私に心当たりがある。一緒に参ろう。まず、着替えてからだ」

川路は急いで寝巻を袷《あわせ》長着に替えた。

こちらに歩いてきたはずの脇坂が、こちらに着いていず、途中で消えたとなると、庭に下りたとしか考えられぬ。脇坂は花を手にしている。

となると、あそこしか無い。

川路は濡れ縁から、庭下駄をつっかけた。奥小姓と貝太郎が続く。貝太郎は木刀を腰に差している。蟋蟀が鳴きやんだ。

川路はまっすぐおのぶ地蔵堂をめざした。

十三夜の月がある。

片側は薄《すすき》、もう一方の側は萩の植込みである。萩は美しい宮城野《みやぎの》萩、たぶん隣の仙台藩伊達《だて》候から贈られたものだろう。

行く手に、青く光る物が落ちている。近づいて川路が拾いあげると、龍胆の花びらであった。

月光に艶めいている。

あとから来る二人を手真似で止めた。

「殿は、地蔵堂におられる」小声で教えた。

「よかった」奥小姓が走りだそうとした。

川路が、制した。

「ここで待っていてほしい。私だけ参る」

奥小姓が何か言いたそうであったが、川路の目を見て、大きくうなずいた。内密の話があるのだろう。

「警護しております」小声で返した。

川路は二人を残して、地蔵堂に向かった。わざと足音を鳴らして、ゆっくりと歩いていった。

暗い堂内には脇坂が端座している。後ろ姿に、川路が名を告げた。

「いつもの足取りだな。重畳《ちょうじょう》、重畳」（よかった）

「ご心配をおかけしました」

「入らないか」

「お邪魔します」

川路は脇坂の斜め後ろに、にじり寄った。

菩薩像前の陶の花活《はない》けに、龍胆の花が差してあった。

「ご不例（病気）とお聞きしまして、びっくりいたしました」

「なに、微恙《びよう》だ」（気分が勝《すぐ》れないこと）

「ご無理なさらぬ方が」

「身体の不調より、どうも気持ちが落ち着かなくてのう」

「根《こん》をお詰めなさらぬがよろしゅうございます」

「気力は充実しているつもりなのだが、煩悩《ぼんのう》が悪さをする。人には百八の、いや八万四千もの煩悩があるというが、私はその数どころではない。おのぶ地蔵にも、こうして縋《すが》る体《てい》たらくだ」

「はあ」

川路は返事に詰まった。先ごろ、川路自身が、縋ったのである。

「戻るか」脇坂が、うながした。「お前さんの部屋で、ちと語りあおう」

「はい」川路はおのぶ地蔵尊に礼拝《らいはい》した。

地蔵堂を出ると、奥小姓が脇坂の元に駆け寄った。

「やきもきさせたな」とねぎらった。小姓が涙を浮かべた。

川路の部屋に入ると、脇坂が人払いをした。「誰も入れるな」と小姓に命じた。「お茶もいらぬ。手を叩くまで、見張っておれ」

「御意《ぎょい》」

小姓が下がると、脇坂が急に声をひそめた。川路は傍らに寄った。

「仙石左京は手ごわいぞ。今日、みっちりと尋問したが、一向に、尾を見せない」

「こちらの出様《でよう》を窺っているものと思われます」

「正攻法はだめだ。奇手《きしゅ》は無いか」

「一つ考えていることがございます」

「申せ」

「左京はなかなかの子煩悩のようです。子どもを江戸に同行した一件を追究すると、真意が見えてくるのではないか、と。もう一つ、ございます」

「何か?」

「左京の劣等意識を掘り下げてみることです」

「どういう意味だ」

川路は詮議方の報告を語った。

「少年時代に味わった屈辱が尾を引いていると?」脇坂が頭を上げた。

「しかしそのような些細ないきさつが、このたびのお家乗っ取りの如き大罪を、果たして導くものかね？」

骨休み

「仙石騒動」の審理は続いている。

続々と出石《いずし》藩の要職にある者が、寺社奉行の脇坂淡路守安董《やすただ》邸に呼び出されている。邸内が殺気立っている。裁きに従事する者は、誰もが血走った目をしている。日を追って、熱気を帯びてきた。

過労から倒れる者も出てきた。

ある日、川路聖謨は奉行に呼ばれた。

「皆を交代で休ませよう。病人が一人出たということは、一人残らず出るしるしだ」

「はい」

確かに欠けた人の分を、残りの者が負担しなければならぬ。皆背負いきれなくなり、次々と病人を増やすことになる。

「私とあんたが寝込んだので、皆の者が責任を感じてはりきりすぎたのだ。休日を設けて、半々ずつ骨休みしよう」

「はい。そのようにいたします」

「明日から実行しよう。半分の人数でこなせる仕事を作って、一人一人に命じてくれ」

「かしこまりました」

「明日は私が休む。お前さんはあさって休んでくれ。上の者が率先して休日を取らないと、下の者は取りづらいよ。休日はお互い仕事のことは忘れて、自由気ままに過ごすことにしよう」

「承りました」

ということで昨日から臨時休日が始まった。

今日は川路の番である。

そうは言っても、何だか落ち着かない。急に申し渡されたので、どのように一日を過ごしたらよいのか、ととまどっている。脇坂をはじめ半数は、今頃、大忙しで仕事をしているであろうことを考えると、申しわけなくて、居ても立ってもいられない。本を読んでいても、書物の内容に没頭できない。

強い雨でも降っていれば、身動きもままならず、読書の言いわけにもなるのだが、あいにく今日は恐ろしいような日本晴なのである。

庭の方で音がした。川路は立って障子を繰った。貝太郎《かいたろう》がいた。声をかけた。

「何をしている」

「庭を掃《は》いています」

川路は苦笑した。見ればわかることを聞く方もまぬけだし、答える側も抜けている。

「その仕事の次に控えている仕事はあるか」

「ありません。これから見つけます」

「お前が勝手に使える時間《とき》はないか」

「お頭《かしら》に届ければ、ひととき（約二時間）くらいは融通をつけて下さいます」

お頭は下男を束《たば》ねる役である。

「じゃ、頼んでみないか。おいしい物を食べに行こう」

「えっ？　私とですか？　本当ですか？」

目を輝かせた。

「お頭がだめと言ったら、無かったことにしよう。すぐに聞いておいで」

「川路さまのお供で外出すると申告します。立派な用事です。親方が否《いな》と言うわけありません」

「少しずるいようだが、まあ、いいか」

「川路さま。お願いがあります」

「改まって、どうした？」

「行きたい所があるのです」

「私につきあえというのか」

「無理にとは申しません」

「どこだ？」

「だらだら祭です」

「ほう？」

芝《しば》大神宮の、有名な祭である。九月十一日から、何と二十一日まで続く。だらだらと終わらないので、俗にそのように呼ぶ。江戸では浅草三社祭につぐ、人の出で賑わう祭である。別名、はじかみ祭。境内の至る所に健胃効能の葉生姜《しょうが》を売る市が立つことで知られ、親しまれている。

「葉生姜を買うのか」

むろん、川路も祭の盛況は聞いている。しかし、芝大神宮がこの近くであることは、うかつにも気がつかなかった。脇坂邸に身を寄せてから、ただの一度も物見遊山《ものみゆさん》でこの辺を散策することがなかったからである。脇坂邸の向かいは堀を隔てて、広大な浜御殿であることも、つい先日、知ってひそかに驚いたほどだった。いかに根を詰めて書類を読むのみの日々であったか、ということだった。

「よし。葉生姜につきあおう。案内しろ」

「親方に許しを得て参ります」

貝太郎が竹箒を投げだして走っていった。

芝大神宮は総面積約四千八百坪という。天照大神《あまてらすおおみかみ》を祭る江戸屈指の大社である。その広大な境内が、人で埋まっている。どこからこんなにも寄せてきたのかと怪しまれるほどの、群衆である。

生姜を売る市や、ちぎばこを商う市、古着や古物を叩き売るボロ市など、それぞれ業種ごと固まっていて、いろんな物を呼び売りする露店が並ぶ背後には、曲芸や力持ちの見世物小屋が建っている。賑やかなお囃子が流れ、すっとぼけた節の歌声が響く。

人の流れは本殿に向かっている。ぶつからないよう一方通行を強《し》いられている。流れに従って歩くと、本殿裏の出口に誘導されるしくみである。

生姜市は境内地の一画の、何とか神宮の前に立っていた。「まけた、まけた」という威勢のいい若い衆の呼び声が、あちこちから飛び交う。求める客がいると、そう言って、あおるのである。

葉生姜の束を振りながら、「まけた、まけた」と客の頭を浄《きよ》める真似をする。生姜の芳香が、強くただよう。厄を追い払われたようで、客はつい財布の紐をゆるめてしまう。

「ふた束、おくれ！」

貝太郎が金を出した。

「まけた。ありがたいの鯛の目玉だ。はいよ、二百束。ありがとうなら、めめずは二十《はたち》だ。かたじけ有馬の薬師さまだい。にいちゃん、出世するよ。待っていたのの天神様ってね」

貝太郎は手渡された葉生姜を抱えて歩きだした。

「市が尽きる所で買った方がよかったのではないか。荷物だろう」

川路が声をかけると、

「縁起物ですから、のっけがよろしいのです」と笑った。

「慣れたものだな」感心すると、「ここは私が餓鬼の時分の遊び場だったんです」

まけた、まけた。

「そうか。貝太郎は芝で生まれたのか。江戸っ子の本家か」

芝で産湯《うぶ》を使い、芝で育った者が本当の江戸っ子といわれている。

「私の生家はこの近くなんです。帰りに寄りませんか」

「炭問屋だったな」

「大神宮の御用を足しております。それで脇坂様にもご縁をいただきました」

「大店のお坊っちゃんだったのか」

「親父お袋に会って下さい」

「今日はよそう。手ぶらだし、普段着だ。改めて挨拶するよ」

「そうですか。この間、香取数馬《かとりかずま》様をご案内いたしました」

「いつ？」

「川路様と深川へ行ってらした日です」

生姜市が尽きて、次の一画はちぎばこの市である。

「香取様が大神宮にお参りしたいとおっしゃったので」

「お祭の日ではないのに？」

「ええ。その足で私の生家にお連れしました。炭が見たいとのお望みでしたので」

「はて。香取は炭が珍しいのかしらん？」

「お袋に枝炭について問われていました」

茶道で用いる、ツツジなどの小枝を焼いて作った炭である。胡粉《ごふん》塗りの白炭《しろずみ》と、塗らない山色と称するものがある。

「香取が茶をたしなむとは知らなんだ」

ちぎばこ市は黒山の人だかりで、こちらは女子どもが客筋である。小判の形をした桧《ひのき》の曲物《まげもの》に、茶や青や緑の胡粉《ごふん》で藤の花が鮮やかに描かれている。容器の中には、丸い飴玉が三個入っている。飴玉は容器のおまけである。

このちぎばこを簞笥《たんす》に忍ばせておくと、着物が増えて着物大尽になるといわれている。薩摩藩主の島津公が、例年これをお慰みに大奥に献上し喜ばれている、という話だった。

川路は興味がなかったが、貝太郎が一つ買った。

「お袋へのみやげかい？」

「お袋は喜びませんよ」貝太郎が苦笑した。

「珍しくありませんもの」

「源助がはしゃぐとも思えんし、さては、思いびとへの贈り物かい」

へへへ、と照れ笑いした。

「こいつめ、隅に置けないな」

今度は嬉しそうに笑った。

ちぎばこ市を抜けると、雑多な露店が並ぶ。貝太郎が見世物小屋の方に川路を誘った。

「おいらは、こいつが好きなんです」

吹矢の小屋を指さした。興奮して、私が、おいらに変わってしまった。

竹の筒に紙の羽根をつけた短い矢を入れて、筒から強く息を吹いて、正面前方の的《まと》に当てる。的は妖怪や魚や鳥や狐や樹木や人形の紙の面である。上から急に下がってきたり、下からひょいと姿を現わす。それを狙うわけである。首尾よく命中すると、正面の背景絵が動くしかけだった。背景絵は海底の竜宮城である。竜宮の扉が左右に開く。

「こいつは武術の練習になりませんか?」

「弓はともかく吹矢はどうかな」

「試してみたいな」

「よし。金は払ってやる。腕を見せてくれ」

川路が矢代を払うと、女が十二本の矢を貝太郎に渡した。三本で一回の遊び賃である。しかし、一本も命中しなかった。あっという間の散財だった。貝太郎が苦笑しながら言った。

「もう一軒、つきあって下さいませんか?」

天神屋

川路聖謨は、苦笑した。

「お前も懲《こ》りない奴だな。吹矢《ふきや》の梯子《はしご》か」

「いえ、梯子じゃありません」

「大好きだと言ったではないか」

「今度は川路様もお気に入るのではないかと存じます」

「縁日はあまり好みではない」

「縁日じゃないんです」

貝太郎が神明宮本殿に向かう。お参りするのか、と思うと、そうでなく、さっさと裏手に歩いていく。人波が途切れ、生姜《しょうが》やちぎばこを手にした人たちの、酔いがさめたような、のんびりした足取りに変わる。

境内を抜けると、三島町《みしまちょう》。俗に神明前といい、門前町が続く。生姜市ほどではないが、こちらも結構な賑わいである。

扇問屋、武道具屋、筆墨問屋、仏具屋など、どっしりとした店構えの老舗《しにせ》が並んでいる。

ひときわ間口の広い大店《おおだな》が現れた。本屋である。

貝太郎が立ち止まって、川路にささやいた。

「おいらの幼なじみの店なんです」

「ほう。遊ぶばかりの友だちじゃないんだ」

「お寄りになりませんか」

「吹矢よりはいい」

「ちょいと挨拶してまいります」

貝太郎が軒のれんをくぐった。

店は、いきなり奥まで板の間になっていて、客は縁台に腰かけるように、横向きに腰をおろし、店の者に注文の書名を告げる。たとえば和歌の詠み方の本がほしい、と伝える。番頭か手代が出てきて、具体的に用途を聞きだす。それならこのような本があります、お待ち下さいまし、と小僧に書名を言う。大抵、二、三冊挙げる。小僧が復誦し、奥に引っこむ。二階の書庫から注文の本を運んでくる。番頭が説明しながら客に本を見せる。気に入ったら、現金で買い、大部な書物なら小僧に自宅まで届けさせる。

店頭には人の丈《たけ》ほどの箱看板が置いてあり、「新古書物所《しんこしょもつどころ》　天神屋」とある。新刊と古書を商っている。別の側に、「古書売買」とあり、もう一面には、「和本　唐本　仏書」と書いてある。四角な箱看板の店側には、丸い穴があいており、「用済花紙入」と記してある。通行人用の紙くず箱である。溜った紙くずは、天神屋が回収し、まとめて故紙屋に売った。本屋によっては特定の故紙屋と契約し、看板代に当てた。紙くず入れ付きの箱看板を設けている書店は、客が多く繁昌している店といえた。

天神屋は店の半分ほどでは、女子ども相手の絵本や草双紙を並べていた。そちらにも箱看板が出ていて、「ほんや　てんじんや」「しんぱん　いろいろ」とあって、花紙入れは無い。草双紙と新古書物所は、天井から一列に吊り下げられた錦絵で、分けられていた。錦絵の下には脚付きの細長い書物箱が横たえられ、この書物箱が店舗の仕切りを果たしている。箱には和本がぎっしり詰められていた。何の本か遠くからもわかるように、筆太の墨字で書名を記した紙札が、書物箱の脚に垂らしてある。

挨拶している貝太郎を置いて、川路はその紙札を目で読んでいた。

「お待たせしました。いらっしゃいまし」

ふくよかな体型の番頭が、川路に声をかけた。「どうぞ、お上がり下さいまし」

貝太郎が川路の身分を告げたのだろう。番頭が何度も丁寧《ていねい》に頭を下げた。

「では少々楽しませていただくか」腰を下ろした。

「あの」と目で書物箱を示した。「刀の本を三、四種、拝見したい」

川路の目下の関心事は、刀剣である。

「心ゆくまでご覧下さい。そこは落ち着きませんから、こちらへお通りなさいませんか」

番頭が板の間の中ほどを勧めた。

「本はお運びします」

「私は隣の草紙屋におります」貝太郎が耳打ちした。「御用がおすみになりましたら、お声をかけて下さい」

「幼な友だちは、そちらにいるのか」

へへ、とあいまいな笑顔をした。

川路が示された場所に歩くと、小僧が座布団を出し、手代がすばやく二つ折りの屏風《びょうぶ》を回して、川路の姿を店頭の客の目から隠した。番頭が書物箱から、ひと抱えほどの書物を抜きだして持参した。川路の膝元に置き、「とりあえずこれだけお持ちしました。ごゆっくりお寛《くつろ》ぎ下さいまし」

「こんなに大量に。いや、よくぞ集めたものだ。刀の本がこれだけまとまっているなんて。好きで本屋めぐりをするが、初めてだ」

お世辞でなく、川路は心底感心していた。

「三日前に、一人の客から買い受けたのです。昨日、ようやく整理がつきましたので、けさ、お披露目いたしました」番頭が手を揉んだ。

「初見世か。それじゃひやかしはできぬな」

「どういたしまして。遠慮なく品定めして下さいまし」

「なかなか筋のよろしい読者だったらしいな。本の選び方がただものでない」

「ご事情がございまして。手放される時、泣いておりました」

「そうだろうな。仇やおそろかに扱えん」

話しながら川路はひと揃いを右側によけた。『金工鑑定秘訣』という鍔《つば》の図入り本で、以前から探していたものである。

「本を売りに来た。値よく引き取ってもらいたい」

店頭で客の声がした。川路は、おや？　と耳をそばだてた。

「四日前にこちらで買った本だが、読んでしまったので不用になった」

「覚えております」小僧が応対している。

「お前が値を踏むのか」客が危ぶんでいる。

「いえ。番頭さんと代わります」

小僧が呼ぶ前に、川路に接していた番頭が立ち上がり、「ただいま」と店に出ていった。

川路は体をひねって屏風の蔭から客の顔を見た。あわてて、引っ込めた。

聞き覚えのある声だ、と思ったが、あるはずだ、梅の実のことで出石《いずし》藩重役に聞き取りにやらせた、詮議方《せんぎかた》の橋本という男である。川路同様、本日は臨時休日組らしい。

本が好きらしいな、何の本を読んでいるのか。川路は耳をすました。

「これは当店で扱った本に間違いありませんので、売価の七割で引き取らせていただきます」

「なに？　読み代を三割も取るのか。あこぎではないか。四日前に買った本だぞ」

「この本は新刊ですが、お客さまがお読みになられましたので、古本でしか売れません」

「どこも汚していない。洗った手で大事に読んだ。見ればわかるだろう」

「恐れ入りますが、当店の決まりでございまして。お引き取りしましたこれは、新刊売価の一割引きで古本で売ります。従いまして私どもの利は二割でございます。このくらいの利をいただきませんと、商売になりませんん。どうぞご理解下さいまし」

「どうだ。もう一割つけぬか。いや、七分でいい。七分」

「ご勘弁下さい」

「じゃあ、五分」

「お許し願います」

橋本も強情である。本のことになると、人が変わるものだ。川路は、苦笑した。橋本は日頃、実に人当たりのよい、気のきく男なのである。

「たった五分だぜ」

「お言葉ですが、手前どもはそのたったで、なりわいをたてております。はかない身過ぎなもので、そこをどうぞお察し下さいまし」

「わかった。天神屋を泣かせてまで、うまい汁を吸おうとは思わぬ。許せよ」

「ありがとうございます」

「うん。いや、金はよい。代わりにこの新刊を買おう」

「こちらはこれこれの値でございますから、差し引き、わずかですがこれこれをちょうだいいたします」

「細かいな。相引《あいびき》にはならぬか」

「手前どもには生活がかかっておりまして」

「わかった。無理を申したな。包んでくれ」

「ありがとうございます」

「また来る」

「毎度おありがとうございます」小僧が大声で礼を述べた。これは他の客に聞こえるように発するのである。店の者が全員で声を揃えた。

番頭が、戻ってきた。

「失礼いたしました」

「よく参る客らしいが、手がかかる客人のようだな」川路が買う本の山を番頭に示した。

「いえ。かけひきを楽しんでいらっしゃるんですよ」

「毎度なのかい？」

「さようです」

「お前さんも大したもんだねえ」

「あきんどでございますから」笑っている。

買った本は小僧に脇坂邸に届けるよう言い置いて、川路は天神屋を出た。待っていたように貝太郎が寄ってきた。

「おすみですか？」

「お前の用もすんだか？」

「はい。帰りますか？」

「も一つ、ある。腹ごしらえ。お前の好きな店に案内しろ。ほしい本を獲得した。少しぜいたくをして行こう」

歩きだしたが、貝太郎は浮かぬ顔をしている。

「幼なじみと会えなんだのか？」

「会えました」

「ちっとも嬉しそうじゃないな」

「振られました」

「なんだ、男ではなかったのか？」

「草双紙の売り子なんです。私でなく意中の男がいたのです。それがわかったんです」

「ちぎばこのご利益はなかったわけか」

「意中の人は、香取数馬様でした」

もんじゃ

「貝太郎《かいたろう》は苦手な食べ物があるか？」

川路聖謨が訊《き》いた。

「いえ。何でも好きです」貝太郎が答えた。

「よし。それでは今度はこちらにつきあっていただこう」

川路は左右の商家に目を走らせた。二人は芝大神宮の門前町を歩いている。鰻を焼く、おいしそうな匂いが流れてきた。川路の足取りが、ゆるくなった。腹ごしらえは蒲焼きだな、と貝太郎が小躍《こおど》りすると、川路は心持ち小首をかしげ、鰻屋の前を過ぎてしまった。

しばらく歩いて、ふふ、と独り笑いした。川路のすぐ後ろに従っている貝太郎は、「何ですか？」と声をかけた。

「何でもない」前を向いたまま答えた。それでは無愛想すぎると思い直したらしく、

「先ほどの本屋で、ほしかった本が見つかったのさ」

「よございました」貝太郎は単純に喜んだ。

「お連れした甲斐《かい》がございました」

「探していた本を手に入れたくらい嬉しいことはない。馳走《ちそう》するよ」

「ありがとうございます」

「舌鼓を打って、はしゃごう」そう言って、

「注文があるなら聞こう。申せ」

「あの」貝太郎が言いよどんだ。

「タカヨウジという食べ物は、どんな物ですか?」

「タカヨウジ?　食べ物?」

「ええ。お侍さんは食べないらしいですが、そういう名の食べ物があるらしいんです。どんな味の物か、私は知らないので」

「武士は食べない?」

「食べないらしいです」

川路が立ち止まった。いきなり、大声で笑いだした。貝太郎が狐につままれたような顔をした。川路が笑いながら歩きだした。

「何です？」

「いやさ、どうせなら、そのタカヨウジをつまみに行こうと思ってさ」

「でも、私はともかく、川路様は食べられないんでしょう？　悪いじゃありませんか」

「タカヨウジというのはね」川路が笑いながら説明した。

「食べ物の名じゃない。小楊枝《こようじ》のことさ」

「小楊枝？　あの、歯をせせる楊枝ですか？」

「武士は食わねど高楊枝というのは、武士は食べなくとも、あたかも満腹した振りをするという意味だ。つまり、見栄を張って体裁をつくろうこと。武士の厭《いや》な面を皮肉った俗諺《ぞくげん》だ」

「そうなのですか。ごめんなさい。私はてっきり食べ物の名と」

「無理もない。貝太郎たちには縁のない諺だろうからな」

「貝坊！」

店屋から出てきた老女が、だしぬけに大声を発した。

「おお。びっくりした」飛び上がった貝太郎が、「もんじゃおばさん!!」と叫んで駆け寄った。

「貝坊だろう？　貝坊だよね？」と老女。

「貝坊だけど。もう貝坊じゃないよ。おいら、立派な大人だぜ」と貝太郎。

「何を言ってるんだい。こちとらだって、おばさんじゃなく、もんじゃばあちゃんだい」

「まだ、もんじゃをやっているんだね？」

「おお。立派にやってるよ。寄っていかないかい？　久しぶりだ、なつかしがって行きなよ。罰は当たらないぜ」

「でも、おいら、今日は一人じゃない」貝太郎がもじもじと振り返った。川路は老女の方に歩いて行った。貝太郎があわてて追う。川路は老女が出てきた店屋の看板を読んだ。

「もんじゃやき、とはどういう食べ物だ？」

「女子どもの食べる物ですよ」貝太郎が、うろたえた。「タカヨウジのようなものです」

　老女が笑った。

「貝坊。昔と違うよ。今は大人も喜んで食うよ。ご覧のように、店も広げた。さあ、遠慮しないで入ったり入ったり」

「話の種に味わってみたい」川路は貝太郎をうながした。

「大人の口に合わないですよ。ちっともおいしくないはずです」貝太郎は二の足を踏む。

「貝坊！　商売の邪魔をしなさんな。ガキの頃の味と違うよ。さあ、さあ、どうぞ」

『いろは／にほへと／のもんじ／やきみせ／いろは』と染め抜いた紺ののれんをくぐると、芝居小屋の追い込み場のように板敷きの床が奥まで続いていて、二人、あるいは三人、四人連れが、七輪を囲んで物を焼いている。子ども同士が多い。大人は一組しか見えない。

川路たちを見ると、皆がいっせいに話をやめて、こちらを注視した。イカやタコの焼けるにおいが、あちこちから漂う。

「お客さん、ごあん、なあい」貝太郎を呼びとめた老女が、娘のような張りのある声を上げた。

「はあい」と奥から十五、六歳の小女《こおんな》が顔を出し、「こちらのお席にどうぞ」と空席を指さした。貝太郎が先に立って川路を誘導する。

一番奥の席である。小女がすばやく藺草《いぐさ》で編んだ円座を二つ敷いた。川路たちが円座にあぐらをかくと、小女が七輪を運んできて、二人の目の前に置いた。七輪には炭火が赤々と熾《おこ》っている。老女がやってきて、小女から火箸を受け取った。

「あたしが助《す》けるからいいよ。鉄板と焼き種《だね》を運んでおくれ」小女に命じたあと、貝太郎に、

「種はこっちに任せてもらっていいね?」と断った。貝太郎が答えを渋っていると、川路が「種とは何だ?」どちらへともなく訊《き》いた。

「もんじゃの中身ですよ。あちらです、お武家様」と壁を示した。壁一面に、扇形の色紙が貼ってある。色とりどりの色紙には、「きりいか」「ほしえび」「たこ」「あさり」などと仮名で記

され、値段が出ている。

「あけたま、とは？」

「揚げ玉のことですよ」

「揚げ玉とは何かね？」

「天カスですがね」

「天カス？　それは何かね？」

小女が鉄板を運んできた。七輪に載せる。

「あらいやだ。天ぷらのカスですよ。雲の上びとには縁のない物でしょうね。顎《あご》が落ちるほど、うまい物なんですがね」

「おばちゃん、おいらが焼くよ」貝太郎が遮った。

「おや、そうかい？　焼き方は忘れていないかい？」

「からかうなって」貝太郎が頬をふくらませた。「焼き種はおばちゃんに選んでもらうよ。適当に選んでくれよ」

「そうかい。そいじゃ、口切りは定番の切りいかと干し海老と行こうかねえ」

老女が小女に命じた。ついでに、三つ四つ、種の名を挙げた。

「鶉《うずら》の玉子は、おばちゃんのご馳走だよ。久しぶりの再会を祝ってね」

小女がいくつかの片口と皿鉢をのせた盆を、重そうに運んできた。片口には小麦粉を水状に溶いたのが入っている。老女が刷毛《はけ》で鉄板に菜種油を塗る。

「やあ、焦《こ》げるぞ、焦げるぞ」

一組置いた所で、黙りこくって文字《もんじ》を焼いていた十二、三歳の男児たちが、急にわめきだした。ジュッーと凄い音がして、湯気と共に、辺りに醤油の香りが飛び散った。男の子の一人が、泡を食って鉄板に注いだのである。

「危ないよ！」老女が一喝した。「火のそばで遊んだら駄目！　追いだすよ」

腕白たちが首をすくめた。

「貝坊、焼きを頼むよ。あたしはあのやんちゃらの面倒を見るから」老女が刷毛を貝太郎に託す。貝太郎が片口を取り上げた。「こんな風に」と川路に説明した。「小麦粉の汁を垂らして、焼いて食べるのです。いろはの文字を汁で描いたりするので、文字焼といいます。おいら、いや私ら子どもの時分は、もんじゃ、と言ってました」

「なるほど」川路は箸を持って鉄板を見つめた。熱せられた鉄板に注がれた汁は、たちまち焼けて、薄い煎餅になった。貝太郎が竹箆《たけべら》でへずって、川路の目の前に押しやった。

「盆の上に、蜜や醤油、塩や甘味噌がありますから、お好みの物を塗ってお召し上がり下さい」と勧めた。

「どれ」川路が皿に醤油を注ぎ、味見をした。「これから種を焼きます」別の片口を傾けた。どろりとした物が鉄板に広がった。切りいかが混ぜてある。香ばしい匂いが広がった。貝太郎がせわしなく箆を動かす。焼き上がった縁《へり》から箆の先で切り取り、川路にもてなす。切りいかが終わると、鉄板をきれいにし、次の鉢を取る。今度は泥状の中身である。まず円を描いた。円の中に先の水状の汁を注ぐ。円は土手である。汁が煎餅に固まってくると、箆で土手を崩し、かきまぜた。かきまぜながら焼く。

「ほう。これは生姜《しょうが》入りだ。うまい。大蒜《にんにく》はあるかい？」

「あります。頼みましょう」老女を呼んだ。

大蒜や韮《にら》は、川路の大好物なのである。

川路は文字焼が気に入り、いろんな種を味わった。しめは焼き饂飩《うどん》である。

「いやあ、童心に戻った」店を出ると満足気に笑った。「お粗末さまでした」貝太郎が申しわけなさそうに体をちぢめ、しかし、ホッと安心した様子だった。

「どうだ、大蒜、におうか?」川路が歩きながら貝太郎に顔を寄せた。息を吐く振りをして、「何者かあとをつけてくる。振り向くなよ」小声で早口に言った。貝太郎は血相を変えた。「やっぱりにおうか。これじゃ人に会えないな」大声で言い、「次の角を曲るぞ」とささやいた。「口直しに何か食べていこう。においを消しに何がいいかな」大声で言い、「心配するな」と小声になった。

そして懐《ふところ》を探るような手つきで、そっと刀の鯉口《こいぐち》を切った(抜刀しやすいように鍔元をゆるめておく)。貝太郎の心臓が高鳴った。

浪人

川路聖謨は、す早く金鍔焼《きんつばやき》の店の角を曲がった。貝太郎も続く。曲がると、すぐ川路は店の壁に背を張りつけた。貝太郎も倣《なら》う。

子どもたちの歓声があがった。路地のまん中で男の子四、五人が、掛け声と共に棒杭《ぼうぐい》打ちに興じている。先の尖った細い棒切れを地面に打ちつけ、相手の棒杭を倒した者が勝ちである。地面に刺さらず横倒しになった者は敗者で、杭を没収される。

川路は子どもらを見て、しまった、と悔やんだ。彼らに修羅場を見せるわけにはいかない。

ここで待っていろ。貝太郎にささやくと、川路は壁を離れた。

今来た道を戻るのである。小走りに追ってきた浪人ていの男と、角であやうくぶつかりそうになった。相手が驚いて、身をよけた。

「何か私に御用とお見掛けしたが、承りましょう」川路が立ちどまった。

「いや、なに、何も」男がうろたえた。

「本屋から、ずっと追ってきましたね」川路が穏やかに問うた。

男が目を逸《そ》らせて、何やら口の中でつぶやいた。

「逃げも隠れもしません。何でしょう?」

川路は微笑しながら小声でうながした。道を往き交《か》う人たちが、けげんそうな顔で、二人を見やる。川路は旧知の者が、バッタリ出くわした態《てい》を装ったのである。

貝太郎がやってきて、川路の背後に立ち、男をにらんだ。はなはだ、まずい。三人が向かいあって無言でいれば、通行人は怪しむ。人だかりができたら、弱る。

男が何か言いかけた。こちらに危害を加えるような様子は無い。川路は男を制し、「あちらに参りませんか?」と、先ほどの路地を目で示した。男がうなずく。

男児らが棒杙打ちで遊んでいる向こうに、さっき朱塗りの鳥居が見えた。稲荷《いなり》である。川路は子どもらの群れの横を、ゆっくりと過ぎた。貝太郎が続き、少し遅れて男がついてきた。稲荷社の前で川路は足を止めた。

とたんに男が、ぺこり、と頭を下げた。

「悪げは無かったのです」もごもごと、つっかえながら弁解した。年の頃、四十前後。

「あなたがどこにお帰りになるのか、知りたくて……つい」

「なぜです?」

「天神屋であなたは本を買い求められました」

「さよう」

「迷ったのです。あなたのことを天神屋でお聞きしようか、どうしようか……でも」

川路は黙って相手の次の言葉を待った。罪人を訊問する際、こちらは極力しゃべらず、うなずかず、ただじっと無表情のままで対する。相手は不安になり、語らずにいられなくなる。

「でもむだなことを知っていました……古本屋は、客の素性を教えない……商売の鉄則です……誰から、何の本を買い入れたか、よそにもらさない……本を金に換えるのは恥だからです……質屋通いを秘密にするのと同じ……家計を人に知られたくない……誰だってそうです」

川路は男の顔を凝視したまま、何も言わぬ。

男はあせって、独り言のように続けた。

「自分であなたのことを探るしかない……それで、そっとあなたのあとを……なぜかと言うと……あなたがお買い上げになられた本は……元の持ちぬしは……私だったのです……私が天神屋に売ったのです……食えなくなって……お恥ずかしい……やむなく……どんな客が私の本を求めるだろうか……それが知りたくて……知ったところでどうなるものでない……わかっていながら、つい……私のかつての蔵書を引き取ってくれた人を、突きとめずにいられなかったのです……ありがたさと……うらやましくて……つい……ふらふらと……あとを追わずにいられなかったのです」

川路は生唾を呑み込むと、ようやく、答えた。

「わかった。心中、お察しする」

「いや、お恥ずかしい……この通り、ご無礼の段、心よりお詫び申し上げます」深々と頭を下げた。真面目そうな男だった。

「理由が分かれば、もうよろしいのです」川路は微笑んだ。

「縁あってあんたの旧蔵書を買った私の名は――」

「いや、いや、いや」男が待ったを掛けた。

「もうよろしいのです。名乗らんで下さい。あなたのご尊顔を拝見し、安心しました。気がすみました。もう結構です」

「然らば名乗りません」

「そうして下さい。ご無礼をいたしました」

「言うまでもないが、大切に読ませていただくつもりです」

「ありがとうございます。本がどんなに喜ぶことか。涙が出ます」

棒杙打ちの男児たちが、わっと歓声を上げげた。一人がめでたく杙を打ち倒したらしい。

川路は貝太郎をうながした。門前町に戻るのである。男も、ついてきた。

「刀剣の本ばかりでしたが」川路が振り返りながら訊いた。「並々ならぬご興味とお見受けしました。失礼ですが皆筋の通った本ばかりで」

「いや、いや、いや」男が謙遜した。

「子どもの頃から刀が好きでして……刀は買えませんから、本を集めたのです……近所に経師《きょうじ》屋さんがありまして、かわいがられていました……経師屋さんには反故《ほご》紙や表紙の無い本や古手紙などがあります……それらをバラバラにして一枚紙に皺《しわ》を伸ばす……それが私の役目でした……襖《ふすま》の下張りにするためです」

門前町に出たところで男が言った。

「どうです、私の家に参りませんか?」

川路は驚いて男を見た。

「すぐそこの裏手の長屋なんです。刀の本が少しばかり残っています……ちょいと珍しい本が。お見せします」

「しかし、だしぬけに参るわけには」

「家内は用事で出ておりまして、留守。誰もいないんです……何のお構いもできませんが、珍本をご覧に入れることだけは……」

「白妙《しろたえ》長屋ですか?」貝太郎が不意に口を挟んだ。「お住まいは?」

「そうです」男がうなずいた。「ご存知ですか?」

「しょっちゅう伺いました。実家が炭問屋なもので」

「なるほど」男が微笑した。「うちの長屋は炭団《たどん》作りの者が多いんです。みんなまっ黒い顔をしているので、それで近所からは白妙の雪とからかわれているのです」と、長屋の異名を川路に説明した。

「長屋の皆さんは一人残らず働き者です」貝太郎が保証した。「皆さん私の店に炭団を納めているのです」

「私は、違います」男が掌を広げて見せた。

「ほら。まっ白です。長屋では一人だけ肩身が狭いです」

「お言葉に甘えましょう」川路が言った。「ほんの少しだけお邪魔させて下さい」

貝太郎が知っている長屋と聞いて、立ち寄る気になった。今度は男が先に立って歩きだした。町飛脚の店の先を折れた。裏通りをしばらく歩くと、海草を煮る強いにおいが鼻を打った。

そこが「白妙長屋」であった。布海苔《ふのり》を煮出しているのである。なるほど長屋の軒ごとに雨戸が立てかけてある。雨戸には段が作ってあって、そこに団子《だんご》に丸められた炭団が並べられて日に乾されている。

どの家も開けっ放しで、土間では夫婦が炭の粉に布海苔を混ぜ、あるいはまん丸く握っている。川路たちが長屋に踏みこんでも、誰一人、見向きもしない。炭団作りに夢中である。貝太郎もあえて声をかけなかった。

長屋の一番奥の一軒に、男が入っていった。貝太郎が続き、しんがりに川路が入った。ここも布海苔のにおいが漂っている。

「いや、私は炭団でなく、これを作ってなりわいとしております」

男が拍子木ほどの長さの板を、取り上げて見せた。同じ寸法の板が、山のように積んである。

「削って、これをこしらえます」

見本を示した。玩具の刀。柄と刃の部分である。

「鞘《さや》はこちらに」と別の隅を示した。「これを」と凹《くぼ》みを彫った二つの板を示し、「二つ合わせて布海苔で糊付けすると鞘ができあがります……乾いたら、こうして刀身に納めます。納まらない時は、やり直しです。首尾よく、ぴたりと鞘に入ったら、一本ずつに」と完成品を見せた。

「筆で御守刀と書きます。これは家内の受持ちです。女手の方が見かけがよろしいのです」

「こんなにたくさん売れるのですか？」川路は目を丸くした。

「ふだんはそこそこですよ」男が苦笑した。

「さ来月は七五三《しめ》の祝いです。五歳の男の子が宮参りの時に、縁起物で必ず求めます。その日は、びっくりするほどさばけます……もっとも私が直接売るのでなく、卸問屋が集めに来るのです」

川路と貝太郎が板の間に座ると、男が居住まいを正し、改めて挨拶した。

「私は成瀬庄之助と申します。浪人です」

川路がうなずくと、成瀬があわてて、

「いや、名乗らないで下さい。先ほどの約束です」

成瀬が枕屏風《びょうぶ》の陰から、ひと束の写本を持ってきた。

「これを見ていただきたいと思いまして」

「ホウ。大分、年代ものですな」

「経師屋から分けてもらったのです。経師屋は時々、田舎に故紙の買い出しに出かけるのです。旧家を訪ねて……私も雑用を働くために連れていってもらいました……本も出ます。刀の本があると、経師屋主人に頼んで、先方に話をつけてもらいました……そうして、こつこつと集めたのです」

金鍔

「これは珍本ではないかと自分では思っているのですが」

成瀬庄之助《なるせしょうのすけ》が一冊を川路聖謨の手元に置いた。

『諸国刀剣談』という書名である。

「高価なのですか?」川路が、ひるんだ。手に取ってよいものかどうか、迷ったのである。

「いえ。珍本というのは、あくまで私だけの判断でして」

「と言いますと？」

「古本屋では値がつかないのです」

「はて？」

「写本は皆そうなのです。刊本でないと取引されないのです」

「そういうものなのですか」

「しょせん写しですからね。ここにあるものは、すべて天神屋で断られた本です……でも……写本にはそれなりの良さがあって……利用次第で刊本よりも貴重です……この写本は、刀剣商が書いたものですが……内容が面白いので、読んだ者が次々と書き写して、今に伝えたものかと……刀剣売買の裏話といったらよいか……贋物《にせもの》を本ものに見せて売ったとか……鑑定の参考になります」

「なるほど」

「古書の醍醐味《だいごみ》は……写本にあるかも知れません……古本屋は気がつかないのです……もったいないですよ」

成瀬が苦笑した。

「この本の中に、石見《いわみ》で一時、刀が払底《ふってい》した、とあります」

「ほう。石見国で？」

「石見に持っていけば、どんな刀も高く売れたそうです」

「なぜだろう？」

「理由はわからなかったそうです……でも、うわさを聞いた刀剣商たちが、せっせと石見に運んだとあります。大もうけをしたと……何でも売れるというので、持てあましていた品を誰もがはめこんだと……一時、石見はなまくら刀であふれかえったそうです」

貝太郎が声を立てて笑い、川路は目のみで笑った。

「そんな話が盛りだくさん……業者しか知らない興味しんしんの話題が……写本の面白さです」

成瀬が本を手に取り、いとおしそうに紙を一枚ずつめくった。

「業者しか知らない、といえば、一昨年は経師屋《きょうじや》が大いにうるおいました」

「刀で？」

「いえ……故紙で。このところ風水害続きで、おまけに飢餓、鼠が増えて増えて……石見銀山鼠捕りが、やたら売れました……あの薬、砒石《ひせき》だそうですが、砒石の包み紙、薬袋ですな、故紙で作った袋です。薬屋が故紙を集めたので、多く収蔵している経師屋が儲《もう》けたと……風が吹くと桶屋が儲かる例です」

「なるほど」

「鼠が増えると大火があるといいますが、案の定、昨年二月の江戸大火です」

「刀も鼠も、石見ですな」

「本当に。偶然ですけど……あっ、これですよ」

成瀬がめくっていた本の、ある箇所《かしょ》を川路に示した。

「ここに出ています。刀の暴騰。石見国の浜田ですね」

「浜田？　ちと拝見」川路は写本に目を通した。拾い読みした。

「この本、拝借できますまいか？」

「どうぞお持ち下さい。刀の流通に詳しい……変わった本です」

「一筆認《したた》めます」

帯に挟んだ矢立《やたて》を出した。寺社奉行吟味物調役《ぎんみものしらべやく》という職掌柄、筆と硯は常に身につけている。

「そんな……結構ですよ」成瀬が辞退する。

川路は構わず、さっさと借用証を書いた。日付と署名を入れる。結局は名乗ることになった。

表で女の声がした。「ご精がでますねえ」

「貧乏暇なしだあね」

戸が開いた。「あら？」と驚いている。

「妻です」成瀬が紹介した。川路と貝太郎が挨拶した。成瀬より四つ五つ年上の、小柄な福々しい妻女である。

「私の蔵書を買い上げてくださった……天神屋に払った、あの本……」

「まあ、そうでしたか。ありがとうございます」ていねいに礼を述べた。

「いやいや」川路は何と答えてよいか、わからない。どう致しまして、と返すのも何か妙なので、軽く咳払いをした。

「お茶も差しあげず失礼しました。ただ今すぐに」と布巾をかぶせた茶盆に手を伸ばす。

「あ、いや」川路があわてて止める。

「おいとましますので、お構いなく。用はすんだのです」矢立を納めた。

「いかに何でも愛想が無さすぎます。せめて、これをお召しあがりになりませんか。そこで買って参ったのです。焼きたての金鍔《きんつば》です。餡《あん》がおいしいので評判なのです」

紙包みをほどいて、そのまま勧めた。いい香りが、はぜるように立った。

「遠慮じゃないんです」川路は困惑した。「通りの『いろは』というもんじゃ屋で、たった今しがた腹に詰めたもので、これ以上は……ご主人がご存じです」

「いや、そうでしたな」成瀬が苦笑した。「無理強《じ》いは失礼だ」

「匂いのみご馳走になります」川路にしては上出来の洒落た拝辞だった。

「あら、思いだした」妻女が音をさせないで掌を打ち合わせた。「荷を届けるんだった」

　部屋の隅にある風呂敷包みを背負った。

「ごめんなさい。これを取りに戻ったのです。急ぎの仕事なもので、すぐに間に合わせなくては。ごめんなさい。ごゆっくりなさって下さい」何度も川路に頭を下げながら出ていった。成瀬が弁解した。

「七五三《しめ》が近いので、あわただしいのです。問屋に御守刀の納入をせかされまして」

「お邪魔した」川路が立ち上がろうとすると、成瀬が泣きそうな顔をした。

「もう少し居て下さい……いかにも、私らが示しあわせて、追い立てたようで……決してそんなつもりは……どうか」

　川路は弱ってしまった。

「いや、こちらもそのようなつもりは……では、もうしばし」

何だか妙なことになった。

「七五三の祝いで神社は賑わいますが」成瀬が言った。「これを楽しみにしている輩《やから》がいると……御守刀の仕事をするようになって、初めて知りました」

「楽しみにしている、というと？」

「着飾った子どもを眺めるのが喜びなのだそうです……男の大人が、ですよ……幼童趣味とでもいいますか……そんな手合いが、目をぎらつかせてお参り客を物色しているんだそうです」

「ははあ」

「いや、私自身、うなずける節があるのです……私の烏帽子《えぼし》親が、その仲間でしたから」

男児が十一、二歳になると、元服《げんぷく》の儀式をする。成人になる式で、幼名を廃し、大人の名をつける。命名する者を烏帽子親という。

「私の烏帽子親は、やたら人に名をつけたがりました……つけてもらう方は、一生、頭が上がりません。それが狙いだったんですね……美少年ばかり選んでいたのです……私は拒否しました……とたんに邪険にされましてね……いろいろ、いじわるされて……浪人する羽目に……馬鹿な話です」苦笑した。

「いや、色事の恨みは恐ろしいものです……大名に多いそうじゃありませんか……上流の趣味なのでしょうか。大名に取り入るために、美少年の親が画策するとか。わが子の烏帽子親になってもらうために……子どもに化粧を施して、引き回すとか。一種の見合いですな」

程なく川路と貝太郎は、成瀬の長屋を辞した。門前町に出た。

「惜しかったなあ」貝太郎が無念そうに言った。

「何だ？」

「金鍔ですよ。どうしてちょうだいしなかったんです？　あそこの金鍔の餡はうぐいす餡で、すごくおいしいんです。有名なんです」

「お前はもんじゃ焼きを腹一杯食べたのに、まだ食べたりないのか？」

「もんじゃと金鍔は別腹ですよ」

「お前はとうてい武士にはなれんな」

「武士は食わねど、ですか？」

「出された金鍔はいくつあった？」

「二個です。殿様と私で、一つずつ」

「成瀬夫婦はどうする？」

「どうするって?」

「夫婦で食べるために買ってきたんだぞ。それがわかっていて、ご馳走様ですと平らげてしまってよいのか」

「すみません」

「ほれ」

川路が立ちどまって、貝太郎に金を渡した。

「好きなだけ金鍔を買ってこい」

「ありがとうございます」

金鍔屋に走っていった。川路は目の前の古道具屋をのぞいて待った。

貝太郎が「けんけん」(片足跳び)しながら、戻ってきた。紙包みを抱えている。

「今焼きあがったところです。熱いくらいです」

「歩き食いはするなよ。帰ってから食べろ」

「全部私が食べてよろしいのですか?」

「満腹すれば、失恋の痛みも忘れるだろう」

「あれはもうよろしいのです」

「香取を恨むなよ」

「へっちゃらです」貝太郎がピョンとはねた。

「金鍔のほうがよっぽどよいです」

都鳥

芝大神宮のだらだら祭も、ようやく終わった。

穏やかな日和が続いている。

仙石左京の吟味は、白熱している。

「明日、じっくりと打ち合わせをしたい。出仕度をしてくれ」

脇坂淡路守安董《わきさかあわじのかみやすただ》が川路聖謨《かわじとしあきら》に耳打ちした。

「かしこまりました。どちらに参りますか?」

「なに、気分晴らしだ。屋敷に閉じ込もっていると、息が詰まってやりきれない」

「遠出ですか」

「戸外に出るだけよ。人のいない所。いつものその身仕舞《みじまい》でよろしい」

どちらとも行き先を言わない。

翌日の正午、脇坂が川路をうながした。三人の警固《けいご》を伴《ともな》い、屋敷を出る。目の前は堀川が流れている。対岸は浜御殿《はまごてん》である。堀川の船止《ふなとど》めに一艘の屋形船が係留している。普段は船の姿が全く無い船着き場である。

脇坂たちが堀端に立つと、船を用意していた数人の家臣が姿を見せ出迎えた。脇坂と川路と警固の士が乗り込むのと入れ違いに、彼らは陸に上がって辞儀をした。屋形船の船首には、脇坂家の旗印が掲げてある。お家の持ち船でなく、臨時に、町の船宿から借りてきたらしい。船頭は船宿の屋号を染めた半纏《はんてん》を着けている。おろしたての半纏である。

大層な数の家臣が堀端にひしめいて見送る。合図と共に船頭が水棹《みざお》で石垣を突いた。すべるように船が岸を離れる。浜御殿の石垣を横手に見ながら、屋形船は堀を走り、やがて御殿を置き去りにして江戸湾に出た。船頭は水棹を艪《ろ》に代える。

脇坂が屋形の障子窓を開けた。鼻を動かす。

やがて海の香りに変わった。

「少し風が冷たいかな。しかし気持ちがいい」

「食事がすむまで船頭とむだ話にふけっていてくれ」警固の三人に命じた。

船頭を見張っていろ、という意味である。

船室の窓を閉めた。脇坂と川路は、二脚の経机《きょうづくえ》を前に向かいあった。経机には三重の重箱が、二人分置かれていた。

「食べながら話しあおう」脇坂が御重の蓋《ふた》を取った。川路も倣《なら》った。昼食である。

鰻重《うなじゅう》か、と思ったら違った。一の重には大根と人参の膾《なます》、飯と香の物が入っていた。二の重には胡麻《ごま》あえと、合鴨《あいがも》の煮つけ、そして三の重には、菊の葉の天麩羅《てんぷら》を醤油で煮つけたものが詰まっている。

脇坂が天麩羅の煮つけに箸をつけながら、満足そうに言った。

「これが大好きでね。揚げたての天麩羅より、食べ残したものを甘辛く煮た方がうまい」

「菊の葉がこんなにもおいしいとは、驚きです」川路はお世辞でなく称嘆した。

昨日の夕食に饗された献立を、料理しなおしたものだった。夕食の天麩羅は揚げてから時間が立っていたので、菊はごわつき、さほど香りがしなかった。ところが煮つけは打って変わって柔らかく、味が染みて格別で、舌鼓を打った。

艪の音が、やんだ。

「どうしたものか」脇坂が膾を口に運んだ。

「相手はそろそろこちらを見くびりだした気配だ。これ以上、長引くとまずい。この辺で、左京の痛いところを突かないと、あなどられる。少くとも確かな証拠を握っているぞ、とちらつかせないといけない時期だ」

「私としては、もうしばらく左京ののらりくらりを許しておきたいのですが」

「しっぽを出す、と言うのか」

「失言することもあろうかと見ています。左京にしてみれば、こちらが一向に奥の手を出さないので、薄気味悪く思っているに違いありません」

「奥の手がある、と思っている?」

「いるはずです」川路は断言した。「それは私どもが老中首座のことを、一言も口にしないことで察していると思います」

老中首座・松平周防守康任《すおうのかみやすとう》の名は、左京の一件では未だ全く、吟味の席で出していない。左京に覚えがあるなら、このことをまず疑念に思うはずである。左京は左京で、脇坂の魂胆をうかがっているのである。双方、腹の探りあい。今はその状態だと、川路は述べた。

「もうしばらくは、のらりくらりを適当にあしらっていてよろしいかと存じます」

「その方、いつぞや考えている奇手《きしゅ》がある、と申したな」

「申しました」

「左京がせがれを江戸に同道した真意と申さなかったか」

「さようにございます」

「左京は臨終寸前の主君が遺言を残さなかった場合を想定して、せがれを江戸に上《のぼ》せたと申している。左京は主君の近い身内だから、その弁明は詭弁《きべん》ではない。跡継ぎを決めていなかったために、取り潰しに遭ったお家は、過去に何例もある。そういう目にあわないために、せがれを用意したと左京は言う。これだけでお家乗っ取りを謀《はか》った、と処決裁断するわけに参らぬ」

「ごもっともに存じます」

「そちの奇手とはどんなものだ？」

「左京の真意を問うものです」

「真意とは？」

「息子を江戸に伴った理由です」

「左京の弁明と異なるわけがあるのか」

「これはあくまで推測です」

「推測を相手にぶつけるわけにはいくまい」

「しかし、ぶつける価値はあるように思います」

「どのようなことだ?」

「左京の息子の小太郎は当時十歳でした」

「頭脳明晰《めいせき》な男児だったようだな」

「それと、美少年でした」

「うん? 美少年がいわくあるのか?」

「殿」川路が箸を置いた。改まった。

「明日、私に、左京尋問の機会を設けて下さいませんか?」

罪人とはいえ左京は出石《いずし》藩の家老である。しかも家老筆頭の大老である。おおやけの詮議は寺社奉行が行う。格が違う川路は、下の者しか扱えぬ。

「私には荷がかちすぎる問答か?」

「さようなことではありません」あわてて、言い足した。

「殿には下世話な話題なのです」

「下世話が嫌いで寺社奉行はやれんよ」

「恐れ入ります」

「まあいい。明日の昼前に四半時《しはんとき》(三十分)ほど、席を交代しよう」

「ありがとうございます。私が左京に確認したい内容ですが……」

「いや、いい」脇坂が遮《さえぎ》った。「感触をのちほど楽しみに聞く」

食事が終わり、二人は今後の進め方を、熱心に語りあった。

ひと通り打ち合わせると、脇坂が障子を開いて家臣を呼んだ。帰る、と命じたのである。

「やかましいな。何事だ？」

「船頭が海坊主を見たと騒いでおります」

「海坊主が？　こんなまっ昼間にかい？　どこだ？　船頭だけが見たのか？」

「呼んでまいります」

船頭が現れた。船室に入らず、品川沖を指さした。

「あっちの方に、ざんばら髪の男が波間に浮いていました。立ち泳ぎをしているように、時々、胸から上を出して、こちらをにらんでおりました」

「ざんばら髪？　坊主ではないのか」

「水死人の亡霊ですよ」船頭は別に恐れている様子ではない。

「この辺には、よく現れるのです」

脇坂が胡麻あえの皿鉢を家臣に渡した。皿鉢には、あえ物が半分残っている。

「これを投げて弔《とむら》ってやれ」

「かしこまりました」家臣が皿鉢を船頭に手渡した。船頭が恐縮しながら受け取った。

「成仏《じょうぶつ》しろよ。南無阿弥陀仏」

大声で唱え、沖に向かって放った。合掌すると何事もなかったかのように、船尾に戻り艪を握った。船は陸を目ざす。

「海坊主で思いだしましたが」川路が脇坂に話しかけた。

「左京が三重臣に課した剃髪《ていはつ》の刑です」

「坊主頭にしたというやつだな」

「諸藩に例が無いのです。誰が思いついたのか調べてみました」

「左京ではない？」

「松平主悦《ちから》の案でした」

老中・松平康任の弟である。左京のせがれ小太郎はこの弟の娘と結婚した。

「剃髪に意味があると？」

「主悦の好みでした」

「好みというと？」

「坊主頭が大好きなのです」

「物好きな」

家臣が重箱を片づけた。あわただしく下船の準備を始めた。

一瞬、船内が翳《かげ》った。屋根を踏む音がした。

脇坂と川路と警固の者の三人が、同時に脇差に手をやって見上げた。

屋根の音が走った、と思うと、障子に黒い影がうつった。家臣が障子を開ける。

「何だ?」

「都鳥《みやこどり》です」

頭上を何十羽もの百合鷗《ゆりかもめ》が舞っている。鴉《からす》よりは小さいが、羽を広げた様は、仰ぐとかなり大きく見える。

浜御殿の森が近づいてきた。都鳥の群れは、御殿を棲《す》み栖《か》にしているらしい。

「都鳥は吉鳥かね?」

脇坂が川路に問うた。

「さあ?」

「いざ言問《こと》はむ都鳥」脇坂が口ずさんだ。

「今日は海坊主を見た。いや、見たのは船頭だが、とにかく海坊主に出くわした。海の亡霊は吉兆というより凶兆だろう。都鳥の卦《け》が気になるね」

「吉鳥に相違ないと存じます」川路は断言した。

烏帽子親

屋形船での脇坂安董《やすただ》との打ち合わせから戻った川路聖謨は、詮議方《せんぎかた》部屋に直行した。取次から詮議役の橋本が川路を探している、と聞いたからである。

橋本は天神屋に古書を売りに来た男である。古書の話でなく、出石《いずし》藩元家老の件だった。

「昼頃、使いが参りまして、思い出したことがある、すぐ来てほしい、と呼びだされました」

川路を見ると、早速切りだした。

「仙石左京にお咎めを蒙《こうむ》った大島?」

「いえ。渡戸《わたど》です」

青梅と梅雨のことを聞き合わせた、三重臣の一人である。

「梅の実のことか?」

「いえ、剃髪《ていはつ》の仕置《しおき》のことです」

何でもよい、仙石左京に関することを思い出したなら、知らせてくれ、と頼んでいたのである。

渡戸は剃髪の刑を左京から内々伝えられた際、そのような刑があるのか、と驚いた。おどしであろう、と思っていた。ところが罪一等を減じて頭《かしら》を下ろす、と正式に言い渡されて動揺した。奇抜すぎる、穏当でない。

何にもとづいてそのような刑を課すのか。渡戸は抗議した。左京から確かな返答はない。人を介して、違法ではない、然るべき要職についているかたに伺いをたてた、と言ってきた。

渡戸は尚も、主君の服喪中に刑を執行するのは、法に反する、と申し立てた。それについては、老中の了解を得ているとの返事だった。

「何でも老中から書き付けをもらっていると言うのです。老中と聞いて、書き付けを見せろ、とは申せません。それきりになりましたが、今でも納得できない」

渡戸は橋本にそう語ったというのである。

お調べの際、そのことを述べなかったのは、証拠もないのに老中のことを口にするのは恐れ多いから、という。

「老中の誰と申していたか?」川路は橋本に問うた。

「名は申しませんでした。渡戸は特定の名を教えられたわけではないそうです」

川路は橋本の労を謝した。

夕刻、その日の吟味が終わると、ただちに脇坂に面会した。

「明日の件ですが」

「忘れていない。左京との会見だな」脇坂がうなずいた。

「お時間を下さるとのご好意でしたが、とりやめにしたいと存じまして」

「遠慮なら無用だ」

「遠慮ではございません」

橋本の報告を伝えた。

「老中の関与がうかがわれます。いかがでしょう、いっきょにここを突く作戦は？」

「書き付けだな？」

「仰せの通りです」

「あると思うか？」

「これはバクチです」

「左京は認めまい」

「書き付けがないなら、何を根拠に老中の了解を得ている、と申したか、畳みかける手がございます」

「のらりくらり、じゃないかね」

「剃髪の刑はどの書き付けにあるか、と責めます。剃髪は事実です。この件の言い逃れようで、老中の存在をほのめかすような気がします」

「のるかそるか、だな」脇坂が腕を組んだ。

「いったん老中の語を口にしたら、あとには引けないよ」

「腹は決めております」

脇坂が組んだ腕をほどいた。

「よし。明日、左京ののど元に匕首《ひしゅ》を突きつけよう。お前さんも見届け役をしてくれ」

「喜んで」

「失敗したら共に匕首は、おのが腹一文字だよ」

「元より覚悟です」

脇坂が、ふっと微笑した。

「まあ自然体で行こう。力《りき》むことはない」

「はい」

川路は左京のむすこ小太郎の話をした。左京がむすこを連れて江戸入りしたのは、あわよくば世嗣《よつぎ》という野望があったのは間違いないと思うが、もう一つの目的は小太郎の烏帽子親《えぼしおや》探しであった。

いや探すというより、すでに内々決めてあって、あらかじめ双方で話し合っており、江戸で顔合わせという段取りだった。

烏帽子親は、武家の男児が成人した時、烏帽子をかぶらせ、幼名を廃して烏帽子名を命名する。十一歳から十七歳の間に行う。いわゆる元服《げんぷく》である。

烏帽子親とのつきあいは終生のものだから、人情として名門良家の実力者を選ぶ。子の出世を願う親としては当然かも知れない。

元服親となる方も、金があり将来性のある有望株を狙う。双方の思惑が合致して、めでたく縁組となる。

文武両道に秀でた少年が人気なのは当たり前だが、不思議なことに美貌並びなき者が引っ張り凧である。愚鈍に近い少年も美形なら、親のなり手に不自由しない。

この烏帽子親を周旋する業者が存在することを、川路は過去の寺社関係事件録を調べていて発見した。

妻帯を禁じられている宗門では、僧の身の回りの世話をする少年を雇った。少年をめぐって、僧たちの間に嫉妬による争いが、往々起こった。刃物沙汰になる時があった。吟味すると、美少年を寺に送り込んでいる業者がいた。この業者は一方で烏帽子親紹介もしていた。

寺専門の口入れ屋は存外多く、川路は寺社役に頼んで信頼できる一人を呼んでもらい、ひそかに内情を尋ねた。

出石藩三重臣の剃髪刑は、寺と関わりがあるのでないか、と疑っていたからである。

するとと世には、つるつる頭を剃った、いわゆる坊主頭を好む物数奇《ものずき》がいることを教えられた。見ただけで興奮する。それが楽しくて寺通いをする。男女を問わない。類は類を呼ぶ。彼らは仲間を作り、特定の寺を集会場所にし、僧との交流を楽しんでいるという。

「どういうわけか、お武家が少なくないですよ。髷《まげ》にこだわりがあるせいでしょうかね」と口入れ屋が語った。

「そういえば娘をねらう髪切り魔は、武士が大半だそうじゃありませんか」

川路も犯科帳（判決記録）を読んで、それは存知している。武士は何かと窮屈な日常を送っているので、解放感を求めて、あえて破廉恥な振舞いに及ぶらしい。

「お武家の出家はめったにありませんが、そのめったにがあった時は、ある侍などは床屋を装って髪を下ろすのを手伝ったそうです」口入れ屋が語った。

「その物数奇の講というか集まりの実体を知るには、どうしたものか」川路は尋ねた。

「秘密の会ですから、調べるのはむずかしいでしょう。口入れ屋も商売ですから口を割りませんし。ひんぱんに寺詣りをする者に目をつけるのも方法でしょう」

「なるほど」

川路は寺社役や大検使《だいけんし》、小検使に、寺詣でに熱心な大名、旗本の名を挙げてもらった。大検使たちは御府内の寺社の実態を、完全に掌握している。

何人か挙がった中で、菩提寺《ぼだいじ》以外にひいきにしている寺がいくつもある旗本がいた。石高《こくだか》に差はあるが、旗本は三人いた。三人が詣でる寺は共通である。

川路は彼らの身元を詳細に当たった。

「その一人が松平主税《ちから》康霽《やすはる》でした」

川路は脇坂に語った。

「ほう、五千石の旗本か」

「小太郎の烏帽子親です」

「なるほど、江戸に連れてきたのは烏帽子親に小太郎を対面させるためだったのか」

「下話はできていたはずです。左京の目的は烏帽子親になってもらうだけではありませぬ。主税の親族になりたかったのです。名目だけの親戚でなく、本当の……」

「目的は？」

「主税の兄が、ご老中だからです。小太郎は主税の娘と結婚しました。ご老中の姪御《めいご》です。左京は真の目的を達成しました」

「このたびの審理で最も困難なのは、老中の関与があるのか否かだ。左京の親族というだけで罪は問えない」

「とりあえずは主税の関与から切り崩すのが、確実かと考えます」

「それが剃髪か」

「この刑を左京に授けた者は、主税に間違いないです」

「左京の独想、独断ではないと？」

「左京が案を得て主税に持ちかけた、と見ます。主税の趣味におもねった、と思われます」

「よし」脇坂が大きくうなずいた。

「左京が三重臣を剃髪したのは、前藩主の服喪中だ。服喪中に刑を執行したのが左京の指示なら、この辺から追い責めてみよう」

「良策と存じます」川路も大きくうなずいた。


翌朝の白洲で、脇坂は左京をそのように追及した。

「とんでもないことです」左京が否定した。

「私の一存で運んだ刑ではありませぬ」

川路の想像していたように、松平主税に伺いを立てた、と言った。主税は兄の康任《やすとう》老中に聞き合わせたという。

「服喪中の刑執行については規則があるとのことで、念のためご老中がその書類を書き写され見せて下さったとのことです」

「それを主税から聞いた?」

「いいえ。書き写された書類を更に主税が写したものを、私に下さいました。間違いなく宝暦年間に決められた規則が出ていました」

「左京」脇坂の声が改まった。

「幕府の掟書《おきてがき》は門外不出であることを知らなんだか?」

左京の顔色が変わった。

天道虫

脇坂淡路守安董《わきさかあわじのかみやすただ》は、沈黙した。何も言わない。仙石左京《せんごくさきょう》は、視線を落とした。

詮議の場が、静まり返った。一切の音が、消えた。

脇坂の邸内には、白洲《しらす》も設けられている。ただし、そちらは一般の僧侶や社人《しゃにん》らを詮議するところで、士分の者、特に左京のように身分の高い武士は、その格にふさわしい特別の座敷を用意して取調べる。

左京を引き入れた部屋は、八畳ふた間で、床の間を背に寺社奉行・脇坂が坐り、畳一枚分低くなった所に、川路聖謨《かわじとしあきら》ら吟味物調《しらべ》役四人が、二人ずつ左右に分かれて向かいあって坐る。調役より少し下がった位置に、左京がかしこまっている。左京と奉行は、対面している。

左京の背後に、大検使《だいけんし》や小検使が七、八人控えている。彼らは町奉行所では与力に当たる。取調役の筆頭が、川路である。川路の横に、手留《てとめ》役が小机を前にしている。書記である。書記は二人いて、もう一人は左京の斜め後ろに、やはり小机を据えて待機している。左京の背には衝立《ついたて》があり、次の間の八畳には、十人ほどの寺社役が詰めている。

この座敷は縁側を隔てて中庭に面しているが、審問中はむろん襖《ふすま》を閉めきってある。寺社役のいる八畳の一カ所だけ、襖でなく障子戸になっている。出入り用のためだが、明り取りを兼ねている。

縁側にも中庭にも、警備の者が目を光らせている。庭を巡回している者もいるようだが、その足音は全くしない。

空気のふるえる微音も、一瞬、絶えたのである。

川路は左京の髪を凝視した。ほんのわずかずつ、頭が下がってくる。すると、髪の一部が光ったように見えた。禿《はげ》か、と目をこらすと、てっぺんに近いところで何か動いている。

と思ったとたん、宙に飛《と》んだ。同時に、左京の頭が、激しい勢いで蹴られたように、どしんという大きな物音と共に、前にのめった。いや、音がしたと感じたのは川路の錯覚で、実際は何の音もしない。音でなく、左京の悲愴な声だった。

「恐れ入りました！」

平伏した。

一座の空気が揺れた。一同から吐息がもれた。

左京の髪に止まっていたものは、黒地に赤い紋の天道虫《てんとうむし》であった。どこからか飛んできたというより、もとから座敷のその辺にいたものだろう。この部屋は審問に使わぬ日は開け放してある。裏庭には源助が丹精している薬草園もある。

天道虫は寺社役のいる八畳に飛んでいき、障子にぶつかって紙を鳴らした。寺社役の一人が、あわてて障子を細めに開けて、戸外へ逃がした。

座の緊張が緩《ゆる》んだ。脇坂が穏やかな声音で、左京に言った。

「苦しかったであろう」

「恐れ入ります」肩をふるわせた。

「話したら楽になるよ」

手留役に、目で合図した。一言も漏らさず記録せよ、とうながしたのである。

左京が面《おもて》を上げた。伏し目になって、ぽつりぽつり、と供述し始めた。

二日にわたって、巨細《こさい》に述べた。

松平《まつだいら》主税《ちから》の名を出し、幕府の掟書《おきてがき》を内密に写した事実を、つい口に上《のぼ》せた以上、もはや逃げ隠れはできなかった。掟書は極秘文書であったからである。

仙石左京だけの罪でなくなった。松平主税と、兄の老中筆頭・松平康任《やすとう》に及ぶ。左京が突如、自白したのは、一切を自分一人で背負うつもりだったからだろう。それが証拠に、掟書を調べてほしいとねだったのは自分だ、書き写したのも自分である、とくどくどつくろったからである。

「左京、今更、見苦しいぞ」脇坂が一喝した。

「潔く観念せい」

左京が、うなだれた。

全面自供の翌日、松平康任が病気を理由に老中を辞任した。そのことを川路は脇坂から聞いた。

「さようでしたか」川路は深くうなずいた。

「お互い腹の皮をさらさずにすんだな」ニコリともしないで、脇坂が小声で述べた。

たぶん脇坂が水野越前守に報告したのであろう。水野が康任の耳に入るよう、意識して老中にうわさを流したのに違いない。康任が辞表を提出したということは、罪を認めたことだ。

川路はそれから数日、不眠不休で、評定所再吟味のための書類をまとめた。源助が差し入れてくれた焼き大蒜《にんにく》が効いた。ぶ厚な書類を読み返し、誤字や誤記を朱筆で訂正し、訂正印を押し、その部分に紅唐紙《べにとうし》の付紙《つけがみ》を貼《は》る。終わると、御用箱に収め、厳重に紐《ひも》を掛け、更に巻紙《まきがみ》を回し、封じ目に花押《かおう》を入れた。封印である。これを書記に渡すと、紙縒《こより》で綴《と》じ、丁数《ちょうすう》（書類の枚数）を確認し、吟味物調役全員が目を通した上で異議が無ければ、奉行に呈出する。奉行が全部読むには時間がかかる。疑義があれば川路が呼ばれる。場合によっては、審問をやり直さなくてはならぬ。まだすっかり完了したわけではない。

しかし、ともかくも、まとめるに至ったのである。川路の大役も一段落したといっていい。川路は小机を離れて伸びをした。濡れ縁に立ち、朝の大気を吸った。目の前は躑躅《つつじ》の植込みである。昨夜、雨が降ったらしい。今はあがっているが、枝々に白い露玉が光っている。ずいぶん冷える。

いつのまに、こんなに寒くなったろう、と川路は不思議な気分だった。急に冬が訪れたように感じた。つい、この間、脇坂と屋形船で江戸湾を眺めた気がする。あれから何日もたっていないはずなのに、季節は交代していたのだ。

おや？　と川路は目を凝らした。躑躅の雨滴が、ばかに大きく拡大されて目に飛び込んできたのだ。心なし、植込みの葉や枝が、いや、すべての物が、ありえない大きさで見える。

川路はまなこをこすった。大蒜の作用か。それとも過労のせいか。

頭は冴えている。一向に眠くない。しかし実際は神経がまいっているらしい。川路は座敷に戻り、小机の傍らに横になった。これから猛烈に忙しくなる。少しでも仮眠をとった方がよさそうだ。目を閉じた。この身体の重さは、何だろう。まもなく役目が終わるというのに、無事にやり通せたというのに、充足感が全くない。どことなく、後ろめたい。自分が左京のようだ。

その時、まぶたの裏に、おのぶ地蔵がぼんやりと浮かんできた。

(おのぶさん)川路は心の中で呼びかけた。

(教えてくれ。あなたは、なにゆえ、自《みず》ら命《か》を絶ったのですか)

川路は、かっ、と目を開けた。おのぶが自分に向かって微笑したように思ったからである。ついで、突き上げられたように、跳ね起きた。おのぶが右手を挙げて、「おいで、おいで」をしたからである。

「冗談じゃない」川路は声を発した。

「私にはまだやることがある」

襖に視線をやった。野茨《のいばら》模様の引手《ひきて》を凝視した。別に、大きくは見えない。普通の鐶《かん》である。川路は猫が濡れた体をいとうように、頭を二、三度横に振るうと、「さあ、やるぞ」と言い、自分に活を入れた。

十一月二十二日、評定所での再吟味が始まった。

江戸町奉行、寺社奉行、勘定奉行の三奉行に、大目付《おおめつけ》と目付が加わり、いわゆる五手がかりで合議する。

寺社奉行脇坂安董に、江戸町奉行が榊原主計頭忠之《さかきばらかずえのかみただゆき》、勘定奉行が内藤隼人正矩佳《はやとのじょうのりよし》である。大目付が、神尾豊後守守富《かみおぶんごのかみもりとみ》で、目付が村瀬平四郎。初日のみ老中の水野忠邦が立合った。説明役を川路が務める。他に寺社奉行付留役一人、徒《かち》目付が一人、小人《こびと》目付一人が見守る。徒目付と小人目付は、目付の部下で、警衛の役をする。

五人合議の評定は、めったにない。大抵は三奉行のみの三手がかりですむ。五手がかりは、幕府を揺るがす大事件である。

審理は二十八日に終わった。五人がそれぞれ書類に押印し、老中の裁可を仰ぐべく上申した。

評定所から下がると、川路と脇坂は呼吸を合わせたように脱力して、早々と寝についた。川路は人と話をする気にもなれなかった。ただただ横たわりたかった。

夜中に、遠く半鐘を聞いたような気がしたが、夢かもわからない。

翌朝、晴れやかに起床した。憑《つ》きものが落ちたように、近頃にない快い目ざめだった。洗面のあと、身の回りの物を整理した。のちほど貝太郎に使いを頼んで、家臣の香取数馬を呼んでもらうつもりだった。今日か明日、ここを引き揚げる。

かれこれ四カ月、脇坂邸にお世話になった。来た時は暑い盛りだった。お湿《しめ》りがほしいですな、というのが、挨拶の決まり文句であった。それが今朝などはめっきり冷えこみ、座敷で息が白くなるほどである。

川路は思い立って、下駄を突っかけて庭に出た。おのぶ地蔵にお別れを告げようと考えたのである。庭土のあちこちが光っている。霜柱が立っていた。踏むと寒い音がした。

お堂の前に来て、はっ、と足を止めた。お堂の扉が開き、脇坂の背が見えた。その背が振り返った。目で川路に礼をした。川路も黙礼を返した。脇坂がやはり目で、こちらへと招く。川路はうなずいて堂に入り、脇坂の傍らに正座した。

落着

「血色がよろしい。ご同慶の至りだ」

脇坂安董《やすただ》が労《ねぎら》った。川路聖謨は平伏した。

「ながい間ご苦労であった。深謝する」

「身に余るお言葉でございます」

「いろいろなことがあった」

「思案所でいただきました鰻重の味を忘れません」

「鰻は樹上に限るの」脇坂がニヤリと笑った。

「と申しても、あそこはずいぶん遠くに感じる」

川路はけげんな表情で脇坂を見た。

「いや、けさは、つくづくとおのれの年を感じた。起き上がる際に、よろめいた。腰が定まっていない。自分では若いと思っていても、身体は正直だ」苦笑した。

「ここまでで息が切れた。もはや思案所にたどりつけぬ」

脇坂は六十八歳である。

「思案所を払う潮どきだろう」

思いだしたように、つけ加えた。

「あとで仙石左京をのぞいてくれ」

「御意《ぎょい》」

脇坂はおのぶ地蔵に向きを変え、拝礼した。川路も倣《なら》った。拝しながら、脇坂が簡単に地蔵建立のいわれを語った。川路は源助に教えられ知っていたが、初めて聞いた振りをした。

「おのぶはどうして自害したのだろう？　今でも悔やまれてならぬ。私がおのぶに探偵を頼まなければ、何事もなかったのに、つい、軽い気持ちで声をかけたものだから……」

川路には返事のしようがない。

「事件が片づいた時になって、はっと気がついたのだ。おのぶには自殺以外に取るべき道が無かったのだと」

川路は唾を飲みこんだ。音を殺して飲み下したつもりだったが、いやに大きく自分の耳に響いた。思わず脇坂の横顔に目をやった。

「だってそうじゃないか」

脇坂が正面を向いたまま続けた。ひとりごとのように語るのである。

「おのぶがどのような手段で、延命院日道《にちどう》の悪事をあばいたのか、それは知らぬ。好色坊主の日道が、美女のおのぶに、いともやすやすと手口の数々をもらしたとは思えぬ。いや、もらしたのかも知れぬ」

川路は、ええ、と声に出さずに、うなずいた。

「でも、誰がそれを証明する。日道の告白を疑う者がいたなら……私は、疑わなかった。断じて、疑わなかった」

おのぶは正直に脇坂に告げたと思う。

「でも、密室での男と女のできごとだ。潔白を証明する者はいない。おのぶはそう考えて、悩み、煩悶したあげく絶望したのではないか」

脇坂が言葉を切った。

「おのぶを救う者は、私しかいない。私はおのぶの手柄をたたえた。おのぶは日道にいつわりの恋をしかけたかも知れぬが、あくまでもそれは芝居であると信じて、本人にそうも言ったし、態度にも示した。しかし、おのぶの方で私を疑ってしまったら、どうにもならない」

脇坂が振り返った。

「いや、疑心暗鬼になったのに違いない。だから死んだ」

脇坂がしみじみとした口調で言った。

「私は、以来ずっと、この自問自答を繰り返している。おのぶに限らぬ。吟味のたび、似た苦《く》衷《ちゅう》を味わう」

川路を見て、低い、押し殺した声で、自分に確かめるように言った。

「こんなやましい思いがある身で、人を裁いてよいのだろうか」

川路は何とも答えられなかった。

「思案所を畳むどころでない。人生の引き際《ぎわ》だろう」

脇坂が立った。ひと呼吸おいて川路も従った。


残務整理に目処《めど》がつくと、川路は仙石左京の部屋を訪ねた。

別に話すこともない。老中の評決が出れば、会う折もあるまい。左京は晴々とした表情で、川路を迎えた。

「江戸の海の香は、柔らかいものですね」

「お国の香りと違いますか」

「但馬《たじま》では重く感じます」

そんな会話で終始した。入用の物はないか、と川路が問うと、充分足りております、と答え、お世話になりました、と低頭した。

いったん離れに戻ると、香取数馬《かとりかずま》が来ていて、貝太郎《かいたろう》と仲よく談笑しながら、川路の私物をまとめていた。大量の蔵書を見て香取がびっくりし、購入先の話をしていたらしい。

川路は机上によけておいた一冊を、香取の前に差し出して頼んだ。

「手すきの時に、これを届けてくれないか」

成瀬庄之助《なるせしょうのすけ》より拝借した『諸国刀剣談』である。

「おいら、いや、私がお使いをしますよ」貝太郎が言った。

「いや、香取がよい。貝太郎を侮るわけでないが、主人の代理として口上を述べてもらうので」

「わかりました。それじゃ道案内を務めます」

「口上を承りましょう」香取が手を休めた。

「貴重な蔵書を長々お借り申し上げた。大層有意義な書であった。万謝申し上げます。主人が心より喜んでいた、と伝えてくれ」

香取が簡略に復誦した。

「行きがけにその辺で菓子折を調えて、本と共によろしく頼む。成瀬に抜かりはないと思うが、借用証を忘れずにもらえ」

「かしこまりました」

「貝太郎、本を包んでくれ」川路が頼んだ。

「ただいま」玩具のはじき猿のように、勢いよく立ち上がった。

十二月九日、老中の評議が完結し、将軍の決済を得た処分命令が出た。評定所一座は関係者に裁許（判決）を申し渡した。それによれば、
出石藩大老　仙石左京　四十九歳
右の者　獄門の刑に処す。
理由。仙石家家臣の河野瀬兵衛の訴えを、ざん訴と勝手に断定し（吟味の結果は河野の訴えは正当であった）、おのれの非を封じるため、年寄たちの総意と偽り河野を死刑にした。
また三人の重臣を河野と謀議した容疑で取調べ、「重き御役人の内慮を伺い」（老中の松平康任を指す）、切腹より一等軽い罪と称して、剃髪した上で藩内に新たに設けた座敷牢に閉じ込めた。
先代の主君危篤の折、十歳の息子を連れて出府した真意は不明なるも、家中から疑惑を受け

た事実は大老として軽率な行動である。

幼年の主君を補佐して藩政を切り回す責任者として、まことに身勝手、独断に過ぎる行跡多し。藩内をいたずらに乱し、かつ、「重き御役人」をも巻き添えにした罪は小さくない。何より忠臣を厭い、不忠の者で藩政を改革しようと謀った罪は、重罪かつ極刑に値する。よって、主文の刑に処す。

左京の他に、年寄と用人が死罪。三人はこの日、ただちに品川鈴が森の刑場で処刑された。左京のみ獄門台に首がさらされた。

息子の小太郎（二十一歳）は年寄見習いであったが、三宅島に遠島の刑である。左京の次男（五歳）は、他家にお預けとなった。

左京の仲間は年寄二名が重追放、前年寄と旗《はた》奉行と勘定奉行が中追放、町奉行と郡奉行が軽追放であった。追放は罪の重さで住国からの距離がそれぞれ異なる。江戸だと日本橋から四方五里以遠の地に追放した。江戸市内に居住を許さぬ刑で、江戸払《ばらい》、江戸追放といった。左京らの家族は、仙石家が出石から引き払うよう命じた。

仙石家は、「家政向き不取締り」で、知行約五万石から三万石を没収された。当主は閉門、陸《む》奥《つ》国白河藩と豊後《ぶんご》国岡藩の二藩主が後見を仰せつかった。

出石藩の処遇については、評定所で激論になった。脇坂は、悪いのは左京ら一派であるから、彼らに処罰を下すだけでよい、と主張した。同調する者は、いない。

領地没収にすべし、とまくしたてる。すなわち改易《かいえき》である。切腹より軽く、蟄居《ちっきょ》より重い。所領、家禄を没収する。改易になると、家臣たちが路頭に迷う。それではこの事件に無関係の者がかわいそうだ。罪咎もないのに、痛い目に遭うなんて理不尽きわまる。

脇坂が仙石左京に極刑を負わせたのは、その含みがあってのことだった。このたびの騒動は家老らの不届きから起こったのであるから、本人たちが責任をとるべきで、若年の主君にそれを強いるのはあまりに酷である。

量刑をめぐって、応酬が尽きない。業を煮やして脇坂が、つっぱねた。

「家臣の不祥事は主人のせいというなら、松平周防守《すおうのかみ》の越度《おちど》は、どなたに償っていただけばよろしいのか。お尋ね申し上げたい」

一同、黙ってしまった。

結局、水野越前守が双方の顔を立てる折衷案を出した。出石藩の表向きの石高は五万石だが、実高は六万石であった。水野はそれを調べて表高を半減した。五万石から三万石減じ二万石との発表は、過酷な処分のように聞こえるが、実際は二万石減らしたのである。

松平周防守康任は、改めて隠居・急度《きっと》慎《つつし》みを申し渡された。弟の主税《ちから》も同じ処分を受けた。康任の嫡子が新たに石見国浜田藩主を嗣いだが、嗣いでまもなく長年の密貿易が発覚した。仙石騒動よりわずか三カ月後である。主謀者は浜田松原の今津屋（会津屋とも）八右衛門であるが、彼は無人島の竹島《たけじま》に渡って、そこで中国人と交易していた。中国商人が喜んだのは日本刀であった。今津屋は日本刀を買い集め、中国に売った。この秘密取引は藩主康任公認で行われていて、摘発したのは間宮林蔵だった。

水餅

川路聖謨は、十二年前の「仙石騒動」一件を追想している。

当時三十五歳の川路は、寺社奉行吟味物調《しらべ》役で、この事件の審理に粉骨砕身した。何しろ現役の老中がからんでいるお家乗っとり騒動を裁くのであるから、首がかかっている。楫取《かじと》りを間違えれば、糾弾《きゅうだん》する側が逆に悪党にされる。どころか人知れず葬られる恐れもある。

担当を命じられた寺社奉行・脇坂淡路守安董《やすただ》は、川路を呼んで「頼むよ」とひと声、声を掛けた。

川路が「はい」とうなずくと、脇坂は備前良包《よしかね》銘の短刀を差し出した。遣《つか》わす、というのである。

むろん、万が一、失態したらこれで腹を切れ、という含みだが、自分も同様の責任を取る覚悟を示したわけだ。川路一人ですまぬのである。

四カ月、夢中で吟味に明け暮れた。そして、大過なく、無事に務めあげた。備前良包の出番はなかった。

仙石左京らの処刑後、時をおかず、解決に尽した関係者に褒賞《ほうしょう》が行われた。将軍家斉《いえなり》じきじきに、まず担当老中の水野忠邦に労いのお言葉があり、脇坂は賞詞と共に将軍愛用の印籠《いんろう》を賜わった。将軍が身に付けている品をちょうだいするのは、格別のことであって、名誉この上ない。

川路は骨折りであったとのお言葉と、白縮緬《しろちりめん》五疋《ひき》（十反《たん》）を拝領した。

更に、松平康任《やすとう》の後任の老中首座・大久保忠真《ただざね》から、勘定吟味役に昇進を告げられたあと、将軍から「なお一層入念に」の言葉をいただいた。

この役は勘定奉行につぐ大役で、裁判や会計の監督をし、不正を発見したら直接、老中に訴える権限を持つ。

脇坂の栄典も只事ではない。脇坂は西丸《にしのまる》老中格に進んだ。半年後に西丸老中となり、翌年には本丸の老中になった。幕府の内閣に列したのである。

仙石騒動の判決後、江戸市中には次のような落首が出まわった。作者不明の風刺歌である。

「お前は浜田の御奉行様、汐留《しおどめ》にもまれて、お色がまっ青さ」

浜田のお奉行は、元老中の浜田藩主・松平周防守《すおうのかみ》康任を指す。汐留は脇坂の上屋敷地である。浜田と汐留の地名を生かしている。

周防守を百人一首の周防内侍《ないし》に擬して、こんな狂歌も。

「恥の世と夢ばかりなる棚倉に　浜田を立たん名残り惜しけれ」

周防守は急度慎《きっとつつし》みの処分を受け、嗣子は相続を許されたが、西丸下の上屋敷は取り上げられた。三カ月後、密貿易を咎められ、家老二人が責任を負って切腹、この不祥事により、周防守は改めて永蟄居《えいちっきょ》（終身、自宅の一室に居る刑罰）を命じられ、嗣子は奥州棚倉へ国替となった。石見浜田藩は六万五千石だが、棚倉藩は七万三千石である。石高は多いが、京より離れた東北の地なので、左遷の意味あいが強い。

脇坂は康任の取調べは、書面で訊問し、答弁書を差し出させて行った。本人には会わなかった。しかし申し渡しは脇坂が行った。

罪状は、仙石左京の問い合わせに対して、他の者に漏らしてはならない「宝暦年度の評定所一座」の書面を写し、弟の松平主税に差しつかわして、同人より左京に書き取らせたこと、「別して不埒《ふらち》」（特別に法に外れている）である。「重き御役をも相勤め」ている身であれば、なおさら許されぬことである。

ついでに、この事件でお咎めを受けた重職の者は、勘定奉行の曽我豊後守《そがぶんごのかみ》がいる。

仙石左京の陰謀を、江戸詰の神谷転《かみやうたた》から知らされた出石藩家老の河野瀬兵衛は、国元の同志と協議した。これを察知した左京は、瀬兵衛の召し捕りを命じた。瀬兵衛はいち早く身を隠した。

天領（幕府の直轄地）の生野《いくの》銀山に逃げた。左京の追手は潜伏先を突きとめ、地元役人を使って瀬兵衛を捕えた。銀山の代官から勘定奉行に問い合わせがきた。生野銀山は勘定奉行の支配地なのである。

奉行の曽我は、瀬兵衛の潜伏理由を知り、更に左京の親類に老中がいることを知り、康任の「内意」を伺った上で、瀬兵衛を出石藩に引き渡した。

この処置が曽我の一存で図られたため、「不束《ふつつか》の至り」、よって「御役御免」（免職）「差控《さしひかえ》」（出仕を禁じ、自宅謹慎）を仰せつけるものなり。

更に、町奉行の筒井伊賀守政憲《まさのり》も処分を受けた。

筒井は神谷転を捕えた罪である。しかし神谷を出石藩に引き渡さなかったので、「差控」のみですんだ。

神谷転は「構え」無しの申し渡しがあり、放免された。

脇坂安董は天保十二年二月二十四日に亡くなった。仙石騒動から六年後である。七十四歳であった。その一カ月ほど前に、「大御所」家斉が死去している。

川路聖謨が佐渡奉行として佐渡に赴任している時だった。二月六日の御用状で大御所様ご逝去を知らされた。川路は佐渡日記『島根のすさみ』の当日の項に、江戸を出立するに当たって将軍のおそば近くに召されたことを、感慨深げに記している。その時、物腰が常でないようにあとで伺った、と記し、「中務大輔《なかつかさたゆう》殿のご不快定かならねども」、家来から文通などできなくなっていると聞いた、と脇坂の病状を心配している。

佐渡日記には、脇坂の消息はこれきり記されていない。しかし、『遊芸園随筆』と題された覚書には、「二月二十五日付の御奉書にて、脇坂中務大輔殿病気の処《ところ》、養生かなわず二月二十四日卒去《しゅっきょ》の旨仰せ下された」とあり、次のように書かれている。

「この中務大輔殿は、それがしが寺社奉行調役の下っぱであったのを、『特論を以て組頭の格』を申し上げ下されたお人である。法号。蒼竜院殿君威安董大居士。この人の寺社奉行たりし時のことは世に知る所にして、見事である。寺社奉行よりご老中格、それより御本丸の御老中になった。行年七十五歳ほどと覚えているが、なお調べたい。実は壬正月二十三日頃易簀《えきさく》（死去）のことを聞いた。大御所様隠れさせたまいしを傷みたてまつりよりてのことと申す也《なり》。世にひそかに殉死ありしなど申せしこともありしは偽《いつわ》りなれども、かく言わるると申し候も、その人の徳なるべし」

脇坂は本丸老中の身分で亡くなったので、当時、いろんなうわさが飛びかったようである。殉死説もその一つである。毒殺説もあった。仙石騒動にからめた臆測である。

勘定吟味役に昇進した翌年一月、川路はお忍びで深川蛤《はまぐり》町の「先生」こと間宮林蔵を訪ねた。例の正覚寺の物置である。先生の言う「隠れ家」だ。供は、香取数馬である。

深川は海風を受けて冬はさほど寒くない所なのだが、この日は肌が刻まれるように寒気が鋭い。

仙石一件が片付いた時、挨拶に伺うつもりでいたのだが、そう思っていた時に吟味役の辞令を受けた。これで迷い、ためらってしまった。勘定吟味役は、「先生」の上役になるのである。「先生」に指示する立場なのである。

そこへ先生から、そんな川路の躊躇《ちゅうちょ》を見透《みすか》したように、手紙が届いた。ひとこと、「濶叙《かつじょ》」と記されていた。遊びに来よ、という誘いである。「久濶を叙す」を略した言葉である。久しぶりに語りあおうではないか、の意味である。川路は喜んで応じた。身に余る光栄、の意で、「身余《しんよ》」と二文字の返事をし、先生の大好物のべったら漬けを手みやげに、蛤町に駕籠《かご》を飛ばした。

隠れ家に近づくと、醤油の焦げるにおいがした。

先生はこの酷寒に、夏のゆかた一枚で餅を焼いていた。

「いい潮どきに来た。まず、駆けつけ一枚。いこう」

焼き餅を箸で挟んで、川路に差し出した。

「いただきます」

腹はすいていなかったが、箱火鉢のまわりに並べられた空き皿で餅を受けた。

「お前さんも、一つ」と香取にも勧める。

「恐れ入ります」香取が恐縮する。

「オロシャの酒もあるぞ。お前さんは、いける口だったな。そのギヤマン（ガラス）の器で、手酌でやってくれ」

「いえいえ」香取が遠慮する。

「私は、この餅だけで結構です」

酔いつぶれたのを思いだしたのだ。

「搗《つ》きたての餅ではありませんね」川路が首をかしげた。

「うん。水餅だ」先生が答えた。

「水餅？」

「初物《はつもの》かの？　かみさんの故郷《さと》では、餅をいっぺんに搗いて、乾かしたあと、水桶に沈めて保存するらしい」

「ははあ」

「黴《かび》がつかない。ひび割れができない。搗きたてのような味を味わえる」

「おいしいです」

「しばらく旅に出る。これは兵糧《ひょうろう》だ」

どちらに？　とは問えない。先生の仕事は隠密である。川路に断わったのは、上司への気配りだった。

「その節は貴重なご助言をありがとうございました」川路は改めて深々と頭を下げた。

「石見国内で目ぼしい刀剣が値上がりしていることを、『諸国刀剣談』という本で読み、先生の話を思いだしました」

「抜け荷（密貿易）のために、買いあさっていたわけさ」

「ご老中に結びつくとは、思いもよりませんでした」

有卦

「暑さ、言うべからず」「おさと、また、けろけろなり。この節の時候さもあるべし」（川路《かわじ》聖《とし》謨《あきら》日記）
やはり、異常な暑さのせいだろう。おさとの持病が再発した。つい、数日前に治《おさ》まったばかりなのである。吐き気と頭痛。しかし、このたびは、一日横になっていただけで、嘘のように「けろ」と回復した。
妙《たえ》の介護が手ぎわよく、おさとも憂えなく休めた。床払いすると、おさとはまっ先に妙に礼を述べた。

「私の方はもうよろしいから、ご隠居様の御用を果たしてあげて。お世話さまでしたね」

「あの」妙がもじもじしている。

「何か」

「奥様がおっしゃられた『うけ』の意味が、のみこめなかったので、それのみ片づけていないのです」

「あら？　そんなこと命じたかしら？　何ですって？」

「うけ、と仰せられました」

「うけ？」

「確かにそう申されました」

「熱にうなされていたのかしら」

「うけの準備をしなければ、と」

「うけの準備？　あっ」と気がついた。

「有卦《うけ》の仕度だった。今日は何日かしら？」

「二十八日でございます。八月の」

「大変。今日が当日だ。こうしてはいられない」目の色が変わった。

今月の初めに川路の母から便りがあった。江戸も酷暑だが、奈良よりは三、四度低い。老いの身にはこたえるが、何とかがんばっている。食欲の落ちないのが救いである。さて私は来月二十八日に有卦に入ります、よろしかったらお祝いに歌をたまわりたい、とあった。

手紙を読んだ川路が、奈良でもお祝いをしよう、とおさとに諮《はか》った。いいですね、あやかりましょう、と賛成した。

今年は母の干支《えと》で、有卦七年といって、七年間幸いが続くといわれている。誕生日に七富《しちふ》と称し、「ふ」のつく品を七品揃えて七福神に供える。お祝いの盃ごとをし、座興に、ふの字を七つ入れた歌や詩を詠む習いである。

「七富の品は決まっているのですか?」

おさとの実家では、有卦入りの行事をしたことがない。従って手順がわからない。

「いや、ふの字のつく品なら何でもよいはずだ。たとえば、ふくさ、ふろしき……」

「ふきんもございます」

「ふくべ(ヒョウタン)、笛、文《ふみ》。むろん、食べ物もよい。麩《ふ》、蕗《ふき》……」

「当日までに揃えておきます」

と約束したのだが、けろけろの急病ですっかり忘れていた。妙が使い走りを買って出てくれ、前記の品々を集めると、仏間に棚を作り、陰陽師《おんようじ》からもらったお札と共に並べた。有卦に入る行事は、本来、陰陽道から来たものなのである。

昼食に役所から下がってきた川路が、これを見て喜んだ。実は川路も有卦のことを失念していたのである。

「めでたいから家来たちにも酒をふるまおう。夜は母上に呈上する歌を、有志で詠もうではないか」

「皆に触れておきます」

ところが歌会に参じたのは、川路夫婦の他には、次男の市三郎と家臣の狭島《さしま》龍介ら三人きりである。

「酒を飲ませたのは失敗だったかな」川路が不興がると、おさとが家来をかばった。

「江戸の大奥様が目を通されるというので、皆、恐れ多いとあとしざりしたのですよ」

「遊びごころの歌会ではないか」

「といって下手な作はお見せできません。私ども身内とは心組みが違います。強要できませんよ」

「そんなものかな」

市三郎が「七富」の歌とはどのようなものですか、と質問をした。

「お前は初めてかな」

「有卦の行事そのものが初です」

「七歩の詩を知っているか?」

「七富でなく、七歩、ですか?」

「そう。七富の歌も、たぶん源《みなもと》は七歩の故事だろう。三国の魏の始祖、曹操は詩文にすぐれていた。息子二人も、これに巧みだった。兄が弟の才を憎み、七歩あゆむ間に詩を作れと命じた。弟の曹植《そうち》は応じた。こんな詩だ」

川路が暗誦した。

「豆を煮るに豆がらを燃やす。豆は釜中《ふちゅう》にあって泣く。もとこれ同根より生ず。相煮る何ぞはなはだ急なる」

「つまり兄をいさめたのですね?」

「情けなかったのだろうね。七富は三十一文字の一首に、ふの字を七つ折り込んで詠む。約束はこれだけだ。まず私が見本を示そう」

川路が声高らかに朗詠した。少し酔いが回っている。

「ふた親と、ふたたび富士のふもと地を、踏み越えて今帰るふるさと」詠じ終わって、「これは私の願望だ」

「つまり望郷ですね」市三郎が、したりげに言った。

おさとが指を折って、首をかしげた。

「結構なお歌ですが、ふが一字足りませんね」

「そうかな」川路が今度は声に出さずに復誦した。ふの字ごとに、うなずいて数えた。

「本当だ。これじゃ六富だ」

一同が笑う。

「いやさ、これは洒落だ。五臓六腑というからは七富は一つ過ぎたるか。それもそのはず、腑抜け野郎の歌じゃもの」

皆、笑いくずれた。「お舌の柔らかいこと」おさとが手を打った。

ひとしきり雑談に花を咲かせると、一同、作歌にかかった。おさとが各自三枚ずつ短冊を配る。市三郎が硯と筆を用意する。腰元の若狭《わかさ》が墨を磨《す》る。磨り終わった頃、市三郎がやおら筆先を墨にひたした。

「もう詠んだのか？　曹植並みではないか」

「いや、あらかじめ、ふの字の付く言葉を書きだそうと思って」

「そうなんです」家臣の龍介が同調した。「頭の中で考えていると、容易に言葉が浮かばないんです。ふの字の一覧があると楽なんですが」

「一覧を見ながら作歌したのでは、座興になるまい」川路が苦笑した。「先ほどの私の歌のようにふが一つ足りないのが愛敬だ」

「それこそ不足ですな」家臣の一人が、まじめな顔で言った。皆が笑い、言った当人はそれで今のは洒落とわかったようであった。一同は改めて吹きだした。

やがて、めいめい短冊に認めだした。川路は三首詠んだ。三枚目を書き上げた時、全員が筆を置いた。

あるじから披露に及んだ。

「ふぬけは無いですか？　愛敬も二度となると興ざめですよ」おさとが冷やかした。

「ぬかりはない」川路が答えた。「過不足なしだ」

「それでは承りましょう」おさとが姿勢を正した。皆も、倣《なら》う。

「福という、ふの字ふふみて七種《ななくさ》の、深きも深き文の賜《たま》もの」

川路が解説した。

「母者の有封の手紙をいただいて詠める。ふふみて、は万葉集に含むとある。こじつけではない」

「七富あります」市三郎が言った。

「次は先ほどの詠み直しだ。不二《ふじ》のふもと妹兄《いもとせ》二人ふた親と、踏みてやすけく帰るふるさと」

「ふ二でふが二つ、間違いなく七富です」市三郎が、うなずく。

「もう一首。ふるさとへ帰らむ文《ふみ》の筆とれと、心ふふめる文箱《ふばこ》踏みつつ」

「ふふむ、をお気に入りましたね。実は私も用いたんです」龍介がおづおづと短冊を川路に見せた。

「考えるところは同じだな」川路が笑った。

龍介には歌の心得がある。ふの重ね字を、まず探ったのだろう。ふふむ、の語を得たのも、川路同様、万葉集の桜花未《いま》だふふめりの歌からだろう。

「朗詠していただこうか」川路がうながした。

龍介が咳払いした。彼は四十代の男である。

「冬深く降る白雪に年ふりし古枝《ふるえ》の梅の花ぞふふめる」

川路は指を折りながら耳を傾けていたが、

「見事だ。丁度七富。ちょいと聞くと多そうに思えるけど、七つに収まっている。この歌のふふめる、はふくらむ意だな。歌もいい。数合わせで、無理にこじつけていない」

「どうも披露しにくくなりました」

おさとが首をすくめた。

「何をおっしゃいます」龍介が、うながした。

「奥様の詠誦を是非」

「恥ずかしいのですが」短冊を取り上げた。

一同、かしこまって拝聴する。

「ふる雪に、ふりずふりせず深みどり、深き松かな富士のふもとに」

「ふりずふりせず、は古りず古りせず、ですか?」市三郎が問う。

「つまり、古くない、古くならないことですね?」

おさとが、笑顔でうなずく。


ひとわたり披露すると、おさとと市三郎が退席し、川路と三人の家来が酒を汲んだ。珍しく川路も盃を重ねた。酔うにつれ、四人の談は怪しい話題になった。龍介が「よみびと知らず」

の歌にこういうのがある、と持ちだしたのである。七富の歌だ。

「ふるくさき、ふるやくしるべ、ふる陰門《つび》をふり這え夜這《よば》う振りまら振り振り」

奈良あたりを行き通いする旅僧の歌という。僧侶とは思えぬ、と一人が言う。いや、昔の東《あずま》歌に、「坊さん夜這いは闇がよい」というのがある、と川路は言った。

相談

だしぬけに、秋が来た。昨日まで暑い暑いとぼやいていたのが、嘘のようである。

久しぶりに川路聖謨は、書庫に入って蔵書の整理をした。整理といっても、右側の書箱《ふみばこ》に収まっている本を、左側の箱に移したり、購入して積んだままの本を、内容を改めて分類し積み直す作業で、これを川路は「本いじり」と称している。気分転換に、もってこいであった。

書庫は六畳の小部屋で、御納戸《おなんど》（衣類や調度品を収納する）に使われていたのだが、使い勝手が悪いと、昨年おさとが御納戸そのものを、居間の隣に配置替えしたのである。空いた元の部屋は、川路専用の書庫にした。

窓ひとつ無い御納戸は、長くこもっていると息苦しくなる。そのかわり、外の音が聞こえず、思索をするには都合がよい。川路は入口の板戸を体半分ほど開けて風入れをし、しばらく「本いじり」に没頭するのである。

探していた本が見つかった。『李長吉詩集《りちょうきつししゅう》』である。

先日、母の干支《えと》の祝いで、七富《しちふ》の歌を有志で詠んだ。席上、七歩の詩の故事を語った。そういえば、このところずいぶん唐詩選を披《ひら》いていない、と気がついた。

ひところ唐詩に凝って、その関係の古書を集めたことがある。じきに熱はさめたが、当時、最も心を動かされた唐の詩人が李長吉だった。

二十一歳の川路は勘定所見習いの一方、評定所留役助《とめやくすけ》（書記の助手）を務めていた。最高裁判所での審判を記録する役目である。この年齢では異例の出世といってよい。本人は意気軒昂たるものがあったが、同僚にはねたまれた。陰湿ないやがらせを、幾度となく受けた。取りあわないで耐えたが、さすがに落ちこんだ。

そんな折、李長吉の詩集に出会ったのである。李は十七歳で詩壇の長老に、その才能を認められた。官吏登用試験「科挙《かきょ》」の受験で、李を嫉妬する者たちに邪魔され、試験を受けることができなかった。科挙に合格しなければ、国のために働くことはできない。高級官吏になれなければ、ありあまる英知と能力があっても、人を導くことができない。李は二十歳でおのれの晩年を知った。すなわち、詠む。

「長安《ちょうあん》に男児あり
二十にして　心已《すで》に朽《く》ちたり」
……
「人生　窮拙《きゅうせつ》あり
日暮《にちぼ》聊《いささ》か酒を飲む
ただいま道すでに塞《ふさ》がる
何ぞ必ずしも　白首《はくしゅ》をまたん……」
人生には、どうにもならないことがある。酒でも飲まなくては、やりきれない。今はにっちもさっちもならぬ。白髪《しらが》になるのを待つまでもない。
一読、これは自分のことだ、と思った。自分が詠んでいるように感じた。李長吉という名が他人に思えなかった。川路は幼名を弥吉という。次男なのだが長男は幼くして亡くなったので、かねがね父親から、お前は総領なのだからしっかりしないといけない、内藤の家を嗣ぐ身なのだ、と聞かされて育った。内藤は実家である。父は弥吉と呼ばず、長吉と呼んだ。長男の弥吉である。李長吉の名を見た時、自分のことのように思ったのもそういうわれがあったからで、読んで他人と思えなくなったのも、職場の環境やわが身に加えられる仕打ちなりの本質が、そっくりだったからである。ちなみに李長吉の別号を李賀《りが》という。李賀は不遇のまま、二十七歳で死んだ。

二十一歳の川路も、心情的には晩年のそれであった。結婚して三年たつかたたないというのに、妻のえつに先立たれた。翌年、実父がみまかった。息子の出世を夢みて、それだけが生き甲斐だった父だった。川路は「窮拙」に身もだえし、酒に慰藉《いしゃ》を求めた。体質的に飲めない酒を、無理して飲んだ。量はさほどでもなかったが、あの頃は、酒だけに縋《すが》ったと言ってよい。

廊下を踏む音が聞こえてきた。

さとだな。川路は書物を閉じた。さとの足音は歩幅の小さい摺《す》り足なので、他の者と区別がつく。御殿勤めが長い女特有の、足の運びである。

「いらっしゃいますか?」

板戸の裾《すそ》から声があった。返事をすると、忍びやかに戸が開かれ、正座したさとの姿があった。

「どうした?」

さとがうなずき、するり、とほとんど正座のまま器用に書庫に身をすべり込ませた。半身をひねって戸を閉め、「お話がございます」と声をひそめた。

「何かな?」川路も意識して低めた。

さとが川路の近くに寄った。

「市三郎のことです」

「何ぞやらかしたか」溜息をついた。「今度は何だ?」

「お話しづらいのですが」

言いよどんでいる。

「女か」

さとが、小さくうなずいた。

「いやはや」川路は苦笑した。「あいつも、年頃だからのう」

「弱りました」さとが真面目な顔をした。

このところ川路は、毎日のように、市三郎に癇癪玉を破裂させている。

すべてに、だらしない。寝坊はしょっちゅうだし、学問や稽古は怠ける、川路が課した論語の書写は中途半ぱ、底が割れた言いわけをする、注意すると子どものようにふくれる、なま返事をする、人前で欠伸《あくび》をする噯気《おくび》をする、居眠りをする。溌剌《はつらつ》さがない。覇気《はき》がない。若者らしくない。

いつぞや、さとに、武士は窮屈だ、町人になりたい、と訴えたそうだ。さとが心配して、お叱りもほどほどに願います、と川路に忠告した。

長男の彰常《あきつね》が夭折《ようせつ》してからは、川路の市三郎に対する躾《しつけ》が一段と厳しくなった。叱言も彰常を例に出し比較するので、市三郎は面白くない。川路にしてみれば、期待していた長男に先立たれたので、うっぷんの捌《は》け口《ぐち》にしているところが無いでもない。さとは、はらはらしている。

「女は、誰だ?」

「妙《たえ》です」

「何か、悪さをしたのか」

「悪さということでもないのですが」

「何だ、煮えきらんな。付け文でもしたか」

「付け文ならよろしいのですが」

「乱暴をしようとした?」

「いいえ」

ためらっている。

「わからんな。何をした?」

「のぞき見です」

「のぞき見？」

さとが、うなずいた。

「市三郎が妙をか？　どこで？」

「隠居所のお風呂場です」

「のぞいている所を、お前が見たのか？」

「いいえ。養母《はは》上が先ほど私の部屋に参りまして、昨夜これこれのことがあったと話されたのです。前々から入浴する際、湯殿の外で人の気配がすると、妙が養母に訴えていたそうです。そこで昨夜、妙と打ち合わせたのだそうです。妙の入浴時に、養母が物蔭から戸外を見張っていると、市三郎が忍び足で湯殿に近づき——」

「養母は市三郎を咎めた？」

「いいえ」さとが軽く頭を横に振った。

「なんだか自分がのぞき見しているようで、心の臓がどきどきしてきて、目がくらんで、あやうく気を失いそうになったと……」

「危ない危ない。養母上に何かあったら事だ」

「お母様が市三郎をきつく叱ってほしい、とおっしゃるのです。妙が恐がって入浴をためらうのだそうです。だけど私が戒めると、市三郎が恥じて立つ瀬がなくなるのでは、とためらってしまうのです。ここは男同士の方が、わだかまりがなくてよろしいのではありませんか」

「しかし」

川路は考えこんだ。

「妙は市三郎のしわざと知っているのかい？」

「知らないらしい、と養母上は申してました。養母もあえて妙に告げてないそうです」

「うーん」川路は腕を組んだ。

「このままにしておくわけにはまいりません。間違いが起こってからでは遅いです」さとが詰め寄った。

「あなたから注意しづらいですか？」

「他のことならともかく……」川路は言葉を濁した。

親子だけに切りだしにくい。市三郎は面目を失い、やけを起こすかも知れぬ。何しろこの数日、奴は怒られ踏みつけられ、逃げ場をなくしている。その上のぞき見を指摘され、発《あば》かれたら、羞恥のあまり何をしでかすかわからぬ。

「私よりも養母上から市三郎に説教していただく方が、無難の気がする」

「名奉行のお知恵は出ませんか？」さとが皮肉を言った。

「私から養母上に頼んでみる」

「事を荒立てない方がよろしいのではありませんか。要は市三郎に馬鹿な真似をさせねばよいのです。今度から妙に入浴はこちらでしてもらいましょう」

「同じことだ。市三郎はこちらでやるよ。奴の関心は妙の裸だ」

「どうしたらよいのです？」

「誰も気がつかない、と市三郎に確信させたら、どこまでもやるだろう。少なくとも養母上は気づいている、と匂わせることだ。養母上に、誰だ！　と大声を上げていただく。奴は逃げる。見つかったと知れば、二度とのぞきはしまい。それでいい。犯人探しはしない。私やお前が声を上げない方がいい。知らぬ振りを装う。これでどうだ？」

さとが、結構ですとうなずいた。川路が続けた。「妙は、何者か、うすうす感づいていると思うよ。鋭敏な娘だから」

お忍び

月に二度、同心だけの茶話会がある。江戸から送られた羊羹《ようかん》や干菓子などをふるまう。

川路聖謨《としあきら》も一座に加わる。この日ばかりは奉行の肩書をはずし、裃《かみしも》も脱いで、一人の同心の顔になる。発言も自由で、酒の入らぬ無礼講である。

毒にも薬にもならない馬鹿話が多いが、時に仕事の話もある。

「ところで美濃《みの》屋の娘殺しは、その後、進展はあったかい?」

川路が取締り目付同心の一人に訊《き》いた。

「それが」年嵩《としかさ》の同心が頭をかいた。「さっぱりでして。面目次第も……」

「いやいや」あわてて川路が手を横に振った。

「咎めているのではない。どうなったかを訊いている」

「何しろ娘の首を絞めた凶器が見つからないのです」

「何で絞めたか、わからない?」

「はあ。紐で強く絞めたのは間違いないのですが、果たして何の紐か見当がつかんのです」

「紐は下手人《げしゅにん》が持ち去ったと思われます」若い目付同心が口を挟んだ。

「娘は仏間で殺されたんだったな？」川路が若い方に顔を向けた。

「さようです。娘は毎朝みあかしを供える役ですが、殺された当日は、灯明が灯された気配はありませんでした」

「仏間の様子は？」

「争った形跡は全くないのです」と年嵩。

「仏壇前に立派な経机が据えてあり、机には娘の婚礼祝いの、二十四枚の熨斗袋《のしぶくろ》が三列に置いてありました」

「中身は？」

「記帳と同時にすべて抜いたと言います」

「すると空の熨斗袋のみ？　金目当てではないな」川路は羊羹を一口かじった。川路の好みで羊羹は普通より厚目に切ってある。上品に薄く切られたのは、味わった気がしないのである。茶話会のお茶請けは、何菓子であっても豪勢に盛りつけてあるので、同心たちは喜び楽しみにしている。

「泥棒が忍び込んだ跡かたはありません。内鼠のしわざです。しかし念のため美濃屋の取引先や出入りの商人らを調べています」

「美濃屋は紙問屋だったな？」と川路。

「美濃紙を一手に扱っています。そのせいか、娘の婚礼祝いの熨斗袋は、大方が仲間の紙屋や水引屋です。皆、ひときわ豪華な袋でして」

「水引屋とは？」

「熨斗袋にかかっている紅白、凶事《まがこと》は青ですが紐を扱う問屋です。お祝い事や凶事に使う紐です」

「仏間には他に何も無いと言ったな？」

「仏壇に飾られた仏具しか」

「水引がある」

「水引？　しかし」

「紐に違いない。普通の紐よりも丈夫だ」

「おっしゃる通りです。気がつかなんだ」

川路が小者《こもの》を呼び、家令から水引をもらってくるよう命じた。「一番上等の品を頼む」

小者が去ると、年嵩に言った。

「経机の袋は全部ではないはずだ。きっと無くなっているのがある。上等の水引は飾りが大げさだから紐解《と》くと、娘の首をふた巻きくらい回る長さになる。美濃屋に熨斗袋を確認させてみろ」

「とっさに水引を使う知恵が出る奴は、どんな奴でしょう？」年嵩が呻《うめ》いた。

「水引を知っている者だな」川路が即答した。

「美濃屋の雇い人で、水引屋にいた者がいるはずだ。紙縒《こより》を糊《のり》で固めた水引は、紙に関係ある。その縁で美濃屋に雇ってもらったに違いない。しかし犯行に用いた水引は、とっくに処分しているだろう」

小者が戻ってきた。川路に差しだした。仰々しい水引のかかった大形の袋である。熨斗は無い。実際に用いる時に、熨斗鮑《あわび》を買い小さく切って貼りつけるのである。

「分限者か、上役のお祝いに使う袋だそうです」小者が家令の言を伝えた。

「何年も保存されていたようだな」川路が水引を外す。

惜しげもなく、ほどいて一本の紐にし、一同にかざした。

「紙縒を五本並べて糊で固めてある」

伸ばした紐の両端を持って、左右に引っぱった。切れない。

「紅白の水引を殺しの道具に使ったのは、娘の婚姻を怨んだ者に違いない」

年嵩と年若の同心が、同時に席を立った。

「美濃屋に行って参ります」

「まず熨斗袋の数を確かめるのが先決だよ。供えた数から減っていなければ、今の推理は成り立たない」

「承知しました」二人があわただしく出て行った。

「下手人は娘とよほど親しい仲の者だろうね。騒がないで殺されたのだから」川路が残った同心たちに話しかけた。

「色じかけでしょうか」誰かが言った。

「娘の方も未練があったのだろうな」川路が推測した。「仏間に呼び出したのは、娘の方かも知れんな。小僧や手代ではないいな。娘より年上の番頭だろう。番頭でも子飼いじゃないいな」

「と申しますと？」同心の一人が問うた。

「ひとつ屋根の下で寝起きしていると、恋情は意外に生まれないものだ。美濃屋の息女が熱を上げたとすると、よそから入ってきた番頭だよ。新鮮に目にうつるからね」

「そんなものですか」問うた同心が感心した。

「そんなものさ」川路が薄笑いした。「考えてもみてごらん。子飼いの奉公人は、娘を赤ん坊の時から見ているんだ。色気づく年になったからといって、抱きたい気分にはなれんよ。娘の方も同じじゃないかね」

「そいつはどうかわかりませんよ」二、三人がいっせいに異議を唱えた。一座は、爆笑した。

二、三日たって、美濃屋一件は解決した。

川路の推測通り、下手人は元水引問屋の番頭であった。才覚を買われて、いわば美濃屋に引き抜かれ、店を仕切っていたのである。一番番頭になった頃から、娘と出来ていた。男にしてみれば家つき娘と一緒になるものと思っていたから、当然の手順だったらしい。そのように娘も親に言い含められていたのだろう。

ところがここに来て、突然願ってもない良い縁談が持ち込まれ、親が迷った。話を聞かされた娘も、浮《うわ》ついた。どちらかというと、尻軽な女だったのだろう。娘の生返事に、親の方は勝手に話を進めた。一番番頭は面白くない。しかし、娘との結婚はあらかじめ約束されていたわけでないから、どう抗議しようもない。

凶行に及んだきっかけは、熨斗袋の山を目にした瞬間らしい。

「紅白の水引を見たとたん、お前はこの店の器ではない、と告げられたような気がしたのです。水引屋ではないか、と言われた気がして」

番頭はそう白状した。

「お奉行の炯眼《けいがん》には、お見それいたしました」年嵩の手付同心が礼を言った。

「まぐれあたりだよ」川路は照れた。「こんなことは、たまに誰にもあることだよ」

「あやかりたいものでございます」手付同心が深々と頭を下げた。

そんなことがあって、川路は水引屋という商いに興味を抱いた。

のちほど美濃屋一件を裁くことになる。水引なるものの需要、制作の段取り、値段の決め方など、知っておいて損はない。どうせなら、実地に見て、聞くに越したことはない。

「どうだろう？　有名な寺社や、いわれのある場所の巡見はあるが、奉行の身で、一商家や農家の検分は、特別の理由がない限り、なかなかできない、それをやってみたいのだが、皆はどう考えるかね？」

ある日の同心茶話会で諮《はか》ってみた。

「お忍びでですか？」若手同心が質問した。

「奉行の身分は隠したい」川路は答えた。

「相手が警戒するだろうし、気楽にこちらの問いに答えてくれないと意味がない」

「警備はどうします？」別の同心が問うた。

「ことさらにしない」即答した。

「いや、皆の心配はわかる。奉行である、と公言し、奉行の威を誇示した方が、むしろ、厳重な警戒が必要だろう。そうでなく、町人なり百姓の恰好で、その気分で訪問するのさ。つまり、変装だ」

「しかし」一同が危ぶむ。

「そんなに心配なら、お忍びの警備をしてくれたらよい。警備の者も、変装だ」

「それなら納得です。変装はお手のものです」

一同が色めいた。

「やりましょう。町巡見」

川路よりも、同心たちがはりきってしまった。

「どこから手をつけますか？　お奉行の希望を申して下さい」同心の小頭《こがしら》が言った。

「さし当たって水引問屋に行きたい。美濃屋の事件を審理する参考になる」

「根回しをいたします」小頭が意気込んだ。

「言うまでもあるまいが、事件のことは持ちださないように。それから私は江戸の商人ということにしてくれ」

「江戸、ですか?」

「この通り江戸弁だからね。奈良見物に来た、そうだな、裕福な商家の旦那にするか」

「供は必要です」

「供が奈良言葉をしゃべってはまずかろう。川路の家来から一人選ぶ」

「早速、お手配します」

というわけで、お忍び巡見が始まったのだが、存外うまく運んだ。味を占めて、気が向いた折に、二回、三回と外出した。最初のうちは二軒か三軒の訪問だったが、慣れてくると、できるだけ数をこなすようになった。

今日も、これから一時《ひととき》(約二時間)ばかり、町歩きをし、三軒ほどお邪魔する予定で、髪結に、侍の大銀杏髷《おおいちょうまげ》から、町人の銀杏髷に結い直させているところである。

急に、供は妙《たえ》を頼もうと思いついた。おさとに妙を呼ぶように命じた。

羅利

あっ、と発して、前を歩いていた妙《たえ》が、横っ飛びに飛んだ。川路聖謨は思わず腰を落した。とっさに右の手が前に行き、左手は腰をおさえている。抜き打ちの姿勢である。しかし、刀は無い。

黒いものが妙の足元をよぎって、す早く路地に消えた。

「ごめんなさい」振り返って苦笑した。

「何だ」川路は何気なく角帯を撫でた。つい、武士の動作が出てしまった。照れくさかったのである。

「大きな鼠」妙がいまいましげに吐きだした。

「ああ、びっくりした」

米問屋の前だった。二人はこれから漆器問屋を訪ねるのである。米問屋の隣だった。

「漆塗物　黒川屋」と柿色の日除け暖簾《のれん》が張ってある。妙が入ろうとした時、中から出てきた女客と、あやうく鉢合わせしそうになった。勢いよく出てきたのである。妙はあわてて体をかわした。鼠に驚いた時とそっくりで、川路は、悪いけど可笑《おか》しくなった。女客が川路を睨んだ。

フン、というように憎さげに顔をそむけた。妙が首をかしげて見送っている。

「知っている人かい?」川路が訊《き》いた。

「どこかで見たことのある顔」

「黒川屋で聞いてみたらよい」

「お得意さんとは思えない。あの態度」

「そうだな。客ではないかも知れんな」

いらっしゃいまし、と三人の小僧が声を揃えて、川路と妙を迎えた。

二人は「お忍び」で商家めぐりをしている。待ちかねたように番頭が現れ、丁重に挨拶した。あらかじめ訪問を伝えてある。座敷に上がるよう勧められたが、川路は遠慮した。店の様子を見たかったのである。土間に据えられた客用の縁台に、腰を下ろした。店先に中年の客が入ってきて、飾られた漆塗の食器や手箱を眺めている。客の風体をしているが、奉行所の同心である。川路の護衛を務めている。

黒川屋の主人が出てきた。川路は早速、漆器の見分け方などを質問している。主人は番頭に見本を持ってこさせて、懇切に説明した。

妙は傍らで一緒に聞いていたが、飽きたとみえ、立ち上がって店内をうろついている。

「求めたばかりの椀は、何となく漆のにおいが抜けない、と家の者がこぼしていたが、においを消す良い方法はあるかね？」と川路。

商家の大旦那を装っている。

黒川屋が皮肉っぽい笑いを浮かべた。

「私どもの品は、全く漆のにおいがいたしません」

「ほう、そうかね」

「それだけは自信を持って保証いたします」

「それじゃにおい消しの方法はご存じないわけだ」

「いえ。方法は承知しております。一番簡単な方法は、米櫃《こめびつ》に数日埋めておけばようございます」

「面倒な方法は？」

「砥《と》の粉《こ》を丼にとかして泥にし、刷毛《はけ》で器に厚塗します。日蔭で乾かし、乾いたら柔らかい綿布で塗を落し、また砥の粉を塗る。これを二、三回くり返しますと、全くにおわなくなります」

「お宅で買えば、その手間は要らないわけだ」

へっへ、と主人が手をもんだ。

妙が店の表に目をやった。さきほど鉢合わせをしそうになった女が、目を怒らせて入ってきたのである。女はまっすぐ川路の方に向かってきた。川路の護衛が、あわてて走り寄る。女は黒川屋の主人に用があったのである。

「ここの旦那かい？」と乱暴な口をきいた。

「先ほど番頭に居留守を使われたんだよ。いまいましい」

「御用は？」黒川屋が訊いた。

「あたしはね、堂社案内の羅利《らり》という者だ」

あっ、と妙は女を注目した。思いだした。いつぞや猿沢池のほとりで会った女である。同郷の公平《こうへい》と話をしていた時に、熊野講の客たちを引きつれて寺社を案内していた。公平が一時世話になったという、奈良見物の導き。確か、その頭領だといっていた。

ざっと見には、二十二、三に見える。でも不満そうに口をすぼめるしぐさなどを見ると、妙と同い年か、せいぜい二つ三つ上としか思えない。老けたところと、娘子の部分が入り混じっているのである。

「さきほど番頭さんに話したんだ。同じ話をくり返させるのかい？　番頭さんが伝えなよ」

羅利がそっぽを向いた。

「へい、このかたに頼まれまして」番頭が主人に向き直った。とたんに、黒川屋がぴしゃりと、しっぺいを打った。

「お門違いだろう」羅利をにらみつけた。

「お前さんの頼み事なんだろう? それならお前さんがじかにあたしに頼むのが筋ではないか」

「あ、すみません」羅利がぺこりと頭を下げた。意外に素直である。

「もう一つ注意するが、人にものを頼む場合の口のきようだ。礼に欠けてやしないか」

「育ちがよくないもので、つい」頭をかく。

「育ちは関係ない」ぴしゃり。

「人への思いやりのあるなし、だ」

「申しわけない」深く膝を折って低頭した。

「十分気をつけなさい」たしなめた。

「で、用事とは何だね?」

「はい」

人が変わったように、恐縮している。

「実は、漆細工の様子を客に見せたく、お願いに参りました」

「どういうわけでかね?」

「はい。近頃の客は、ありきたりの物に飽きてしまって、変わった物や景色を見たがります。そこでこちらさんのご商売に目を留めまして」

「面白い商いじゃありませんよ」

「いえ、そういうことでなく、物をこしらえるいきさつを見ていただくのです。普通、目にできないことですから、物好きの客には興味しんしんではないかと」

「お断りする」にべもない。

「仕事場をのぞかせる利点もない。第一、職人が気が散って、根《こん》を詰められない」

「店のいいお広めになります」羅利が食い下がる。

「見物したあとで、きっと二品か三品、買い求めます」

「よそを当たってくれないか」あるじが引導を渡した。

「わざわざこちらにお願いに伺ったのは……」羅利は必死である。「老舗《しにせ》でありますし、奈良で一閑張《いっかんばり》を扱っているのはこちらさんだけですし」

「選んでくれたのはありがたいが、こちらの考えは変わらない」黒川屋が川路の方に向き直った。

「お邪魔いたしました」羅利があきらめて、一礼した。帰りがけ、ちら、と妙を見た。何も言わず、店を出て行った。

「お待たせしてしまいました」あるじが川路にわびた。「失礼いたしました」

「堂社案内とか」

「多いんですよ」苦笑した。「近頃は新参の案内人が増えて、縄張り争いです」

「悪いうわさも聞くね」

「大抵、新参連中のしわざです。客を騙して巻き上げるのもいるそうです。しっかり取り締まってほしいのだが、奉行は何をやっているのだか」

川路は顎を撫でた。

「今の女もワル連かね？」

「いや、あの女はワルと敵対する組です」番頭が口を添えた。

「ほう。なら力を貸してあげればよいのに。そばで聞いていても、悪い話とは思えん」

「話はね」あるじが薄ら笑いを浮かべた。

「だって店の広めになるし、売れるし、多少のわずらわしさを我慢すればいいことだけではないかね」

「堂社案内の思惑《おもわく》がありますよ」

「思惑とは？」

「そりゃ連中がただ働きするわけがない。ちゃんと儲けを考えています」

「何だろう？」

「私の店へ客を案内した手数代ですよ。客一人につき、いくらとね。こちらにあからさまに請求しなくとも、暗にそれを当てにしているのは間違いないです」

「なるほどね」

「あるいは客が店で買い上げた総額のいくらかを、まわしてくれと言ってきます」

「それが狙いか」川路は感心した。

「せちがらい世の中ですからね。あの手この手を考えてきますよ」あるじが言った。

四半刻（約三十分）ほどして、川路と妙は黒川屋を辞した。二人のあとから護衛役の同心も、店を出た。何食わぬ顔をして、ついてくる。今度は妙が一歩、川路のあとになった。

「いい勉強になった」川路が言った。「どうした？ 浮かぬ顔をしているな。退屈だったか？」

「大店《おおだな》は好きじゃないんです」妙が答えた。

「そうか。妙の好きな商売は何だ？」

「小商いなら何でも大好きです」ためらいながら、つけ加えた。「今のお店、私なんか入りづらくて。お奉行様向きです」

「大旦那様だろう」川路が小声で正した。

「ごめんなさい、つい」やはり小声で謝る。

「妙の好きな商いは、たとえば何かね？」

「この大通りにはありません。裏通りにある店屋です。路地の奥まったところで、ひっそりと客を待っている……」

「探してみよう」川路が横丁に曲がった。

「あら？　よろしいんですか？」

二人を追う同心が、予定にない道筋なので泡を食っている。

「いやさ、正直言うと大店はいい加減飽きた。町の人の生活を見るには、大店より小商いだ。それとあらかじめお膳立《ぜんだ》てしない方が面白い」

「ここがいい」妙が立ちどまった。指さしたのは、付木《つけぎ》屋である。桧《ひのき》を薄く削って硫黄《いおう》を塗りつけた付木を売る店。

山荒らし

思いがけない所で、思いがけない人物に会うものである。

いや、思いがけない人物、は大げさかも知れない。昨日会ったばかりだから。

市三郎、である。

奈良町の裏通りに、ひっそりと店を構えた付木屋《つけぎ》に入ろうとした川路聖謨《かわじとしあきら》は、中から表に出てきた次男坊に目を剥《む》いた。相手も、こちらは川路に輪をかけて驚き、のけぞった。

付木屋などという、奉行職におよそ縁もなさそうな零細な店の入口で顔を合わせたのだから、市三郎がびっくりするのも無理はない。しかしそれは川路も同様である。武士のせがれが、台所の用具を買いに来るなんて、想像外である。一体、何に使うつもりか。

付木は熾《おこ》した火を、他の物に移す際に用いた。薄く削った桧《ひのき》のへぎ板の頭に、硫黄《いおう》が塗ってある。これを百枚ひと束にし、藁《わら》でくくって、売るのである。

川路がとっさに頭に浮かべた絵は、市三郎が放火している図である。湯殿の炎上。さとから聞いたのぞき見の件から連想した。妙《たえ》の裸を見たいために、湯殿に付火する。

隠居所では風呂をわかさない。風呂の湯は炊事場から裏庭を通って運んで来る。だから湯殿の火事はありえないのだが、人間、思い詰めると、何をしでかすかわからない。

「何のために付木を――?」

思わず非難する口調になった。

「あ、いえ、買いにきたのではなく、運んで――」

市三郎の弁解も、しどろもどろになる。

「運ぶ?　何を?」

「あの、角材です」

「どういうわけで?」

「あの、角材を削るところが見たくて」

市三郎が語尾を濁す。

「見たいとは、どういう意味だ」

もしもし、と店から顔を出した背の高い男が、「お入りになりませんか」と川路たちを招き入れた。店の前に立ち塞がれては商売の邪魔なのである。川路は大店《おおだな》の主人らしく鷹揚《おうよう》に恐縮した。妙が、「甘えましょう」と二人に声をかけ、先にさっさと入っていった。

三人は、今、大工の棟梁《とうりょう》宅にいる。角力取《すもう》のように図抜けて大柄の主人が、体格にふさわしい重々しい口調で、市三郎のことはもとより、さまざまの話を語っている。

ここは市三郎が懇意にしている家なのだ。

もともと市三郎が町で上棟式を見かけたのが、棟梁とつきあうようになったきっかけだった。用事で建築現場を通る時、急ぎの用でない折は、いつまでも一つところに立って、飽かずに眺めている。少しずつ家が出来ていくのが面白くてしようがない。

それが十七歳の青くさい武士なので、棟梁の方でも興味を覚えて声をかけた。市三郎は大工仕事が好きなのだ、と正直にうちあける。

「よかったら、うちに遊びにいらっしゃい」と誘う。「そうやって見ていられると、落ち着かねえ」と自宅を教えてくれた。市三郎は遠慮なく早速押しかけたわけだ。

むろん、棟梁に身元を告げた。奉行の二男と明かしても、別に相手は動じない。おや、そうかい、とあっさりしたものだった。

何度か訪ねたあと、わざを教えてほしい。と頼んだら、棟梁はどうせしろうとの気まぐれと取り、そこらに空いている鉋《かんな》を使っていいよ、削ってみな、と角材の切れっぱしを投げてよこした。市三郎は喜んで削る。

器用に鉋を使うので、棟梁も感心し、本気で助言をするようになった。そのうち市三郎も熱が入り、本心で大工にあこがれる。

普請《ふしん》の現場にも同行を許された。むろん、仕事の邪魔にならぬ所で、職人たちの湯茶をわかしたり、弁当の用意をしたり、使い走りをしたり、小僧の役を果たすのである。木屑はまとめて近所の湯屋に運ぶ。桧《ひのき》の切れ端は付木屋に買ってもらう。昔から取引している付木屋だ。

若い時は腕利きの大工だったという。脚を悪くして、それで付木屋に鞍替えした。さすがに鉋の扱いは堂に入ったもので、五寸（約15センチ）の角材を削る手つきは、ほれぼれするほどだった。紙のように薄いへぎ板にしてしまう。決して失敗しない。同じ厚さのへぎ板に削る。

市三郎は思わず見入ってしまう。付木屋の仕事を熱心に観察する若い者は珍しいので、いつのまにか、あるじと仲よしになってしまった。

今日も良い廃材が出たので、あるじに喜んでもらおうと、棟梁に断って普請場から市三郎が運んできたのである。例によって鉋削りの美技に酔って、長居していた。そこへ突然、親父が現れたので、あわてふためいたという次第である。

理由を説明すると、当然、棟梁に会わせざるを得なくなった。付木屋の仕事ぶりを一通り見物したあと、市三郎は父親に伺いを立てた。父親がなぜ商家の大旦那を装っているのか、わからなかったからである。付木屋を出てから、人通りの絶え間を見て、小声で問うた。川路が苦笑しながら、打ち明けた。

するとき市三郎が当惑して、立ちどまった。

「どうした？　何か思いだしたか？」

「私の身元をすでに明かしてあるのです」

「そうか。大旦那では通らぬか。いや、構わぬ。市三郎の親として会おう。日頃お世話になっているのだから、お礼を申さねばならぬ」

「すみません」市三郎が小さくなった。

「まずいのか？」

「いえ、そんなことは。ものおじしない親方ですから」

「お前のほうだよ。棟梁と今後つきあいづらくなるようなら、親子でなく、ここで口裏を合わせて、全く他人同士を演じてもよい。筋書を作らねばならぬな」

「大丈夫です」歩きだした。「普請場は、すぐそこなんです」指さした。

前方を示す指が、そのまま宙で止まった。

「あ、あれ？」

向こうから歩いてくる大男が、「市《いち》かやア」と呼ばわった。

「市か、ですって」後ろからついてくる妙が、クスり、と笑った。

「棟梁です。私は市と呼ばれているんです」

振り向いて、妙に言った。

二人のやりとりを聞いて、川路は何となくホッとした。市三郎と妙の間には、どうやらわだかまりは無いようだ。

三人の前に棟梁が塞がった。塞がる、と言うにふさわしい、巨体である。市三郎が急いで紹介しようとした。

「こちら」あとが出ない。打ち合わせをしていなかった。まごついていると、

「奉行の川路左衛門尉《さえもんのじょう》です」脇から名乗った。

「やあやあ」棟梁が大きくうなずいた。別に恐縮もしない。

「大工の音松《おとまつ》といいます」

「せがれがご迷惑をおかけしております」

「何の。頼もしい息子さんでいらっしゃる。あたしの家は目と鼻の先でさあ。道ばたで立ち話も何ですから寄りませんか」

「お言葉に甘えますかな」

「空茶《から》のおもてなししかできないが、気がねは無用、くつろげまさあ。さあ、どうぞ」

先に立って案内する。三人は回れ右をした。

「道具が一つこわれたもので、取りに戻ったところでさあ。行き会えてよかった」

路地をいくつか折れ、こじんまりとした社《やしろ》が鎮座《ちんざ》する稲荷《いなり》の隣に、棟梁の家があった。

稲荷の入口には瀬戸物の狐像が向き合っており、像の台座には油揚が供えてあった。油揚は干からびている。

棟梁宅は貼り替えたばかりらしい白い障子戸が閉まっていて、障子には墨で山型に音の文字が大きく記してある。

「さ、入んなせえ」と三人をうながし、

「帰ったぞ」と大声で奥に告げた。

「あいよう」女の声が応じ、返事と共に勢いよく三十なかばのカミさんが走ってきた。

「お前さん、どうしたね?」と問い、その口で「あら、いらっしゃい」と客人に挨拶した。

「音造がいたら普請場に墨曲尺《すみがね》を届けさせてくれ。こちらお奉行様だ」いっぺんに用を足す。

「あいよ。えっ、お奉行様?」カミさんが目をみはる。「これはこれは。何か?」

川路は苦笑しながら挨拶し、何か起こったわけではない、と申しわけした。

「まさかねえ」カミさんが胸をなでおろす。

「うちの人は図体《なり》は大きいが、気は蚤《のみ》の心《しん》の臓《ぞう》だから、悪いことはできっこありませんもの。でも万に一つということもあるし。安心しました」

「お茶を入れねえ」音松が命じた。はいはい、とカミさんが下がる。

四人は座敷に上がる。炬燵《こたつ》に足を入れる。歩いている時はさほど感じなかったが、家に入ってじっとしていると、戸外よりも寒気を覚えた。しばらく四人は黙って、炬燵で体をあたためた。そのうち、足裏の方からいつもの感覚がよみがえってきた。音松の口がほぐれた。川路に目をやった。

「こんなこと言うと気を悪くなさるだろうが、おいら性分で言わずにいられぬから、思いきって口にするんだが、構わないかね?」

「どうぞ」

「お奉行はもちろん良かれと考えて始めたことだろうが、他でもない、桜と楓の植樹さ。奈良の町を春と秋・花と紅葉でにぎわそうと、町の衆をけしかけた。趣旨は悪くない。だけどこいつを金儲けの種にしようと企む輩《やから》が出てきたのを、ご存知か。桜と楓の買い占めさ。おいらのようなりわいは、大いに迷惑している」

「ほほう？」川路が真剣な表情になった。

「詳しく話してもらえまいか」

「奈良の輩じゃねえ。奈良はむしろ食いものにされている」

「他国の者だな」

「山荒らしというらしい」

漆掻き

山荒らし、の名称は、川路聖謨は初耳ではない。

先ほど漆器問屋「黒川屋」で聞いたばかりである。

黒川屋主人から漆器や漆の説明を受けていた際、「黒め」と呼ぶ黒褐色の油状の漆を見せられた。

「これは生漆《き》から水分を除いたものです」とあるじ。

「生漆というのはどんな物かね？」川路が尋ねた。

「黒めを拵《こしら》えている所をご覧に入れましょう。裏の小屋で拵えております。ご案内します」

店の奥から廊下伝いに小屋に行ける。

黒川屋は漆器を造って卸すだけでなく、自ら黒め作りもしていた。普通は生漆、黒めそれぞれ専門の業者が扱う。黒川屋の屋号には、黒め屋も開いていますよ、という意味が含まれている。

「ちょうど折よく漆掻き職人の頭《かしら》も来ていますから、どんな風に漆を採るのか、お尋ねになるとよろしい」

漬物小屋を広くしたような、薄暗い小屋である。川路は入口で、入るのをためらった。

「漆にかぶれないかね？」

あるじが声を出さないで笑った。

「触れなければ、大丈夫です。なに、うっかり触れたら、椿油で拭き取って塩湯で湿布すれば、赤くなりません」

こともなげに言う。

土間に、人間がすっぽり入れるほどの大甕《おおがめ》が、いくつか据《す》えてある。甕の間で三人の男が、無言で額《ひたい》を寄せあっている。男たちの前には白色の丼と、注《つ》ぎ口のついた小さな水差が置いてある。川路らを見ると、いっせいに振り返った。

「ああ、いや、そのままでいい」あるじが掌を水平に上げ、物をおさえる手つきをした。

「市蔵《いちぞう》さんに用がある。ちょいとこちらにお越し下さらんか」手招きした。

中年の一人が立ち上がり、入口に歩いてきた。

「こちら」と川路を目で示し、「ゆえあって名は紹介できないが、由緒ある商家の大旦那でいらっしゃる」

川路は鷹揚に頭を下げた。黒川屋も川路の正体はご存じない。もっとも、薄々は、只者ではないと感じているはずである。あるいは疾《と》く知っていて、知らぬ振りを装っているのかもわからない。年功を積んだ大店のあるじともなれば、そのくらいの芸当は朝飯前である。

「頭の話が聞きたいとのご要望だ」

「何の話です?」どこの訛《なまり》か、かなり癖のあるしゃべり方をする。

「今、何を真剣に打ち合わせていたのです?」

川路は奥の二人と、丼と水差を、興味津々観察した。

「ああ。あれはね」黒川屋が代弁した。「生漆の品定めをしようとしていたのです」

「こちらの旦那は疑り深いからねえ」男が恨みがましくぼやいた。

「商売はね、あとで面倒が起きないように、そのつど正確に計量するのが鉄則です」黒川屋が毅然と言い放った。「それが信用というものです」

市蔵が黙った。

黒川屋が漆掻き職人の仕事を、ざっと説明した。大和にも結構いるが（五條に多い）、越前、越後からの出張職人が大半を占める。黒川屋では越後の者と契約をしている。

六月一日、故郷を出て、彼らは四、五人で組み、毎年決まっている山に入る。山ぬしに金を払い、漆の木肌に溝を掘り、そこからにじみ出る乳のような液を、へらで掻き採る。次々と溝を作って採取する。簡単なようだが、溝の掘り加減がむずかしい。木を傷めないように掘る。来年また同じ木から採るからだ。

漆はどの藩でも大切に保護している。和紙の原料にする楮《こうぞ》や三又《みつまた》同様、金を生む木だからだ。代官や御山《おやま》奉行が管理している。漆木守《きもり》を置き、人馬の立入りを禁じている。ひそかに漆掻きをする者が絶えないからだし、漆の若芽は馬の大好物だからである。闇掻きの跋扈《ばっこ》は高価に売れるからだが、こまるのは彼らが去ったあと、例外なく木が立ち枯れてしまう。乱暴な溝の掘り方をするからである。漆は苗を植えてから十年、十五年かかって漆掻きに適するので、長い世話が必要である。

「私ら闇掻きの連中を、山荒らしと呼んでまさあ」

市蔵が口を挟んだ。

「連中の去ったあとの山は、枯れ山になるからね」

「なるほど。しかし闇掻きどもは、生漆をどこに売り込むのかね？　金にしなくてはなるまいに」川路が黒川屋に訊いた。

「闇の問屋があるんですよ」

「闇の？」

「いや、表向きは普通の漆問屋です。裏でこっそり取引しているんです。私どもも一度持ちかけられたことがあります」

「断った？」

「一度でも味見したら、それを機に食い込まれます。それが連中の手です。おどされて、のっぴきならなくなります。相場より安い値で釣るわけです。商人の泣き所を突く」

「なるほど」

「市蔵を店の顧問に迎えたのも、連中に誘われないための楯ですよ。漆の見分け方も教えられましたし。あの丼と水差は見分ける道具ですよ」

「近頃は」市蔵が言った。「漆掻きばかりじゃねえ。いろんな山荒らしが、あちこちに出没しているよ」

「たとえば、どんな？」

「つい先だっては吉野の山中で見かけた、と大和の掻子《かきこ》が話してましたぜ」

職人を掻子と称する。彼らは在所の藩から、掻子のいわば身分証明書と漆掻き職許可証の焼印札を下付される。これがあれば他藩の仕事も請け負うことができる。越後は漆の本場だが、ここの職人は技が巧みでていねいであり、かつ機敏なので、他国から引っぱり凧だった。一人で百本を四日で掻くのが普通だが、市蔵の組はこの倍の本数を五日で上げる。

十一月の二十日前後で仕事を切りあげ、山を下りる。市蔵らは黒川屋の世話で奈良見物をし、春日若宮おん祭を楽しんだのち越後に帰る。

「何でも吉野の山荒らしは、漆や楮《こうぞ》でなく、普通の木々を傷つける、とうわさしている」

「たとえば？」川路が問うた。

「幹に千という字が彫ってあったと」

「千？」

「何かの符牒に違いねえ。特定の樹木でなく、いろんな木に刻んであると話していた」

「掻子は仕事柄、めざといのですよ」黒川屋が補足した。

「山荒らし、ねえ」川路がつぶやいた。

黒川屋での会話が印象に残っていたから、棟梁の音松の口から山荒らしの言葉が出ても、川路は驚きはしなかった。

「棟梁に伺いたいが、生木の木肌に、千という字を刻むことがあるかね？」

「何です、そりゃあ？　符牒？　いやあ、知りませんね」

川路は漆掻き職人の話をした。

「吉野の山で？　大工に関係あることでしょうかね？　普請のことなら、大抵のうわさはあっしの耳に達するはずだが、千、ねえ。百、千、万の、千ですね」

その時、川路の脳裡を、仙石という名称がちらとよぎった。

「百、千、万、の千ですね」という音吉の言葉が引き金だった。

仙石左京。

今は遠い思い出（十二年前）である。しかし、音松の語る山荒らしとは、何の係わりもない。千と仙。音が同じなので連想しただけだろう。らっちもない。川路は内心、苦笑した。

「桜楓の買占めを図っている連中のことが、わかったら教えてくれないか」

「ようがすとも。どちらへ知らせたらよろしいでがしょう？」

「そうだな」

奉行所では、まずい。大仰になる恐れがある。

市三郎は政治に引き込みたくない。

「ときどき私がここに顔を出す。お忍びの形で。ご迷惑かな」

「めっそうもない。大歓迎でさあ。そうだ、あっしのこの宅を、旦那のいいように使って下せえ。何もお構いできないが、から茶くらいは用意できまさあ、是非、そうして下せえ」

「ありがたい。ご好意に甘えよう」

「するてえと、これからはここが奉行所の出店《でみせ》ですな？」

「いや、そう取られるとこまる。あくまでお忍びの形にしたい。内密に、内密に」

「旦那は商家の？」

「そう。市三郎はお前さんの走り使いということで。こちらの」と隣の妙を示した。

「娘は私の女中ということで」

よろしくお願い申しあげます。妙が神妙に頭を下げた。

その妙が二日後、奉行所を出て足早に登大路に向かって歩いている。さっきまでゆっくりと歩いていたのだが、ある異変を感じて、おのずと足が早まったのだ。奉行所からしばらく歩いたところで、何者か、妙のあとをつけてくる気配を覚えた。振り返ったが、そのような人影は見当たらない。気のせいか、と思ったが、どうもそうではない。

木履《ぼくり》の鼻緒のゆるみを確かめるつもりで、立ちどまってしゃがみながら、背後の様子を、通りを歩く人々の足音で知ろうとした。すると妙に合わせた如く、一つの足音がピタリ、とやんだ。

危難

登大路の四辻に出たとたん、通せんぼするように、妙《たえ》の前に立ち塞がった者がいる。横あいから、いきなり現れたのである。あたかも妙を待っていたのかのように、「あの」と呼びかけた。見ると、盲人であった。按摩《あんま》らしい。首に竹笛を吊るしている。あらぬ方に顔を向けながら、

「道案内をして下さった者に、置いてけ堀を食わされたんです」

「置いてけ堀を?」妙は相手を見た。
二十四、五歳の、いかつい顔をした若者である。

「清水という家に呼ばれたんです。その家をご存じという人が、ここまで連れてきて下さったのですが、いつのまにか離れてしまいまして、途方に暮れているんです」

「清水さんはこの近くなのですか？」

「そうです。ここの通りは登大路ですよね？」

「はい。この角を左へまっすぐ行くと東大寺で……」

「右へ行くと教行寺がある。その寺の手前です」

「私、清水さんの家は知らないのです」

「道順は覚えています。だけど歩けない。すみませんが、近くまでで結構ですので、手を引いていただけませんか。いや、声で教えて下さいませんか」

妙の用事は急ぎではない。教行寺はすぐそこである。

「どうぞ」相手の右手をつかんだ。「案内します。道順をおっしゃって下さい」

「ありがとうございます」礼を言い、やんわりと妙の手をほどいた。懐から手拭いを出した。

「もったいない。お声から、どうやら娘さんらしい。気色悪いでしょうから、この手拭いの端を握って下さい。私がこちらの端を持ちます。これを手綱《たづな》にして私を導いて下さい。後ろから私が道を説明します」

「そうします」妙が先に立って歩きだした。

「教行寺に向かいます」

「二つ目の角を右に折れて下さい」

「二つ目ですね」

まず、一つ目の角を過ぎる。前方から継ぎ竿を手にした六、七人の固まりが歩いてくる。そちらに妙が目をやった時、背後の按摩が、「そこの角を右に」と言った。

妙はハッ、として、反射的に右に曲がった。「まっすぐ歩きます」と指示する。

「はい」相手を慮って、ゆっくり歩いた。

「そろそろ前方に、植木屋が見えませんか？」

「植木屋が？　ああ、あの椿《つばき》の葉が繁っているところでしょうか？」

「そうです。間違いない。植木屋の向こう二軒隣が、私を呼んだ家です」

ところが植木屋は無かった。椿の木の所は、空き地である。空き地の横は築地塀《ついじべい》が続いていて、どうやらそこは教行寺の敷地のようである。

「家らしい建物は見えませんが」妙は当惑した。振り返りかけたとたん、

「こっちですよ」肩をどん、と突かれた。

空き地の方に踏み込み、よろめき、倒れそうになった。危くとどまり、相手をにらんだ。すると目と鼻の先に、かっ、と両眼をみひらいた男の顔があった。男は妙の首に片手をまわし、もう一方の手で口を塞いだ。そちらの手には手拭いの端がある。す早く手拭いで猿ぐつわをかませたのである。

妙は男に体当たりし、突きとばすと、空き地の奥に走りこんだ。ところが切株にけつまずいて、転んだ。ところへ男がおおいかぶさる。妙は必死にもがいた。

もみあっていると、男がうめきながら、妙の胸の下をこぶしで強く打った。辺りの様子がぼやけてき、痛みで気が遠くなった。そのあとの記憶は、無い。

意識が戻った時、目の前に、心配そうに妙をのぞきこんでいる公平の顔があった。

「気がついたかい？　よかった、よかった」

「ここは、どこ？」

ようやく、口がきけた。布団に寝ている。

「寺社案内の頭取の家だよ」

「頭取？」

「羅利《らり》さんというんだ。つまり、おいらが働いている家」

「放生《ほうじょう》屋さん、でなかったの？」

「ああ」公平が苦笑した。

「あれはやめた。顔を覚えられたら、上がったりになった。結局、頭取のお世話になった」

次第に妙の記憶が回復してきた。上半身を起こした。

「そのまま、そのまま。もう少し休んだ方がいい」

「どうして、ここに？」

「おいらが駕籠《かご》に乗せて運んでもらった」

「駕籠に？　私は確か、教行寺の手前で」

「うん。路地に入ったよね」

「どうしてそれを？」

「妙さんを見つけたんだよ」

「どこで」

「ああ、やっぱり気がつかなかったんだね。おいらの方では妙さんが気づいた、と思っていたんだが」

「どこで?」

「おいら、頭取といっしょに客を教行寺に案内していたんだ。頭取に教えられながら、ね。納札講の客たちだよ」

「納札講?」

「自分の名前を描いた手刷りのお札を、寺や神社の門やお堂に貼って奉納する。この神社にお参りしたという証明に、できるだけ高い位置に、継ぎ竿を使って貼るんだ。その趣味を同じくする仲間で講を作っている。仲間同士、納札を交換して集めたり、各地の寺社を泊りがけで回ったり、楽しんでいるらしい。お金持ちが多いんだ。寺社案内には、ありがたいお得意なんだ。気前がよくてね、ご祝儀をはずむ」

「どこで公平さんと会ったろう?」

「おいらたちが教行寺から出てきた時さ。遠目で妙さんだとわかったよ。妙さんは美人だからね」

「そんな」

「いや美人さ。だけどおいらは、ぶ男だから妙さんの方は気がつかなかった。そういうことだよ」

「そんなことない。だけど私は公平さんを見なかった。何かの講らしき集団が歩いてくるな、とは思ったけど」

「まず頭取が妙さんを見つけた。おいらに小声で教えてくれた。声をかけようと思ったら、妙さんは横道に折れてしまった」

「そうそう。座頭さんを道案内していたの」

「贋座頭だった」

「全く知らなかったのよ」

「頭取が追いかけていけ、とおいらに命じた。それがよかった。駈けつけた時、妙さんは当て身を食らって気絶していた。男が二人いた」

「二人？　いいえ、贋座頭一人よ」

「いや。おいらが行った時、二人。一人はどこかに隠れて待ち伏せしていたのに違いない」

「そういえば清水とかいう人の家に用がある、と言っていた」

「清水はでたらめだろう」

「そういえば奉行所を出た時から、私をつけている者がいた。座頭の仲間ね」

「妙さんが奉行宅に住み込んでいる者、と知っている連中だよ」

「なぜ、わかるの？」

「おいら、奉行の手の者だ、と大声で叫びながら、二人の所に飛び込んだんだもの」

「大丈夫だった？」

「いや、こちらは夢中さ。恐かったけど、そう名乗れば、無体な真似はしないだろう、と思って。そうしたら、二人が血相変えて逃げていった。正直、胸を撫でおろしたよ」

「公平さんの迫力が勝った？」

「違うって。頭取と納札講の連中が走ってきてくれたんだ」

「よかった」

「納札講の人たちは、揃いの半纏《はんてん》に尻ばしょり、紺の股引姿だろう？　おまけに手にめいめい継ぎ竿を持っている。捕物のいでたちと見まがうさ」

「ありがとう。おかげで助かったわ」

「おいらの手柄じゃない。頭取の気転さ。妙さんが正気にかえったら、頭取が話したいことがある、と言っていた。会う？」

「喜んで。お礼を申し上げたい」

「なら、呼んでくる」公平が立ち上がる。すぐまた、しゃがむと、立て膝のまま、

「あのさ、妙さんにお詫びをしなくっちゃ」

「なにかしら?」

「頭取に、妙さんが奉行役宅に奉公していることを、明かしちまったんだ。お前とはどういう間柄なのか、と問われたので、村での友だちだと。先だって奉公したばかりだ、とつい」

「いいのよ。本当のことだもの」

「だけど、このたびのことは、その奉公の件と何かからんでいるらしいんだ。頭取がそう話すんだ。頭取を呼ぶよ。ちょっと待っていて」

公平が部屋を出ていった。

妙は起きて、手早く身づくろいをした。布団を畳み、部屋の隅に寄せた。花柄の、赤色が目立つ派手な布団だった。頭取の、夜着かも知れない。ここがどこなのか、障子を開けて様子を見よう、と引手に手をのばしたとたん、

「元気になったようだね。よかったね」と頭取が現れた。

黒川屋で憎さげに妙を一瞥《いちべつ》した、また猿沢池のそばで、凄い目つきでにらんだ時の羅利とは、全く打ってかわって、優しい女らしい頭取である。

妙は丁重に礼を述べた。

「大事に至らなくて本当によかったよ。あたいらが駆けつけなかったら、どこに連れて行かれたかわからない。それについてお話したいことがあるんだ」

暗殺

奈良奉行所に、珍しい来客があった。

川路聖謨を訪ねてきたのである。

「江戸から？　誰だろう？」

取次の持参した名札を見た。首をかしげた。

奥州屋儀助《おうしゅうやぎすけ》。

「商人だな。何商売だろう？　本屋か？」

江戸で知っている商人は、武具屋か刀剣商か書店に限られる。

「炭屋と申しております」

「炭屋？　はて？」

心当たりがない。公用ではないらしい。とにかく通してもらった。

客間に入った瞬間、平伏する客の背格好を見て気がついた。

「貝太郎《かいたろう》ではないか？」

「お久しぶりでございます」

顔を上げた。十二年前、脇坂淡路守上屋敷で、川路の走り使いをしていた少年である。

「名前が変わっているので、わからなかった」

「家業の炭問屋を継ぎました」

「道理で貫禄がある。いくつになった？」

「二十七です」

「武家の夢は醒《さ》めたか」

「おやじが亡くなりまして」

「奈良へは何か？」

「物見遊山です」

「いい身分だ。連れは？」

炭問屋仲間十人ほどと一緒という。

「四年に一度の組合旅行なのです。私は初めてなのですが、おやじが当番だったため代わりに幹事をやらされまして。前回は京見物だったので、今回は奈良がいいと皆が望みますもので

「……」

「いつ、来た？」

「先ほどです。皆は大仏殿を見物しています。私だけ抜けて参りました」

「よく来た。奈良には何日いられる？」

「五日です」

「旅籠《はたご》は？」

「これから皆と相談して決めます」

「よい寺社案内を世話してやる」

春日大社表参道の羅利《らり》を紹介した。書き付けを渡した。貝太郎が押し戴いた。奉行のお墨付きである。

「所帯を持ったか？」

「子どもが三人です。男ばかり」

川路がニヤリ、と笑った。

「奥方が強いな」

「はい？」

「いやさ、奥方は芝神明の、草双紙の売子か？」

「はあ？」

「まあ、楽にしろ。どうも昔なじみと話しているような気がしない。肩が凝る。炭問屋の仲間と言ったな？　それなら頼みがある」

「炭の御用ですか？」

「まさか江戸の炭を取り寄せるわけにもいくまい。昔の貝太郎に用がある。つまり、好奇心旺盛な少年の心だ。炭問屋は商売柄、木にはなじみがあろう。各地の木の情報に詳しいはずだ。そこで次のようなことを、仲間から聞きだしてもらえまいか」

川路は声を低めて用件を説明した。奉行所内なのだから普通の声で語っても、何ら差し支えはないのだが、秘密めかしく話した方が、受け取る貝太郎が張りきって用を果たすだろう、と計算したのである。

まもなく貝太郎は、いとま乞いした。仲間を待たせている。奉行所へ行くと告げていない。奈良町の親戚を訪ねる、という口実で抜けてきた。

「それなら私の書き付けは内密にしろ」川路が注意した。

「明日もお邪魔します」

「親類の所なら怪しまれまい。うまい口実だ」川路が笑った。

「毎日参ります」

「奉行所の門番には、川路の親族だと言え」


先日、川路は音松宅で堂社案内の頭領・羅利と会った。妙《たえ》の引合せである。

羅利はさまざまのことを語った。

まず近頃、とみににわか堂社案内人が増えたこと。

「こまるのは、名所旧蹟の説明がでたらめなんです。何も知らない他国の旅人を、いいように丸め込んでいる。とばっちりが、あたしたち正規の堂社案内に来る。客の物をくすねるとか傷つければ、当然、お上の手をわずらわせるのですが、いい加減の説明や案内は表立たない。旅人は騙されたと知らないから、訴えません。あたしたちだけが、知っている。これを是非取り締まっていただきたい。正規の案内人には鑑札を出してもらいたいのです」

「わかった」川路はうなずいた。

「それとお奉行はご存じかどうか、堂社案内所がやたら増えました。大抵、案内人を四、五人抱えたほどの小さい店です。店と言ってよいのか、仕舞屋《しもたや》に幟《のぼり》を一本立てただけの造作です。

許可がいらないし、元手も必要ないから、誰もが安直に始めます」

「そこで客の奪い合いです。あの手この手を使って、気を引く。あたしのとこも、目の色変えて知恵を絞らざるを得なくなりました」

特殊な商売や老舗《しにせ》に頼んで、品物の製造法や苦労のさまを見てもらおうと、羅利が漆器問屋などを歴訪しているのも、よそと同じ真似をしていてはお得意を食われるからである。

変わり種の堂社案内人で、目立ちたい。

その成果は徐々に現れてきた。変わり種の看板には、変わり種の客が寄る。この間の納札講もその一つである。帰り新参《しんざん》の公平を指導するため、付き添っていた羅利は、図らずも妙を拉致しようとした暴漢と出くわした。

「このところ妙だったんです」羅利が語った。

「急に、何々講と名づけた講中の、まとまった客が奈良に集まってきて。納札講みたいに。不動講とか大師講とか」

ひと月ほど前、そんな神仏の名の講を羅利は案内した。妙な講中だった。六人の三十代の男ばかり、導きしたのは春日大社と興福寺だけだったが、一人として無駄口を叩く者が無い。と言って、熱心にお参りするでもない。

建物には、さほど関心がなさそうである。むしろ遊山客が気になるらしい。すれ違う者をじっくりと観察している。裕福そうな風体《ふうてい》の者は、下心ある目でみつめる。皆が、そんなななのだ。この者たちは掏摸《すり》ではあるまいか。羅利は怪しんだ。

しかし、誰も勝手に行動しない。羅利の導きに従って動く。羅利は何食わぬ顔をして、彼らの様子を見張っていたが、別に変わったこともなく、案内は終わった。

別れる際、宿は決まっているか、と訊《き》いた。堂社案内の当然の問いであって、特別の質問ではない。誰も答えない。羅利は取っ付きを失い、いやになった。

その時、一人が興福寺の薪御能《たきぎおのう》の日取りを訊《き》いた。

「毎年二月の七日から十四日です」

すらすらと答えた。堂社案内人の頭には、大和国の年中行事がすべて入っている。特に奈良の寺の行事は、精細に正確に記憶している。

「二月の七日より十五日だな？」

問うた男が念を押した。

わざと間違えたな。羅利はそう感じた。

「いいえ。十四日です」

「そうか」男が顔をそらせた。

そんな問答があったので、羅利は男の顔を覚えていたのである。何の魂胆があって、日取りを間違えた振りをしたのか。いぶかしく思ったからである。

「それがつい先だってのことですよ。その男が堂社案内人になっていたんです。驚きました。いえ、間違いではありません。男が何人かの客を連れて案内しているのに、ぶつかりました。あたしの方から、挨拶したのです。お久しぶりです。先日はお世話になりましたって。ところが相手が人違いだと言い張るんです。違うもんですか。あたしはこう見えても物を覚えるのは得てなんです。そうじゃなくちゃ名所古蹟のいわれを暗記するなんて出来るもんですか。人の顔も同じです」

なぜ人違いを主張するのか。工合の悪いことでもあるのか。笑ってすませられることなのに、妙にこだわるのは怪しい。

羅利はそれからは相手の行動に意を留めた。仲間に話して、気をつけるよう注意した。おかげで男の動きが逐一報告されるようになった。

「男が案内する客は、いつも同じ顔ぶれだとわかったんです。商売にしていないんです。なのに男はどうして堂社案内人になったのか。きっと怪しまれないためです。数人連れで、うろつきまわっても、堂社案内が引き回しているので、世間の目をごまかせるんです」

羅利が川路をにらむように見た。

「どうした？」川路が見返した。

羅利が弱々しく目をそらした。

「お奉行様は信じてくれないでしょうね」

「お前の話をか？」

「いいえ。これからお話することです。今までのは、落語で言う枕です」

「面白い枕だった。堂社案内の取り締まりは強化するつもりだ」

「もう遅いですよ」羅利は言った。

「にわか堂社案内所も人も、取り締まりを察して、雲を霞と逃げてしまいました」

「逃げた？　いつ？」

「妙さんが襲われた直後。にわか堂社案内たちは一味だったんです」

「婦女誘拐が目的だった？」

「とんでもない」羅利が大きく手を振った。

「そんなこまい了見じゃありません。連中はとんでもないことを考えています。お奉行様はお忍びで巡見をなさいますね。でももはやお忍びにならない。知れ渡っています」

「田舎芝居の役者だからね」川路は苦笑した。

「お奉行様に会いたかったのは、これを知らせたかったからです。お奉行様の暗殺計画です」

養　母

川路聖謨《としあきら》の妻女さとの風邪が伝染《うつ》ったか、腰元の若狭《わかさ》と二男の市三郎が寝込んでしまった。さとは夫に累《るい》が及ぶのを恐れた。

「当分の間、ご隠居様と食事を共にして下さいませんか」

「そうしよう」

「用心なさいませんと」

「寝起きも隠居所でするよ」

「妙《たえ》に言い含めてあります」

ところが、その妙が熱を出してしまった。あわてて隠居所から本宅に移ってもらった。

奈良では風邪が流行している。川路は与力同心を始め奉行所役人に、十分気をつけるように訓示したばかりだった。奉行本人がかかったら恥をかく。

さとはまむし捕りの良七を通じて、きのを呼んでもらった。さいわい、きのは農閑期で、喜んで飛んできた。

「あれえ。奥様、塩梅《あんばい》が良くないけえ？　あの、けろけろけえ？」

「お前は相変わらずで結構だ、うらやましい」

「なんの馬鹿元気というやつだ。大きな声では言えねえじゃ」と大きな声である。

「旦那さまと隠居様の用を足しておくれ」とあれこれ指図した。全部呑みこんだかどうか、少々頼りないが、

「何とかなるべいよ」と笑い飛ばした。

「早速ご隠居様に挨拶してくべえ」と立ち上がる。

隠居部屋にはくら一人がいた。炬燵《こたつ》にかぶさるように温まって、うたた寝をしていた。

「こちらの旦那さまは、どこだべ？」

「ああ、びっくりした。いつ来たえ？」

「たった今」

「こちらの旦那は永原村へ出かけている」

「あれ、泊りがけけえ？　がっかり。饂飩《うどん》打ってやるべえと粉を持ってきたのに」

「饂飩は私も大好物だよ。打っておくれ」

「早速みんなに振るまうべえ」

「まあまあ、少し息休めをしなさい」と炬燵を勧める。

「あれ？　つべてえ」と布団をめくる。「行火《あんか》の炭が消えているべよ」

「そうかい」

「そうかいってご隠居様は、ひゃっこい炭で体を冷やしていたんだべ」

「知らなかったよ」

「これじゃ炬燵でなく、うかつだべ」

「きのにゃ、かなわない」

「熾《おき》をもらってくべえ」

「気をつけなさいよ」

庭に下りるきのに声をかけながら、くらは思いだし笑いした。きのが奉公した頃、十能で熾を運んでいて、はぜた火花を目に入れたことがある。その時、さとに注意された。

「大丈夫」きのが振り返った。「熾を運ぶ時は、熾に塩をふりかける、だべ？」

「よく覚えていたね。きのは弘法《こうぼう》さまだね」

えへへ、と笑う。

「塩といえば、ご隠居様のお手元に砂糖はあるべか?」

「いいえ」

「じゃ厨《くりや》でもらってくべえ」

庭を回って台所に向かう。程なく火桶を抱えて戻ってきた。ぷりぷり怒っている。

「どうしたね?」

行火によくおこった燠炭を入れる。

「砂糖をくれと言ったら、何に使うのか、と咎めるだわ」

「そりゃ貴重な物だから無理もない」

「ご隠居様が召し上がると言ったら、すぐに出してくれた」

「私が何を召すって?」

きのが持参した布袋から、小さな紙包みを取りだした。包みのまま、くらの鼻先に差し出す。

香ばしい匂いがする。

「何だろう?」くらが紙を広げる。とたんに、炒《い》った麦の香りが、はじけたように鼻を撲《ぶ》った。

包みには香煎《こうせん》の粉が掌にひとすくい程入っていた。

「なつかしい。はったいだね」

「江戸では、はったいと呼ぶんだべか？」

「こちらでは何と呼ぶの？」

「おらの村では麦焦《こ》がしって言ってる」

「江戸では香煎とも言うよ。なつかしい香りだねえ。子どもの時分を思いだすよ」

くらが紙包みに鼻を寄せた。目をつむり、うっとりとしている。次の瞬間、鼻の穴がふくらみふるえたと思うと、

「わあっしょい！」

別人と思うような大声と共に、激しいクシャミが発せられた。麦焦がしが煙のように舞い上がった。くらのクシャミが続けざまに出て、止まらない。

「ご隠居様、大丈夫だかや」きのがあわてて、くらの背をさする。ようやく治まった。

「水。水をおくれ」

きのが水差から湯呑みに注《つ》ぎ、くらの手に渡す。一気に飲み干して、ひと息ついた。

「ああ、苦しかった」胸を撫でおろした。

「あれ？　みんな吹っ飛ばしてしまったね。いくらも残っていない。すまなんだ」

「なんの。クシャミが治まってよかっただ。おら、どうなることかと気をもんだ」

きのが炬燵布団に散らばった麦焦がしを上手に寄せ集めた。

「ひと口か、二口分はゆうにあるべ。含みやすか？　砂糖を混ぜて」

「まだ鼻の穴がむずむずする。よそう」

「それじゃお湯で練りましょう」

「結構。十分味わった気になったよ」

断ったとたん、また「わあっしょい」。

「どうやら、はったいに嫌われたらしい。きのには申しわけない」気の毒がった。

「麦焦がしの代わりに、饂飩を打ちやすべ」

きのが張りきって、手早く襷《たすき》掛けした。

「台所に行ってやすから、用事がある時は——あ、誰もいないのか。おらが時々見に参りやす。楽しみに待ってて下せえ」

「きのの饂飩は絶品だからねえ。思いだすよ」

炬燵布団をめくり行火の熾火を確かめてから、きのは母屋の台所に走っていった。きのは夫持ちなのに、未だに心は少女なのである。

くらが高熱を発したのは、その夜のことである。寒けがすると早目に床に入ったが、まもなく、うなされるようになった。きのが寝ずに看護した。くらの額にのせたぬれ手拭いを、とりかえてもとりかえても、すぐ熱で温まってしまう。

夜ふけに川路が交代を申し出た。

「申しわけないです、旦那さま」きのが泣きだした。

「遠慮は無用だ。疲れたろう。私の部屋で休みなさい」

隣室が臨時の川路専用の六畳間である。

「ご隠居様の熱は、おらのせいなんです」

「きのが久しぶりに顔を見せたので、はしゃぎすぎたのだろう」

「違うんです。はったい粉にむせて、それが引き金ですじゃ」

泣きじゃくりながら、いきさつを説明した。

「はったい粉さえ持ってこなかったら、こんなことにならなかった」

「そんなことはない。恐らく風邪だろうが、疫病神のしわざだよ。疫病神の名代《みょうだい》になることはない。さあ、私の布団で眠りなさい。私が明け方までついている」

「すみません、すみません」

きのが何度も頭を下げながら、ようやく言うことをきき、別室に下がった。

川路は忍びやかに立って雨戸を開いた。戸外は相当冷えている。沓《くつ》脱ぎ石の上に、水を張った盥《たらい》が置いてある。そこに何本かの手拭いが浸《つ》けてある。川路はしゃがんで手を伸ばし、一本をゆるく絞った。氷水のようだ。滴らないほどに絞ったそれを、くらの額の手拭いと取り換えた。

今までくらの熱を吸っていた手拭いは、驚くばかり熱い。川路は自分の額に当ててみて、首をかしげた。

夜明けが近づいた頃、くらはようやく眠りについた。川路は一安心した。眠れさえすれば、回復は早い。

川路はしみじみと養母の寝顔を眺めた。寝顔を拝むなんて初めてのことだ。

十二歳の夏、小普請《こぶしん》組の御家人《ごけにん》、川路家に養子に入った。入籍はしたが同居はせず、実家の内藤家のある牛込の御徒《おかち》屋敷で暮らした。

学問の師に選んだ友野霞舟《とものかしゅう》の塾が牛込にあり、川路家の住所の四ツ谷からは、通うのに遠かったからである。養父・光房がそうせよ、と勧めたのである。

翌年、元服《げんぷく》（成人式）し、歳福《かずとみ》と命名された。実父・内藤歳由《かずよし》の一字を取ったのである。師の霞舟が、「万歳《まんざい》のような名だなあ」と笑った。正月、ああらめでたや、と歌いながら大夫と才蔵が駄洒落で掛け合いの門付《かどづ》けをする、二人の放つ賀詞に似た名だ、と言うのである。

そして、『書経』の一節の「聖謨《せいぼ》は洋々」から、聖謨と名づけてくれ、以後、こちらを用いた。聖は天子、謨は謀計、天子の謀りごとの意である。

ただし聖謨を「としあきら」と読ませたのは、とっさの機転からだった。幕府に出仕した頃、目付から名に仮名を振って差し出せ、といきなり言われた。泡を食ったが、聖には俊敏の意味があるので敏をトシと読ませ、謀りごとは明《あき》らめる（はっきりさせる）のでアキラと読ませた。たまたま近くに大学頭《だいがくのかみ》の林述斉がいたので、どんなものでしょうかと恐る恐る伺うと、「結構結構」と笑ってうなずいてくれた。それでトシアキラに決めた。

川路は十五歳まで実家で暮らした。川路家を相続したが、光房くら夫妻の暗黙の了解で、内藤家と往ったり来たりした。そんな関係から、養母の寝顔をまともに拝んだことがない。川路は感無量の思いで、熟視した。

その視線を察したように、突然くらが眼を開けた。川路の顔を捉えると、微笑した。

「カズ。ありがとう」とはっきり言った。

そして明け方、くらは亡くなった。五十九歳であった。

魔除け

川路聖謨《かわじとしあきら》は養母くらの瞼《まぶた》を撫でるように閉じると、「安らかにお謐《しず》まり下さい」とつぶやいて拝礼した。懐紙《かいし》を取りだすと、一枚の檀紙《だんし》を広げて、静かにくらの面上に置いた。退《しさ》って、平伏し、「長いことお世話になりました。ありがとうございました」と礼を述べた。

それから立ち上がって、くらの寝床の乱れを直し整えた。もう一度、くらの枕元に正座したが、何か忘れているような気がした。

腰に手をやって、心づいた。川路は夜着に着替えていない。ゆうべ、きのと看護を交代するまで、裃《かみしも》こそ脱いだが、袴《はかま》をつけたままである。本を読んでいた。つまり、一睡もしていない。腰に小刀を帯びている。

その小刀を外した。そのまま、くらの胸の上に斜めに置いた。魔除けである。

部屋の隅の屏風《びょうぶ》に目をやった。二つ折のそれを音を立てないように、くらの枕元に運んできた。さかさまに立てた。

異変を感じて、きのが起きてきた。逆さ屏風を見て、悲鳴を発した。

「旦那さま！」とびこんできた。

「穏やかに逝《ゆ》かれたよ」静かに告げた。

くらの檀紙をめくって見せた。きのが泣きだした。

「お別れがすんだら頼まれておくれ。家来《けらい》たちを呼んでほしい。それから台所の者で手が空いている男衆に、葬儀屋に使いをしてほしい。お前が帰るまで私が仏についている。騒ぎたてるな。くれぐれもあわてずに用を果たせ」

きのがうなずいた。

「奥様は?」

「私が伝える」

「ご家来衆を呼ぶ。男衆に使いを頼む。あわてずに進める」きのが復誦しつつ立ち上がった。

雨戸を一枚開け、庭の方から台所に向かうつもりである。夜が明けたばかりで、この時間、働いているのは水仕《みずし》奉公人だけである。

しばらくして家来たちが隠居所に駆けつけてきた。川路は彼らに仏の伽《とぎ》を任せて、母屋《おもや》のさとの寝所に入った。風邪でふせっているはずのさとは、起き上がって着替えの最中である。

「加減はよいのか?」

「はい」

家来の異常を察してめざめたのである。

川路は手短かに説明した。さとが無言で合掌をした。

「お苦しみにならず、眠りながら逝《ゆ》かれた」

「お義母《はは》上のご人徳でございます」

「しかし急なことであった」

「あなた、ここで仮眠をおとりになって下さい。あとは私が」

「市三郎の具合は？」

「まだ熱が。若狭も妙も思わしくありません。二人は休ませておきましょう」

「私のなりはこれでいいか？」

「あなたは喪主《もしゅ》ですから特別の装束《しょうぞく》が。ひと眠りして下さい。その間にご用意します。今夜が通夜になりますから、休んでおかないといけません」

「そうしよう」

気が張っているせいで眠くはないが、さとの言うように通夜は夜っぴて起きていることになるから、今のうちに体を労わっておくに越したことはない。

「お前は本当に大丈夫なのか？」

「この通り、すっくと起きられましたから」

「無理することになる」

「お見送りしたいのです」

「お義父上《ちち》が嘆かれることだろう」

光房《みつふさ》は永原村の百姓直三を訪ねていた。くらの死は急使《きゅうし》を以て告げた。早駕籠《かご》を仕立てて帰ってくるだろう。

川路は次の間に寝床を作らせ、横になった。布団に入ったとたん、寒気を覚えた。かなり冷えている。今まで全く気づかなかった。やはり正気でなかったようだ。じんじんと耳鳴りがする。頭の中が煮えたぎっている。たぎっている音が耳について離れない。

しかし、いつの間にか熟睡していたようだ。すっきりした心持ちで起き上がると、さとが乱れ箱を手にして、「おめざになりましたか」と入ってきた。箱からまず白い長襦袢と着物をつまみ上げると、川路の寝巻を脱がせ、背後から着せた。帯も袴も白である。家紋入りの白い裃を着ける。

「義父君は帰られたか？」

「あなたがお休みになられてから半時《はんとき》ほどで戻られました」

「驚かれたことであろう」

「気丈にふるまわれておりました」

「そりゃ取り乱すまいよ」

「お酒を召し上がられております」

「感情を殺しておられるのだろう。私もつきあおう。どんどん運んでくれ」

「あなた、お腰の物は？」

さとが床の間の刀架《とうか》に、脇差《わきざし》が無いのを指摘した。

「仏の胸に抱かせた。魔除けに」

「取って参ります」

「構わぬ。代わりはある」

「白柄《しらつか》のものはございますか？」

白い鮫皮《さめがわ》をかけた柄である。

「いや。無い。悪《わる》めだちするのは嫌いだ」昔、江戸に白柄組という無頼の旗本集団があった。

刀の柄を白くして誇示するのは、伊達者《だてもの》のやることといわれていた。

「白布を巻きます」

川路は刀箱から愛用の脇差を選び、さとに渡した。

「あなたもいらっしゃいませんか。白足袋が私の部屋にあります」と隣の部屋に誘った。

さとの部屋では、二人の腰元と家臣俊蔵の妻そめが、仏に着せる経帷子《きょうかたびら》を縫っていた。三人で布を引っぱりあいながら、黙々と針を運んでいる。糸尻を結ばないで縫うのが、死者を弔う作法である。部屋の隅では、そめの娘のお栄が、葬いにかぶる三角の白頭巾を、ていねいに折り畳んでいる。そめたちが晒《さら》しを切って、あわただしく縫ったものである。

その晒しの残り布を、さとは川路の差料（刀）の柄に、手早く巻いた。

「お栄は生まれて初めて見る物ばかりだろう」川路は四歳の女児に話しかけた。

「どうだ、奇妙な物か？」

うなずいた。いつものように変わったことを言わない。子どもなりに、むだ口をきいてはいけない空気を感じているようだ。泣きだしそうなので、川路はそれ以上話しかけるのをよした。

「隠居所に行く」さとに告げた。女たちがいっせいに無言で頭を下げた。

光房は俊蔵ら家臣四、五人を相手に酒を酌んでいた。川路が悔みを述べると、

「世話になった。急なことで、大変だったろう」と逆に息子を労った。

「まあ、呑め」と盃を差しだした。「くらは何よりこれが大好物じゃった。これはくらの思い差《ざ》しだ。受けてくれ」

「ありがたく」

注《つ》がれた盃を次の間の奥に設《しつら》えられた祭壇に、会釈するように掲げた。仕切りの襖《ふすま》は全部払われている。川路は、ゆっくりと味わうように干した。光房が二杯目を注いだ。

「あっけないものよのう」しみじみ述懐した。

「昨日の朝、出がけにくらとこんな会話を交《か》わした。『のっこみが呼んでいるのですね』くらが言う。『何が呼んでいるって？』『のっこみですよ』『のっこみって何のことだ？』『あらいやだ。あなたに聞いたことですよ』『どういう意味かわからぬ』『直三に用があるのでなく、あなたの真の目的は釣りでしょ？』『なんだ、乗っ込み鮒《ぶな》のことか』『のっこみと前に伺いました。違うのですか』『乗っ込み鮒はね、春先の鮒だ。深い所から産卵のため浅い所に出てくる。そこを狙《ねら》う。今は寒《かん》鮒』『釣りに行くのではないのですか？』『違う。カズに頼まれた用事だ』」

光房が絶句した。ややあって、

「他愛のない話をして、『じゃ乗っ込んでくる』と軽口叩《たた》いて、『乗っ込んでいらっしゃい』それがくらの声を聞いた最後だ。何とまあ、あっけない。『じゃ乗っ込んでくる』『乗っ込んでいらっしゃい』」

川路は居たたまれなくなった。光房に盃を返し、一杯注ぐと、

「義母上に香をたむけてまいります」と立った。俊蔵がついてきた。

葬儀屋がすっかり整えてくれていた。気になっていたくらの顔の覆《おお》いは、檀紙でなくまっさらの白布に変えられていた。川路はホッとした。

視線を胸元に移して、緊張した。刀が異なっている。川路の脇差ではない。白《しら》ざやの短刀。

川路は背後の俊蔵に小声で話しかけた。

「葬儀屋は、いつ、引き揚げた？」

「先ほどです。また来ると申していました」

「魔除けの刀を取り換えたようだが？」

「はっ？」

俊蔵が川路の傍らに進み出た。

「どういうことでしょうか？」

川路はわけを話した。

「葬儀屋に行って確かめてまいります」

すぐに出て行った。入れかわりに、下條有之助《ありのすけ》が来て、光房に挨拶している。ひと通り悼辞《とうじ》を述べると、川路のそばに来て、同じような言葉を口ごもりながら述べた。川路は無言でうなずいた。

下條は仏前にぬかづき香をささげると、低い声で、

「のちほど妻を寄こします」

「妻？」

「あの、きのです」

「ああ、きのか。変わりはないか？」

「元気です」

「うまく行っているか」

「はい」

「養母が心配していた。安心しているだろう」

「恐れ入ります」

下條が、ぽっと頬を染めた。真顔になると、ささやいた。

「こんな所で何ですが、捕物は首尾よく果たしました」

師走油

白無垢《しろむく》衣装のさとが、腰元二人を従えて隠居所に来た。腰元にそれぞれ盤台を抱えさせている。一方の盤台には、ゆかりをまぶしたお握りが、他方には塩漬の青紫蘇でくるんだお握りがぎっしりと載っている。

さとは小型の重箱を手にしていた。重箱には赤と青のお握りが一つずつ入っている。これは義母の仏前に供えるのである。大葉の芳香を生かしたお握りは、義母くらの好物であった。

義父の光房は、もうかなり出来あがっている。今にも酔いつぶれそうだ。しかしお握りの山を見ると、にわかに眼を輝かせて喜んだ。すっかり空腹を忘れていたのである。

きのが座を取り持っていた。光房の相手をしていた侍たちが、きのが差し出す盤台に手を伸ばした。

さとが次の間に入ると、向こうの隅で密談していた川路聖謨と下條有之助が振り返った。さとはくらの枕頭の経机に重箱を手向け、線香を点じた。瞑目し、合掌する。

「や、おられましたか?」戸外で用人の間笠《まがさ》平八の声がした。

「足音が聞こえたので俊蔵かと思った」川路の声である。

二人は濡れ縁で話している。

「俊蔵が何か？」

「葬儀屋に使いを頼んだ」

「もしや、これではありませんか？」

平八が小刀を差しだした。

「おお、それそれ」

「私が預かっておりました」

川路の差料《さしりょう》（刀）である。

「よかった。探していた」

「ご心配をおかけしました」

平八が座敷に上がった。

「ご葬儀の段取りを考えておりました。葬儀屋と打ち合わせたあと、忌門《いみ》（不浄門）の下調べをしていたのです。何しろ初めてのことで、勝手がわからないものですから」

「江戸と風習が異なるだろう？」

「大体は同じですが、細かいところで違います。四十九日の中陰《ちゅういん》には、四十九の餅と団子をこしらえます」

「ほう。団子のみでなく餅も？」

「餅は小判のように平べったくし、これに丸い団子をのせるそうです。法要の席で食べるとのことです」

「誰がこしらえるのかね」

「まもなく町の衆が参ります。葬儀の手伝いに。野辺送りの道具や飾りを作ってくれます。炊き出しや料理一切をやってくれます。町代が指揮を執《と》ってくれます」

弔問客が次々と訪れた。直三や、まむし捕《と》りの良七も来た。有之助の妻も来た。

光房は酔いつぶれて、三時間ばかり仮眠をとった。市三郎と妙と若狭は風邪が抜け切らなかったが、身仕舞いをして、仏に挨拶に来た。大事をとって、川路は夜伽《よとぎ》をさせなかった。弔問客が絶えると、侍たちを引き取らせた。接待で奮闘したきのを休ませた。

隠居所は川路夫婦と光房の三人だけになった。三人で通夜をする。光房の希望であった。

「どうだ、飲み明かさんか」光房が箱火鉢の炭火を掻《か》き起こした。ちろり（酒を温める銅の容器）を五徳（炭火に渡す鉄の脚）に載せた。

「お相伴しましょう」川路が応じた。「ひとまず新しい風を入れましょう」さとが立って、雨戸を一枚開いた。痛いような冷気が、喚声を上げるように勢いよく、室内に流れ込む。火鉢の炭火がパチパチと勇み立つ。さとがあわてて戸を立てる。

「お通夜は火事が多いと申します。気をつけませんと……」

「皆、上の空だからね」川路が応じた。

「師走油、という言葉を知ってるかね？」光房が訊いた。

「私は初耳です」川路とさとが同時に答えた。

「そうだろうなあ。わしらが若い時分に流行った言葉だ」

「どんな油ですか？」さとが反問する。

「くらと所帯を張った年の師走だったか、わしが行灯《あんどん》の掃除をしていて、火皿の油をこぼしてしまった」

「お義父《とう》さまが行灯掃除を？」さとが含み笑いをした。

「結婚したばかりだからね。誰だって嫁のご機嫌を取るだろう。カズもそうじゃなかったかい？」

ちろりに銚子を沈めたさとに確かめる。さとが照れ笑いで答える。

「くらが血相を変えてね。早く庭に下りろと命じる」

「強かったんですね」川路が笑う。

「わしが弱かったんだよ。早く早くと追いたてる。くらの剣幕が並じゃない。わしはあわてて庭に飛びだした。足袋はだしでだよ」

「まさか衣に火が付いたわけじゃないですよね」

「くらが濡れ縁の端に置いてあった水桶をわしの足元に掛けた」

「えっ。火だったんですか？　危い」

「違う違う」光房が右手を横に払う。

「師走に油をこぼすと、火にたたられるという言い伝えがあったのだ。たたりを斥《しりぞ》けるには、こぼした者に水をあびせる習俗だった」

「本当ですか？」さとが目をみはる。

「遠い遠い時代の言い伝えだ。本当だ。いやあ、冷たかったなあ。昨日のように足の冷えを思いだすよ。濡れた足袋を脱ぎながら涙が出て、くらと一緒に大笑いさ」

「いいですねえ」川路は感動した。「お二人の様子が目に見えるようです」

「そんな時もあったのさ」

ふいに、光房が、油紙を揉むような声を発し、泣きだした。

「くらがなあ、そんなくらが死んでしまった」

川路夫婦は、目を逸《そ》らした。

「あっけないものよ。人間て、まるで糸切り鋏で糸を裁《た》つように、何の前触れもなしに死んでしまうんだ。昨日の朝、直三宅に行くわしに、乗っ込んでいらっしゃい、と当たり前のように言った」

光房が前の話を繰り返した。つい先ほどまで、弔問客の一人一人に披露していた、くらの最期の言動である。光房は自分を得心させるために、持ち出しているのかも知れなかった。川路夫婦は黙ってうなずくのみだった。

やがて、突然のように、光房は泣きやみ、

「醜態を見せたな」静かに、普通に言った。

「おさと、そこのお握りを一つくれ」

「冷えきっております」

「構わん。湯漬で食べる。腹が空いた」

「こしらえましょう」

火鉢の灰に埋《い》けた銅壺(湯わかし)を取った。茶碗にゆかり握りを入れ、ちょいと思案し、隣にあった大葉握りの大葉のみを外して、それを碗にかぶせ、湯をそそいだ。良い香りが立った。

「腹の虫だけでなく酒のぬしが騒ぎだしたぞ。まあ、一杯いこう」と光房が川路に盃を突きつけた。

「ちょうだいします」一気にのんで返した。

「まあ、聞いてくれ」

光房が声をひそめた。

「別室で仮眠をとった時、つくづく考えたんだが、例の奉行所の持ち山の一件さ。直三や良七の手を借りて、いろいろ調べたのだが、どうもはかばかしくない」

「申しわけございません」

「いやさ、こちらが買って出た仕事だ。お前のせいではない。探れば探るほど、怪しい話がぞろぞろ出てくる」

奈良奉行所の財産目録に、およそ二十五万坪の山林があった。与力同心たちの薪山として使っているが、大部分は宝の持ち腐れになっている。これを有効に利用したいと考え、川路は江戸の御林奉行にお伺いを立てた。

御林奉行から闕所物奉行《けっしょもの》（罪人から没収した資産を売却処分する役人）に話が行き、そこから大目付に上げられた。闕所物奉行は大目付に属するのである。大目付は諸大名の動静を監視し、役人の不正を摘発する。大目付を動かすのは老中である。

京都所司代から川路に注進があった。山林売却計画は考えなおせ、という告諭である。明らかに大目付の差し金である。奉行所の持ち山には、何かがある。大目付があわてて老中に注進するほどの、決しておおやけにできない後ろ暗いことが秘められている。

川路は、かつての仙石事件を思いだした。発端は江戸の町の片隅で起こった、虚無僧一人の捕物だった。町奉行と寺社奉行の対立から、大名のお家騒動が暴露され、調べが進むにつれ、老中首座の関与が明るみに出た。

仙石事件の審理は、指揮を執《と》ったのは寺社奉行の脇坂淡路守だが、実際に働いたのは吟味物調《しらべ》役の川路といってよい。

その褒賞《ほうしょう》で勘定吟味役に抜擢され、布衣《ほい》となった。三十五歳の時である。

あの時の愉快が忘れられぬ。川路は三十五歳時の情熱を燃やした。

光房が面白がり、内偵を買って出た。もとより表だって調べる仕事ではない。隠居の養父なら怪しまれないし、差し障りがない。川路は喜び、重宝がった。

「まむし捕りの良七は、もともと薬草採りがなりわいだ。あちこちの野山を歩き回っている」

光房が語った。

「奉行所の持ち山にも薬草を栽培していた痕跡があった。薬草だけじゃない、毒草も同時に栽培していた」

「市郎兵衛殺し、ですね?」

「そう、毒うつぎ」市郎兵衛殺しは、この毒草の別名である。

さとが湯漬を勧めた。折角の虫押えが冷めてしまう。光房がうなずいた。

「調べたら何代か前の奉行が栽培していたらしい。金のために。つまり、ほまちだ」

冷えてきたな、そうつぶやいて、光房が湯漬をかっこんだ。

人参

夜も更けてきた。しんしんと冷えてきた。さとが夫と光房に丹前(江戸でいうどてらである)を勧めた。二人は頭からかぶって、酒を汲んでいる。

さとが箱火鉢に炭を足した。つぎ足すたび、忘れないで雨戸を細目に開けて換気をした。終わるとさとも丹前を羽織り、酒の燗をした。

「古根村の毒草一件だが」光房が話を続けた。

「蝮《まむし》採《と》り良七の調べによれば、昔、山の一角でひそかに薬草を栽培していた時期があったらしい。良七の生まれる前のことだというから、昔も昔だ」

「奉行がほまちに、ですか?」

ほまちとは、元々は主人に内緒で家族や使用人が開墾した田畑を称した。そこからあがる実入りを溜め込む。つまり、へそくりである。使用人には役得である。

「奉行というより奉行所だろう。奉行所ぐるみで、ほまちを稼いでいたのさ」

「なるほど、それじゃ記録にないわけですね」

「記録に残すはずがない」

「なのになぜ京都所司代が差止めてきたのでしょう」

「ほまちの余禄に預かっていたからだろうよ。所司代に命令を下した大目付も、余禄の口かも知れない。大目付がそうなら老中もだろう」

「それほど大仕掛のほまちとなると、大きな金が動いたということですね」

「それはどうかな。わしの考えでは大した金づるとも思えない」

「なぜですか？」

「秘密で薬草栽培は限りがある。莫大な金を生むほどの量を作れるわけがない。また稀少だから高額なのであって、大量だと値はつくまい」

「奉行所ぐるみのほまち、ですか？」

「秘密がもれないわけさ」

何代か前の奉行に、不埒《ふらち》な者がいたという話は聞いている。息子がやくざで、父子して公務をほったらかし、遊び歩いていた奉行もいたらしい。奉行がでたらめなら、与力同心以下、すべてが同じ色に染まる。川路が奈良奉行に赴任した当時、歴史あるこの花のみやこが、見るかげもなく荒《すた》れてくすんでいたのを思いだした。

川路は左遷されて奈良に来た、と思いこんでいるが、もしかすると、そうでなく奉行所の長年の悪しき淀みを浄化してほしいとの願いあって送り込まれたのかも知れないのである。

「しかし」川路は首をかしげた。「薬草如きで、こんなに厳重に隠すものでしょうか」

「わしも、そう思った。これはあくまで臆測に過ぎないが、薬草園をこしらえる途中で、何らかの事故が起きたのであるまいか。考えられる一つは、薬草のつもりで毒草を売ってしまったこと」

「毒草を?」

「薬草の判別はむずかしい。何者が園の管理を荷《にな》っていたのかはわからぬが、見回り役は奉行所役人だろう。しろうとの癖して、知ったかぶりで草の選別をしたかも知れぬ」

いつぞや水仙の茎を行者葫《にんにく》と間違えて食べ、中毒死した事件があった。

そういえば数年前、京終《きょうばて》地方町の生薬《きぐすり》屋が、薬草と毒草の見分けが正確にできるまで年期がかかる、と述懐していたことがあった。

そうだ、今度、あの生薬屋にそれとなく古根村の昔話を聞いてみよう。商売柄(といっても何代も昔のことだが)何らかのうわさを小耳に挟んでいるに違いない。

「薬草で思わぬ事故が起こったために、奉行所は栽培を一切やめた。そういうことでないかな」光房が言った。

「お前の熱意に水をさすようだが、悪いことは言わない、この一件から手を引いた方が良くはないかな。暴《あば》くとまずいし、真相が知れたところでどうしようもない。かかわった者は皆あの世だ。死者を告発しても誰も喜ばない」

「確かに」川路はうなずいた。

「悪いことをした者はいないけど、その子孫はいる。お前の部下のすべてが、そうだ」

与力同心は世襲制である。

「お前は恨まれるだけだ。手柄にもならない」

「腑に落ちないことがあります」川路は光房を見た。

「奈良奉行所の恥ということはわかります。隠す意味も理解できます。しかし所司代、いや大目付が敏感に反応するほどの秘密とは何でしょう。それが知りたいのです。告発するつもりはありません。私だけが知りたい。仕事の上で参考になるのではないかと。第一、所司代や大目付に目をつぶってもらうための鼻薬をきかせてまで、実入りのよい薬草って、一体何なのでしょう」

光房がニヤリ、と口角を上げた。

「わからないか?」

「見当がつきません」

「わしは、うすうす察した。たぶん、これであるまいかと目星をつけた」

「何でしょう？」

さとが制止した。

戸外で何者か笑う声がした。三人は、いっせいに口を閉じ、耳をすませた。さとが音を殺して立ち上がり、雨戸にすり寄った。胸に手を当てて、外の気配を窺《うかが》っている。

この夏、こんなことがあった。夜ふけに庭の方で足音がした、とさとが川路を起こした。川路が床の間の刀架《とうか》に走った時には、さとは雨戸を開いて庭の様子を見ていた。ふだんは弱々しく虫も潰せぬ物腰の女だが、いざという時には、驚くばかり気丈な姿を見せる。結婚前、姫を守る奥勤めを二十年もしていた。大抵のことには驚かなかった。

江戸から奈良に赴任する途中、箱根の関所を越える。「入り鉄砲に出女」で、江戸から他郷に出る女は、男よりも厳重に改役《あらためやく》に調べられる。

改役は老練な女で、特にみやびなたたずまいの人妻は念入りに改めた。髪をといて調べるのである。普通の女は改役に銭二百文を握らせた。いわゆる袖の下である。十分の女は、それより多めの鳥目《ちょうもく》をおひねりにして渡す。

さとの場合は改役が髪に手をのばすどころか、何かに打たれたように凝然《ぎょうぜん》と立ちつくし、さとが軽く会釈《えしゃく》すると、あわてて地べたに平伏した。この光景は道中の語り草になった。

「風ですね」さとが座に戻った。

「風が出たようです」

ヒュー、と忍び泣くような音がする。

「さきほどの続きですが」川路が光房をうながした。

「何だっけ？」

「薬草の正体です」

「そうだった。これはあくまでわしの推測にすぎんが、金になる薬草といえば、御種人参《おたねにんじん》しかあるまい」

俗にいう朝鮮人参である。八代将軍・徳川吉宗が種子を大名に与え栽培させた。根を喜ぶのだが、育てるのはむずかしい。収穫まで五、六年かかる。日光と雨は大の禁物で、小屋掛けして見守る。大抵、二、三年で根腐れさせてしまう。むろん禁制の薬草である。

「なるほど」川路が深くうなずいた。「御種人参ですか」

万能薬といわれているが、特に精力増進に効くと珍重される。

「さてこそ大目付や所司代が簡単になびくわけです」

「価値というなら金の比ではあるまい」

「お金以上でしょう」

「功なり名をとげた者の最後の望みは、長寿と精力だという。つまりは一本の御種人参。これを手に入れれば本望だというわけさ」

「人参に目をつけた奉行がいたのですね」

「そりゃ仕事柄、儲けの種を拾うのはお手のものだろうさ。もしかしたら人参の密売者を裁いた奉行が、発案者かも知れん」

「むしろ栽培者かもわからないですね」

ありうる。そうだとすると捕えられた栽培者は、御種を没収された上、死によって罪ほろぼしをさせられたかも。つまり、ご禁制栽培は無かったことになり、貴重な種子のみ奉行所に残された。

奉行所ぐるみで、秘密栽培が始まった。万が一の発覚を恐れて、表向き薬草園の体裁を取ったに違いない。

「この辺でお積もりにしよう」

光房が盃を盆に伏せた。

「こんなことを言うのは何だが、死んだくらがわしの口を通じて頼んでいると取ってくれ。カズ、古根村一件は、これをもって落着としないか」

「わかりました」川路は姿勢を正した。「以後、一切触れないことにします」

「その方がいい。義を明らかにするのも、時と場合による。明白にしない方が良いこともあるさ。大人の分別といったらいいだろう」

いつのまにか、戸外の風は止んでいた。

「お前たちは母屋に引き揚げて仮眠をとってくれ。ここはわしだけでよい」

「しかし不用心ですから、私は残ります」川路は酔いが回ったらしい養父を気づかった。

「いや、わしはくらに話がある。二人きりで語ることがある」

「お言葉に甘えましょう」さとが川路をうながした。

「そうしてくれ。考えてみると、わしら夫婦は長い年月、たくさんの会話をしてきたつもりだったが、何一つ肝腎な話はしていなかったことに気がついた。これから明け方まで、心置きなく、腹を割って、しみじみと話したい。くらもそう願っているようだ」

川路夫妻は母屋に戻った。

床に入ったが、眠れなかった。川路は死んだ長男、弥吉のことを思い浮かべた。弥吉は二十一歳で急逝した。頭も良く、穏やかな性格で、上の者の引きも悪くなかった。江戸からの弔報を得た時、川路は所司代の命令で、罪人の公開処刑を執行させられた。あの時の動揺を思いだした。

泣き桜

ながいこと感冒に冒《おか》され臥せっていた、与力の羽田健左衛門が、ようやく床払いをしたというので、川路聖謨は寸暇を見つけて祝いに駆けつけた。

与力屋敷は奉行所の表門の前にある。北と南の門の内側に位置する。羽田の屋敷は南門を入って二つ目である。奉行所は堀で囲まれているが、与力屋敷は堀の外にある。堀と与力屋敷の間は土塀がめぐらされ、土塀と屋敷の間の道は、幅五間二尺（約十メートル）ある。

奉行所に用ある者は南北どちらかの門で（どちらにも門番部屋がある）、門番に用件を告げてくぐる。南門から入ると、与力屋敷と土塀の間を約三十間（約五十メートル）ほど進むと表門で、広場の右側に馬立《うまたて》（馬つなぎ）と火消道具置場と公事人《くじにん》控え所がある。正面に番所がある。長屋門を通って奉行所敷地に入るのである。

川路は駕籠《かご》で羽田屋敷に赴いた。お忍びであるから、供は二人にした。役所を出るといっても、目と鼻の先の与力邸であり、奉行所敷地内と言ってよい。不届き者の公事人さえいなければ、襲われる恐れはない。しかし、その公事を扱う責任者であるから、油断は禁物だし、与力同心たちが承知しない。川路の本音は、供を連れず、身ひとつで、気楽に羽田を見舞いたかったのである。

予告なしに奉行が訪れたものだから、羽田は大いに恐縮していた。

「いや、元気になられて重畳《ちょうじょう》、こうしてお姿をうかがって安心した」

「ご心配をおかけしました。明日から出勤いたします」

「無理をしない方がよい。ゆっくり休め」

羽田は書類を広げていた。

「何だ、仕事が気になるのか。苦労性だな、あんたは」

川路は机の書類を一瞥《いちべつ》した。桜の文字が目に入った。

羽田は桜の植樹の面倒を見ていた。川路が奈良に赴任して三年目から始めた、奈良を桜の都にしよう運動の「裏方」である。

子どもが生まれたら、記念に桜の苗木を一本購入し、佐保川の両岸に植える。苗木には子どもの名をつける。苗木の管理は、植木組合がうけおう。管理料は子どもの親が負担する。料金は誰もが喜んで支払える額である。

ただし管理料は、苗木の成長につれ少しずつ上がっていく。成木になるまでである。手がからなくなると、肥料代のみの徴収となる。

桜運動が始まって、まだ二年、佐保川堤は奉行所の近くがようやく苗木で埋まった程度である。

運営は町の衆に任せている。町代《ちょうだい》からは、これでは桜の都になるまで何年かかるかわかりません、町の有力者からは大口寄付の話もあります、いっそそれを受けて一気に進めてはいかがか、と川路に提言があった。

川路は急いで運ぶ必要はない、と答えた。

町の人たちが参加することに意義があるのだ、金持ちが独占し、おのが名を誇示する事業にはしたくない、はっきり断った。

「これは桜の品種目録であります」

羽田が川路の手元に書類を差しだした。

「いえ、私が作ったものではありません。苗木組合に作らせたものです」

「ほう？　綿密なものだな」

名称「旗桜」　樹姿「直立」　木肌色「暗褐色」　若芽色「茶」　花色「淡紅」　弁数「五枚」（二枚紅の小弁あり）　花径（花の大きさ）一寸三分　花梗「七分」　花梗毛「無」　果実「有」

「そこは商売人ですから、実に見事に観察しております」羽田が称えた。

「確かに。結構、種類もあるね」

大島桜。渦桜。寒緋桜。長州緋桜。真桜。薄色寒桜……

「ほう。嵐山という名もある」

「植木職の間で呼ばれているものらしいです」

「なるほど。明月。天の川。高砂。朱雀……」

「名称からどんな桜か見当もつきませんね」

「名の付いている桜は、特殊だろう。値も高く、町の者にはそれこそ高値の花ではないかな。これは何の参考にするつもりで取り寄せた目録かね？」

「いや、全く私個人の趣味で業者に頼んだのです」

「研究？」

「とんでもない。亡妻のためにと思い立ちまして」

「知らなかった。いつ？」

「いやいや、もう十年も前です」

川路は姿勢を正して悔みを述べた。

「ぶしつけだが、お子さまは？」

「十三になる男児が一人。私は晩婚でしたので」

「男手で育てるのは苦労だったろう」

「姉が母の代わりをつとめてくれました」

その姉者びとが腰元を従えて挨拶に来た。弟と異なり大変厳しい表情の、頑固そうな女性である。おそらく弟は日頃何かにつけやりこめられ、姉に頭が上がらないようだった。

姉者びとが下がると、羽田が浮きあがったように口が軽くなった。

「昨年、桜を植えた婦人がおりまして、愛児を亡くした婦人なのですが」

「え、ああ」川路が急いでうなずいた。羽田の亡妻のことかと思ったのである。

「佐保川に植えた苗に毎日水をやりに通ってくるのだそうです」

「嬉しかったのだな」

「そうだと思いますが、水を注ぎすぎて苗を枯らしてしまうのだそうです」

「根腐れだな」

「四度も苗を植え替えたというのです。植木屋が注意するのですが、やめない」

「わけがあるのだな」

「水が呑みたいのに、のどがけいれんして呑めない。子どもはそれで亡くなったと」

「狂犬病か」

別名、恐水病ともいう。水を怖がっているように、はた目に見えるのである。

「子どもの名を称えながら、朝から晩まで苗に水をやると」

「かわいそうに」

「植木屋が訴えるのです。苗を植え替える身にもなってほしいと。損とか金の問題ではない。植木屋にとって苗木の一本一本が子どもだ。丈夫に育つように祈りを込めて植えている。婦人の子を思う心と同じだ。だからこそ枯れた苗木を見るのは悲しい。耐えられない、と。どうしたものでしょう?」

「何とか言い聞かせるより仕方あるまい」

「婦人の桜ばかりでなく、隣の桜までとばっちりを食って萎《しお》れてしまうのだそうです」

「それを説得の種にするしかないだろう」

「佐保川の泣き桜、と評判です」

「泣き桜、か」

川路は口には出さなかったが、これで桜の存在が知れわたり、植栽運動が注目されるだろうとほくそえんだ。しかし婦人の所行は、いたわしい。何かの形で慰めねばなるまい。

「あの」羽田が川路を見た。

「御用があったのではありませんか?」

「いや」目をそらした。

「ご機嫌伺いだ。安心した。用はすんだ」

立ち上がった。

実は、別の用があったのである。でも、先ほど姉者びとと対面し、羽田に切りだしても恐らくこちらが願うようないい返事はもらえないだろう、とそんな感触を得た。

羽田家は代々与力を務めている。不名誉な事は一切起こさず、お役をきちんと果たしている証左である。姉者びとの毅然とした物腰からも、名門の家風と気性を窺える。ここは養父の言いつけを守った方がよさそうだ。

その日、川路は役所から下がると、江戸の母に長い手紙を認めた。書き終わった時、さとがきのを従えて部屋に入ってきた。

「きのか。体の方はもう良いのか」川路は筆を洗いながら声をかけた。

「旦那さま、いくらお人よしのおらでも、いつまでも風邪とつきあっていねえス」

「きっぱりと別れたか」

「みくだり判を突いてやりやした」

「みくだり判か。なるほど」

三行半《みくだりはん》のことである。夫が妻に書く簡単な文面の離縁状。きのは印判のことと思っている。

「きのがお餅をついて持ってきてくれたのです」さとが説明した。

「そうか。ありがとう。まもなく正月だな」

「だども、これをご隠居さまに差し上げてよいかどうか」

「きのは喪中を心配しているのです」さとが執《と》りなした。

「構わない。そんなことを気にする養父上《ちち》ではない。かえって喜ぶよ。どれ、一緒に行ってやろう。私も用事がある」

「いがったア」きのが手を打って喜んだ。

「おら、香煎のことがあって、申しわけなくて、おわびのつもりで餅をついてきたんだけど、さて何と言って差し上げたらよいか迷ってしまって」

「庭の方から隠居所にまわろう。その方が早い」川路が縁側に出た。庭下駄をつっかけ、きのにも女物の下駄を勧めた。

「ちょいと寄り道して行こう」先に立った。

池の端に出る。桜の若木の前で立ちどまった。さとの背丈ほどだった若木は、今や川路の頭を超す。氷室神社からわけてもらったしだれ桜である。弥吉桜と川路が命名した。元気よく育っている。来春には花をつけるのではあるまいか。川路はしげしげと眺めた。

「これ桜だべ?」きのが聞いた。「何という桜かね?」

「泣き桜」ポツン、と答えた。

露使応接掛

ひとまず、物語を終わる。

唐突な告知に、読者はとまどわれたかも知れない。もとより、計算ずくの構成である。途中で小説が完了する。そのつもりで筆を運んできた。

予定通り、物語は完結した。

以後は、主人公・川路聖謨《としあきら》の実像である。物語でなく、実録である。読者はいったん小説の川路聖謨から離れていただきたい。

奈良奉行・川路の、それからの人生を、ざっと、駆け足でお話する。作り事でない、年月である。

一八五一（嘉永四）年五月、川路は出府命令を受けた。いわゆる御用召《めし》で、官職任命のための召し出しである。奈良奉行を務めること五年二カ月、きわめて長い在任となった。川路はこれを一種の懲罰処遇と捉えていた。天保の改革を断行し失脚した老中・水野忠邦の一派と、目されていたからである。奈良行は左遷であり、主流はずしであった。

ようやく戒めがとけた。川路はそのように受け取った。

役替えが伝わると、奈良の人たちは別れを惜しんだ。各町内から餞別の品が届けられたが、川路は熨斗《のし》紙だけありがたく受け取り、品物はすべて返した。

六月十日に奈良を離れた。川路と市三郎と家臣の大半が先発した。さとと養父は残務整理をする家臣とゆっくり後を追う段取である。奈良の町の沿道は見送りの人波でごったがえした。川路は駕籠に乗らず、駕籠脇について木津川の渡しまで歩いた。町民の挨拶に目礼で応えた。川路が通ると、人々がいっせいに泣きだした。泣き声が町内送りになった。渡し場で川路は目に入った異物を除く振りして、涙を拭った。

その日は京都に宿を取った。翌日、二条城に登城し、京都所司代に帰府の挨拶をすませると、その足で京都町奉行を訪ね、五年間の交誼の礼を述べ、茶を一杯いただくや、ただちに江戸に向かった。道中ほとんど歩いたという。あまりの速足に駕籠かきが仰天した。けしからぬ殿様もいたものだ、と仲間で語りあっていたという。

わずか十三日で江戸に到着、飯田町もちの木坂上の屋敷に入った。久しぶりに実母と対面し、無事を喜びあった。

六月二十四日、大坂町奉行に任ぜられた。ただちに奈良のさとあて知らせを発した。出発をみあわせ、待機せよとの指示である。翌々日、大坂近在に宿をとるように追って書きを出した。

言わないでもさとはわかっているであろうが、念のため、質素な宿を選ぶように、と注意をした。

大坂町奉行は、遠国奉行の中で格が高い。ぜいたくな宿をとると、格式自慢をしているように受け取られる。むしろ奈良奉行時代よりも、背をかがめて生きていかねばならぬ。

もっとも七月の末に、大坂町奉行の一人（大坂は江戸同様、奉行が二人制で、一カ月交代で実務をこなす。月番でない方は、奉行所の門を閉じ事務に専念する）が役替えで移動したため、東町奉行所役宅が空いた。さとは養父と一緒に、役宅に入った。川路を待ちながら、住居の化粧直しをした。

十月十八日に川路は大坂に着いた。市三郎は江戸に置いてきた。養子縁組の話が来ていたし、実母の健康（中風の発作を起こした）も案じられるので、介添役に残したのである。

川路の大坂町奉行時代は、短い。一年もたたずに、江戸に召還された。従って大坂での実績は、これといって挙げるものは無い。

川路の新しい役目は、勘定奉行であった。むろん、大のつく栄転である。

川路は五十二歳である。勘定奉行は勝手方《かってがた》と公事方《くじかた》に分かれる。勝手方は財政を担当し、公事方は、代官支配の幕府直轄地（天領）と、旗本所領地の訴訟や裁判を担当する。川路は公事方である。
勘定奉行は寺社奉行、江戸町奉行と共に、三奉行の一つで、寺社奉行は大名でないとなれないから、川路のような御家人の家柄の者にとっては出世の最高峰といってよい。屋敷も四千坪の虎ノ門の公邸を与えられる。更に二百俵の扶持米取りから、五百石の知行取りに格上げになった。川路はもちの木坂の屋敷より実母、養父、さと、市三郎、孫らをつれて公邸に移った。家臣も増員した。

翌年、四隻のアメリカ艦隊が浦賀に現れた。いわゆる黒船である。海軍代将ペリーが大統領の親書を幕府に受け取らせ、来春の再訪までに返事をくれよと約束させた。江戸湾に侵入して、日本側を威嚇すると引き揚げた。幕府は、震撼した。

急ぎ対策を講じることになった。川路は海防掛《がかり》を仰せつかった。関東の海岸巡視を行った。川路の推薦で、韮山《にらやま》代官・江川太郎左衛門が参加した。

江川の献策で、江戸湾に台場《だいば》を建造することになった。大砲を据えつけるための砲台場である。川路は江川と共に、台場普請《ふしん》取調方になった。品川の沖あいを埋め立てて、十一の島を造る。五千人以上の人夫を動員しての大工事だったが、金が続かず、五つの台場を完成させたところで、翌年中断した。

台場工事に大わらわの最中、今度はロシア国使節のプチャーチンが、四隻の軍艦と長崎にやってきた。ペリー同様、わが国に通商条約を結ぶことを要求する。ペリーと異なるのは、ロシアはその上に、千島列島と樺太島《からふとじま》の両国の境を決めようという問題を提示してきた。

プチャーチンとの応接掛に、川路が選ばれた。正使が大目付の筒井肥前守だが、七十七歳の老体のため、川路が補佐役である。補佐ではあるが、事実上、川路が仕切ることになった。

国境画定については、川路は水戸藩主の徳川斉昭に意見を承った。斉昭は昔から川路をひいきした。斉昭は国境問題はにわかに是非をつけられるものでない、両国で時間をかけて調査の上で決するものである、と正論を言い、ロシア人が樺太に上陸している現状を不当と難詰せよ、択捉島《えとろふ》は日本のものと主張せよ、卑屈になってはいけない、相手を大国と思うな、同じこの世の空気を吸う仲間と思えば恐くも何ともない、と述べた。

川路は、交渉に命を賭けると覚悟を表明した。翌日、斉昭の使いで側用人《そばよう》の藤田東湖《とうこ》が、川路邸に来た。藤田とは三十代の頃から友だちつきあいがある。

斉昭手製の道中薬を持参した。川路がうやうやしく薬容器の印籠《いんろう》（葵巴紋《あおいともえ》）を開けると、薬包紙に自筆の和歌が記されていた。

「わが国の千島の果てはえぞ知らぬ　さりとてよそに君はとらすな」

感激した川路は、その場で筆を執り、返歌を認め、藤田に託した。

「たれ（誰）余所《よそ》にとらすべきやは　我国の千島と君が教え仰ぎて」

藤田東湖は翌年十月、いわゆる安政大地震で、母をかばって柱の下敷きとなり圧死した。

川路は嘉永六年秋、長崎に向かって出立した。幕府の代表という立場なので、三百人を越す物々しい行列である。道は中山道をとった。

川路は駕籠を用いず、ほとんど歩いたという。歩く方が疲れないのである。記録では朝五時に宿を発し、夕刻五時頃に宿に入ったとある。休憩が何度かあったとしても、かなり強行の旅である。

江戸を発したのは十月三十日だったが、十一月十五日に、東海道と中山道の分岐点の宿場町の草津に入った時、沿道からわあっ、という大歓声が上がった。

川路の行列に向かって、人々が走り寄ってきた。「春日講」や「大仏講」などの幟旗を掲げた奈良の人たちであった。川路の長崎行を知った町民が、はるばる奈良から出向いてきて、激励を送っているのである。

一体、彼らはどのようにして、このことあるを聞いたのか。

「物語」なら、ここで川路ゆかりの人々を、一人残らず登場させ、感動の再会シーンを展開するところだ。

まむし捕りの良七もいれば、直三もいる。

きのもいれば、妙もいる。

公平の顔もあれば、羅利《らり》も見えている。

下條有之助もいれば、羽田健左衛門もいる。奈良奉行所の与力や同心の、全員とは言わぬ、非番の者や特別休暇をとった者の顔が見える。

二年ぶりの再会である。

物語はともかく、草津で奈良びとの出迎えを受けたのは事実である。彼らはどうしてこの日を知ったか。プチャーチン応接掛に任命された川路は、三百人余の行列で長崎をめざした、と言った。それは正使の筒井肥前守も同じである。いや、川路以上の供揃えかも知れない。応接掛は他に二名いた。彼らは日と時間を違えて江戸を出発した。なぜかというと、宿場が混雑するし、各駅での人馬の調達がスムースにいかないからである。

これでおわかりのように、有名人の動静は、宿駅の手配師によって近隣に伝わった。

私の小説の場合は、もっと都合がよい。堂社案内の元締である羅利がいる。

堂社案内は、奈良や京都に限らない。由緒のある寺や神社の多い町には、これをなりわいにする者が結構いた。彼らは商売柄、各地の情報を交換している。川路の場合、京都所司代や京町奉行所の使者も待ち受けており、また一乗院宮の使いも宿所に訪れて、応接に追われ食事も入浴もできないありさまだった。

長崎に到着したのは、十二月八日の夕刻である。

十四日には、プチャーチンと会見している。場所は長崎奉行西役所である。会見に先だち、対話は立ってするか座ってするか、まず問題になった。ロシアには正座の習慣がない。

会商

ロシア国使節プチャーチン（川路は『長崎日記』でフーチャーチン、漢字では布恬廷と記している）との会見を、立って行うか椅子を用いるか、両国で議論になった。日本側は座敷において正座を主張したが、その習慣のないロシア側は反対する。

会見や会商は、あくまで対等で行うべき、と川路聖謨は譲らなかった。ロシア側が提案する椅子を用いると、身長がまさるロシア人は、日本人を見下す視線になる。日本側はどうしても卑屈にならざるを得ない。川路は古書を調べた。平安初期に、藤原時平《しへい》や紀長谷雄《きのはせお》、三善清行《みよし》らによって編集された、宮中の年中行事や制度を記した『延喜式《えんぎしき》』全五十巻中に、「兀子《ごっし》」という四脚の四角の腰かけを儀式に用いたとあるのを見つけた。

急ぎ頑丈な台を造らせ、高麗縁《こうらいべり》の畳二枚を敷かせた。プチャーチンらの椅子と同じ高さに調節した。畳に正座した正使の筒井肥後守と副使川路の視線が、椅子についたロシア使節のそれと全く同等の高さである。これなら向き合っても互いに威圧感を感ぜずにすむ。

初日は日本側が食事を出したが（むろん和食である）、箸《はし》は使いづらいだろう、と川路は出島のオランダ商館から、スプーンとフォークを取り寄せて用意した。この心遣いにはロシア側も感激した。

二日おいて日本側が答礼のためロシア艦を訪問することになった。不穏な情報が流れていた。川路らを艦に閉じ込め、無理難題をつきつけ、強引に結着を迫るのではないか。ロシア艦の動きが怪しく、出港準備をしている。

川路は浮足気味の面々を押しとどめた。いざとなれば自分一人が艦に残り、ロシアに赴いて皇帝と直接談判する。いやそれは応接掛四人全員の役目だ、いや正使の役だ、とおのおの譲らない。ひとまず招待を受けるという書面をやって、様子を見ることにした。使いの通詞《つうじ》（通訳）の報告で、全くの杞憂《きゆう》とわかった。ロシア艦がざわついているのは、日本側を歓迎するため準備に大わらわだったのである。

川路たちはロシア料理とフランス製の葡萄酒でもてなされた。『長崎日記』に、「多く飲みても酔《よい》少し直《じき》にさむる也《なり》」と感想を記している。ナプキンのことも記している。各自に唐草模様の「風呂敷の如きもの」をくれた。食べこぼしの時の膝掛けである。手や口を拭くためにも用いるが、「はなもふくなるべし」と言っているのが可笑《おか》しい。さすがに鼻汁は拭わぬだろう。

酔いがまわり始めると、川路は軽口を叩きだした。「異国人妻のことを云《いう》は泣いて喜ぶといふ故《ゆえ》に」、外国人は愛妻家が多い、妻を話題に上せると喜ぶというので、「私の妻は江戸でも一、二を争う美人なのです」と切りだした。プチャーチンたち、ホウという顔で川路を見る。川路は真面目な顔で続ける。

「美人妻をおいてここに来ているので、心配でならない。いつも妻のことばかり考えている」

一同、どっと笑った。目に見えぬ垣が、一気に取り払われた。

「忘れられる良い方法はありませんか?」

「妻に会わなくなって久しいのは、あなたどころではない」プチャーチンが笑いながら答えた。

「かえってこちらが教えてもらいたいくらいだ」

正使の筒井肥後守が口を挟んだ。「私の妻も江戸では一、二と言われている」

筒井は七十七歳である。皆、吹きだした。

筒井はニコリともしないで、言った。「見た目は老人だが、子を生む能力は衰えない」「お見事」プチャーチンがロシア語で称えた。

そして、「わが国にはこんな諺があります」と紹介した。「五十で子を生むは少し。六十は無し。七十はなおさら無し。八十は若やぎてことさら多し」

すかさず筒井が言った。「その諺通りに願ってやみません」

一同、笑い崩れた。なごやかに宴会が終わった。日本側は贈り物を披露した。筒井は牡丹に蝶の模様の料紙箱と硯、五色の奉書紙、それに刀の付属品である目貫《めぬき》、笄《こうがい》、小柄《こつか》のいわゆる三所《みところ》物《もの》を、川路は富士山の図の印籠《いんろう》、桜の根付、黒漆の盃三つ、歌入りの小広蓋二つ、更に、縁《ふち》頭《がしら》、目貫、鍔すべてに桜の金蒔絵、鞘《さや》は青貝《あおがい》桜の蒔絵の二尺六寸の剛刀を添えた。刀の銘は備前の次郎太郎直勝、川路が選んだ特別品だった。

通詞を通して、こう説明した。これを用いて試し斬りをしたところ、三人並べて胴斬りできた、重すぎて使えないのでは、という懸念はご無用、川路はこの倍より重い刀を日に三千回くらい振る、これなどは芋殻《おがら》を振るようなもの。プチャーチンは肝を潰した。試し斬りとはどのようにするものか、と訊く。死刑人の屍を専門の者がいたします。日本ではこれを試《ため》しと称する、西洋人は修業しないので三人は無理、でも腕や足の一本は必ず斬れます、と説明した。このような斬れる刀を日本の武士は常に差している、とつけ加えた。ちょっぴりおどしたつもりであった。

翌日、日本側の回答書をプチャーチンに渡した。そして翌々日より長崎奉行西役所にて第一回の会商が始まった。問答はもっぱら川路が行い、正使の筒井はほとんど無言だった。川路は言うべきことは言い、不利なことには、すっとぼけた。相手がいらだつと、冗談を言って、場をやわらげた。プチャーチンにしてみれば、食えない男であったろう。

日露会商は、六回にわたって行われた。結局、国境画定も開港通商もどちらも成立せず、終わった。ただ一つ、日本が他国と通称条約を結んだ時は、ロシアとも同じ条件で結ぶことを川路は確約した。これは幕府から応接掛《がかり》を仰せつかった際、全権を委任されたものの一つであった。

プチャーチンは再会を約し去った。川路が帰府する途中で、ペリーのアメリカ艦隊が浦賀に渡来したとの急報が入った。川路は急いだ。江戸に到着した十一日後に、日米和親条約が締結された。こうなるとロシアとも条約を結ばねばならない。

日米和親条約により、伊豆の下田が開港された。川路は下田表取締江戸掛を拝命した。現地に行かず江戸で下田関係の事務をとる。

早速事件が起こった。下田沖に停泊中の米艦に、長州藩士・吉田松陰と同志の金子重之輔が小舟でこぎよせ、アメリカへの密航を頼んだのである。ペリーは外交問題になるのを恐れ追い返した。松陰二人は観念し自首した。二人の小舟に、松陰あての佐久間象山《しょうざん》の送別の詩が残されていた。よって象山も逮捕された。三人は江戸伝馬《てんま》町牢に送られた。

下田取締江戸掛の川路には、驚天動地の突発事であった。松陰の師・佐久間象山は、信州松代藩士で、松代藩主の真田幸貫《ゆきつら》は老中となり川路に目をかけてくれた殿様の一人だった。象山とは佐藤一斉に詩を学んだ仲間で、親友の一人といってよい。川路はあらゆるつてをたどって、松陰と象山の命乞いをした。国事多難の折、彼らの知恵は貴重である、殺すのはもったいない、異国の評判を落とすことになる、と老中を説いた。川路に賛同する者も多かった。老中首座・阿部正弘の決断で、松陰と象山は国元蟄居《ちっきょ》の軽い処分ですんだ。本来なら象山はともかく、松陰は国禁を犯した罪で死刑が相当であった。

松陰事件がきっかけで、人々の異国への関心が高まった。開港によって過熱した。世界の国々について書かれた本はありませんか、と川路はよく聞かれた。阿部正弘にも聞かれた。

川路は清国で刊行された『海国図志』という本が、きわめて有用であると教えた。将軍家の蔵書である紅葉山《もみじやま》文庫に架蔵されていることも教えた。紅葉山文庫は御書物奉行が管理している。奉行の許可を得れば借りだすことができる。実は川路はここから借りて読んだのである。紅葉山文庫には『海国図志』の六十巻本と、その増補版百巻本の二種が蔵されていた。おのおの数部ずつある。阿部が早速借りだして読むと、川路の推奨通り世界地理書としてわかりやすく面白い。アメリカで発刊された原書を中国語で訳したものである。阿部は老中仲間に読めと触れまわった。紅葉山文庫の蔵書は全部出払って、閣老たちが順番待ちするありさまである。

川路はこれを見て、本書を自費出版し、皆に無料で配ることを思いついた。『海国図志』を清国から取り寄せると、昌平黌《しょうへいこう》儒官の塩谷宕陰《しおのやとういん》に命じて、誤植を正させた。一方、天文方翻訳掛の箕作阮甫《みつくりげんぽ》に、外国地名に読み仮名を振らせた。阮甫は『新製輿地《よち》全図』を翻訳し、また『世界新地誌』の著書を持つ蘭学者である。校訂が完了すると川路は、浅草の本屋須原屋《すはらや》に出版を頼んだ。原本は百巻だが、巻一から巻三十八までを七冊の版にした。川路が読んで最も重要と肝に銘じた頁である。

印刷見本ができてくる頃に、実母が亡くなった。七十五歳であった。出張の多い川路にとって、自宅で手を取って見送ることができたのは、何よりしあわせであった。亡くなって十日後に、『海国図志』が出来上がった。川路聖謨開板『海国図志』である。

川路は交流のある大名や旗本に進呈した。徳川斉昭や堀田正睦《まさよし》（蘭癖大名といわれたほど蘭学好きであった）他から、続々と礼状が届いた。川路は贈り先には何も言わなかったが、実母の供養のつもりであった。本が好きだった母（資料には名前が無い）は、気のきいた配り物と、きっと喜んでくれるであろう。

この年十月、プチャーチンが軍艦を率いて下田沖にやってきた。川路は筒井肥後守と共に再び露使応接掛を命じられ、下田に向かった。プチャーチンが急がせたため、川路は三島宿から下田までを、ほとんど走るようにして休まず歩いた。夜中に下田の稲田寺《とうでんじ》に到着した。そして会商が始まったのだが、二回目の当日、大地震が起こった。いわゆる安政大地震である。

散りぎわ清し

日露会商の最中、伊豆の下田で大地震に遭遇した川路聖謨《かわじとしあきら》は、寺の裏山に急ぎ登って津波の難を逃れた。下田は八百五十戸のうち、八百十戸が全壊あるいは流された。死者は百人に及んだ。川路はただちに韮山《にらやま》代官所に使いを出し、お救い米を手配、救護所を設け、炊き出しを指揮した。

ロシア艦が沈没した。日露共同で船を建造することになった。川路は船大工に、異国の建造技術を学ぶよう耳打ちした。そんなこんなで会商も急がされ、ようやく日露和親条約は締結、調印式を迎えた。千島列島の択捉島《えとろふ》以南は日本領と認めさせた。（第二次大戦後ロシアは違うと、現在に至るも主張、しかしこれは歴史的事実である）。この下田での交渉中、川路は養父の光房を失った。七十七歳の生涯である（物語では九歳若く描いている）。

以後の川路の歩みを、実績面から駆け足で見ていく。

下田から戻ってすぐ、蕃書《ばんしょ》翻訳御用掛《がかり》を命じられた。蕃書とは外国の本のことである。ペリーやプチャーチンとの応接体験から、外国語の取得や知識を早急に学ぶ必要があった。教育機関を設ける調査と準備を託されたのである。

そして出来あがったのが蕃書調所《しらべどころ》、のちの開成学校、今の東京大学である。蕃書調所で世話になった蘭方医の箕作阮甫《みつくりげんぽ》から頼まれて、川路は種痘所設立の発起人になった。箕作とは長崎時代から親しい。川路は自分の拝領地である、神田お玉ケ池の土地四百坪を提供した。江戸在住の蘭方医から五百両余の寄付が集まり、安政五年（一八五八年）五月、種痘所が開所した。お玉ケ池種痘所と呼ばれた。天然痘の予防接種所である。施設はやがて幕府の手で運営され、西洋医学所となり、明治の世に東京大学医学部となった。

十二代将軍が亡くなり、十三代家定が立った。病弱な青年で、子どもは望めない。世継を決めなくてはならない。将軍の継嗣《けいし》は尾張・紀州・水戸の御三家、または田安・一橋・清水の御三卿《さんきょう》から出す決まりだった。

宗家を継ぐにふさわしいと挙げられたのは、紀州藩の徳川慶福《よしとみ》と、一橋家の徳川慶喜《よしのぶ》である。慶福は十三代の従兄弟《いとこ》に当たる。慶喜は水戸藩・徳川斉昭《なりあき》の七男である。従兄弟は八歳で、七男は十七歳である。こちらは円満な性格で頭がよいという評判だった。どちらを十四代に推《お》すか、幕閣また有力大名間で二分した。南紀派と一橋派である。南紀派は彦根藩主の井伊直弼《なおすけ》、一橋派は越前藩主・松平慶永《よしなが》が中心となった。薩摩の島津斉彬《なりあきら》、土佐の山内豊信《とよしげ》らは一橋派である。川路はこちらであった。

そんな折、井伊直弼が大老に就任した。老中の南紀派による画策である。直後に十三代が死去し、南紀派の従兄弟が十四代を嗣いだ。

井伊の、反対派への仕返しが始まった。川路は勘定奉行勝手方首座の地位から、西丸留守居に転役となった。勘定奉行より席順は二十等落ちる。役料も大幅に減る。仙石騒動を裁いて勘定吟味役に抜擢《ばってき》されて以来、ずっと仕えてくれた三人の用人を解雇せざるを得なくなった。しかし三人とも給金が減っても終生ご奉公したい、と涙ながらに頼む。川路も考え直した。たとえ粥《かゆ》をすすっても三人一緒に暮らしていこう、と誓った。用人以外の雇人は、それぞれ身の振り方を決めてやった。

西丸留守居は、文字通り西丸御殿の留守番で、仕事らしいものは無い。全くの閑職である。政治に関与することもない。

時間をもてあました川路は、蘭語の勉強を始めた。日露交渉の通詞をつとめた森山栄之助に教えを受けた。森山は江戸で塾を開いていた。彼は蘭語と英語が堪能であった。川路の学習ノートが現存している。オランダ語を巧みにつづっており、読みを片仮名で記している。森山には邸に出張してもらったらしい。

また世界の歴史や地理などにも、蕃書調所の講師に出講を頼んで学んでいる。

一方、井伊大老は独断で日米修好通商条約を調印し、抗議する一橋派の斉昭たちを登城停止にした。やがて処罰は大名や幕臣に及んだ。川路は免職の上隠居、差控《さしひかえ》を命じられた。差控は刑罰の一種で、閉門、日中の出入り禁止、部屋にこもって慎むことである。

この差控中、川路は身辺整理をした。書類や人から送られた手紙を、内容を読み返した上で燃やした。特に残すと当事者に迷惑をかける恐れのある文書は、積極的に火に投じた。『寧府紀事』の欠けた部分、嘉永三年（一八五〇年）正月から四年五月までの分は、こうして焼かれたものと思われる。理由はこれは推測だが、奈良奉行所の秘密栽培一件が記されていたのではあるまいか。江戸の母に書き送った。それを読んだ母が、ことの重大さに驚き、ひそかに日記を焼却した。

従来、母は『寧府紀事』を読み終わるつど、奈良の川路あて返却していたのだが、このことがあって厳重注意をしたものに違いない。四年六月に川路は大坂町奉行に赴任するのだが、その辞令を得る前に、秘密栽培に触れている『寧府紀事』を処分したのだろう。

焼却中、家督を相続した孫の太郎が、川路家の歴史を灰にするのは忍びない、と泣いて止めた。そのため選別して差し障りのない文書や日記を残した。

これが『寧府紀事』に欠落年度がある理由だと思う。

万延元年（一八六〇年）三月三日、川路は左衛門尉《さえもんのじょう》をやめて、敬斎《けいさい》と称した。この日、井伊大老が桜田門外において水戸浪士に暗殺された。川路がこの日に改称を思い立った理由はわからない。敬斎のいわれも不明である。井伊の死により、「安政の大獄」などの恐怖政治は終了した。

このあと川路は再び外国奉行に引っぱりだされる。日露交渉の経験を買われたのである。外国奉行は勘定奉行と兼帯で、左衛門尉の官名も復活した。激務であり、六十三という老齢から思うような仕事ができなかった。時々、体に異変を感じた。後進に道を譲るべきと決意し、辞職願いを提出した。四カ月余で、敬斎生活に戻った。しばらくして中風の発作に襲われた。左半身が麻痺した。

一年半後、二度目の発作で寝たきりの生活になった。孫の太郎が開成所の語学試験に合格し、留学生の取締役として英国に渡航することが決まった。一橋慶喜が十五代将軍になった。長州征伐やら大政奉還やら、世はめまぐるしく移り、江戸の治安は物騒になってきた。川路は三度目の発作を起こした。命はとりとめたが、腰が立たず、下《しも》の世話をさと《ヽヽ》の手を借りてするようになった。

鳥羽伏見の戦いに敗れ、将軍が江戸に戻り恭順した。有栖川宮《ありすがわみや》が大総督となり官軍をひきいて江戸に攻め入る、いわゆる東征が発令された。川路は敬斎を頑民斎《がんみんさい》と改め、遺書を記した。

「述懐　生替《いき》わり死にかわり来て幾度《いくたび》も身を致さなん君の御為に」

そして次の一首で、おのれの心情と覚悟を示した。「天つ神に背くもよかり蕨《わらび》つみ飢えし昔の人をおもえば」

中国古代の伯夷《はくい》と叔斉《しゅくせい》の兄弟は、新政府に仕えることを拒否し、首陽山に隠れ蕨を食み、ついに餓死した。

慶応四年（一八六八年）三月十五日、この日官軍の江戸城総攻撃がうわさされていた。川路は病間でさとと話をしていた。気分がよいから、とさとに上半身を起こしてもらい、背中に丸めた布団を当てさせ、それによりかかって、ポツリポツリと言葉を発していた。もっぱら語るのはさとの方で、総攻撃が始まったら自分たちはどうするか。太郎の嫁や三男四男や、家来たちは皆疎開させ、屋敷には夫婦しかいない。川路は歩けない。官軍が押し入ってきたら、川路愛用のピストルで夫婦は自殺する。さとが先に撃ってもらう。そう決めた。ここ数日、川路は無人をさいわい庭の灯籠めがけて試し撃ちをしていた。右手は使えた。

「タロウガ」川路がたどたどしく言った。「タロウガ、イル」

だからお前は死ぬな、と言いたいらしかった。さとがあらがうと、「ヤキチガ、ナク」と言った。亡くなった長男の彰常《あきつね》が悲しむだろうというのである。

総攻撃の気配はなかった。川路が本を読みたい、と言った。さとが何の本を、と問うと、「キンカイ」と答えた。源実朝《さねとも》の『金槐《きんかい》和歌集』である。川路の愛読書の一冊だった。「山は裂《さ》け海はあせなむ世なりとも君に二心《ふたごころ》わがあらめやも」が川路の好きな歌だった。

本は書斎にある。さとは書斎に立った。あるべき場所に見当たらない。キンカイ、とつぶやきながら探していると、病間で銃声がした。

さとは駆けつけた。川路は寝巻の襟を大きく広げ、短刀で腹を切ったのち、晒《さらし》を押し当てた姿で、短銃で咽喉《のど》を射抜いていた。さとは夫を抱きかかえた。唇に頬を当てた時、息を引き取った。夫の右手から短銃をはずした。夫を寝かせると布団の裾を持って、仏を北向きにした。顔を調《ととの》え、化粧を施した。合掌すると夫と並びおのが両脚を晒できつく縛った。しかるのち短銃をこめかみに当てて引き金をひいた。カチリ、と音がして発射しない。もう一度、引く。不発。あとで知ったが、夫は自分の分しか弾を込めてなかった。何発かの弾丸は、どこかに隠したのである。お前は太郎のために残れ、という遺戒《ゆいかい》に違いなかった。

さとは『上総日記』を残した。冒頭に、こうある。

「慶応四辰三月十五日午《うま》の上刻（午前十一時頃）、我背の君、死去ましましぬ、兼ての御覚悟、勇猛にして、よく御心おさめ給ひ、いとも静《しずか》なる御臨終なり、誠に凡人におわさずと、今さらかしこうおもへば、いともっ体なし」

さとが葬儀をとりしきり、翌日の夜、上野池之端の大正寺に御棺を運んだ。時節柄、隠密の葬いである。お供には二男市三郎と家臣二人に草履取のみ、住持が春桜院殿教学日琮居士の仮戒名を授けてくれた。明け方帰る時、上野のお山の桜が満開であった。故人は絶命寸前、奈良の桜をまぶたに浮かべたに違いない。さとはそう思いながら、歌を詠んだ。

「吹はらう嵐を待たで山ざくら　散りぎわ清し老木《おいき》ながらも」

川路聖謨、享年六十八。

花も名のみの＝あとがきにかえて

川路聖謨《かわじとしあきら》が奈良奉行に任ぜられたのは、四十六歳の一月で、三月四日に江戸を立った。十五日後の三月十九日に、奈良に着いた。現在の暦に直すと、四月十四日である。桜が満開だった。

奈良奉行所は、家康が宿舎に用いた当時の建物で、築二百五十年余、古めかしくいかめしい大名屋敷のようである。何しろ敷地が三千七百坪もある。格上の京都奉行所が五千三百坪、同じく大坂奉行所が三千坪ほどだから、遜色がない。

敷地内に裁判や町政を行う公邸と、奉行家族や家来たちが住む御役屋敷がある。川路が公邸入りした時、八重桜の花束を贈られた。川路は早速和歌を詠んで、歓迎に応《こた》えた。

八重ざくら手折《たお》るも惜しし九重《ここのえ》に
　匂いしはなのなごりとおもえば

本書の書名は、この三十一文字《みそひともじ》から借りた。

公邸には馬場があり、馬場沿いには桜の大木がそびえていた。しかし樹齢が高いせいか、葉ばかりである。

　いにしえは八重と聞きしがおとろえて
　　はなも名のみの奈良の古さよ

川路が短冊に記して、家来の柳介という者に見せると、柳介が雨中どこかへ出かけたと思うと、花をつけた山桜のひと枝を手に戻ってきた。東大寺にわけを語ってもらってきたと言う。川路は感激し、歌を詠んで礼をした。

　花と共に香りぞ深くしのばるる
　　雨も厭《いと》わで手折こころは

　手に取りていずれを愛《め》でむ香ぞ深み
　　古都の花のはな山ざくら花

　翌年の三月一日、大事件が起こった。川路の家来に、長沢宗次郎という若者がいる。七歳の時から召し使い、わが子のようにかわいがっていた。正月頃から木辻《きつじ》町の遊女と知りあい、借金をして遊んでいる。川路は何度か呼んで事情を尋ね、意見もした。しかし長沢は答えず、遊里通いもやめない。二月末、給金を渡すべく計算をしたら、渡すどころか前借りが上回《うわ》っている。川路は決然といとまを申し渡した。

　その夜、長沢は遊女と心中した。川路は声を失った。妻のさとや家来たちも衝撃を受け、なすべをなくした。川路は日記に記す。

「三月朔日《さくじつ》、不束《ふつか》の者なれども子の如く思いければ哀しくて涙とどめがたし」

遊女の書置《かきおき》には、相愛の人と死ねて本望、とあった。長沢には遺書がない。一体、二人の身の上に、何があったのだろう。

　川路は桜の季節に吉野巡見をした。奉行の巡見は与力、同心、町代、従者など総勢百人余の大行列である。そして評判の「一目千本」の満開を堪能した。何首か詠んでいる。

みよし野におもいもかけず曇りなき

月と花とを今日見つるかな

巡見の感想にこんなことを記している。「このたび奈良より吉野、その外を巡《めぐ》りみるに、よき国にて、さて、女共みな良し。大和にては、一村のうちに、必ず良き女、二三人あり、是《これ》、上国の故《ゆえ》なるべし」

惑わせるものは花のみにあらず、頭の片隅に長沢の顔を思い浮かべたろうか。

いにしえ奈良は花の都で鳴らした。川路はその再現を図った。春は桜、秋は紅葉の都にすべく、町の衆に持ちかけ、隗《かい》より始めよで、自ら興福寺、東大寺内に植樹した。運動はたちまち拡がった。またたくまに数千株が寄せられ、二大刹《たいさつ》のみならず各寺々や、高円《たかまど》・佐保地域にまで植えられた。これらのいきさつを川路本人が記した、「植桜楓之碑《しょくおうふうのひ》」が、現在も猿沢の池畔の五十二段脇に建っている。碑文は漢文だが、建碑の喜びを和歌に詠んでいる。

植えわたす数も千もとの花紅葉

これや大和の錦なるらん

花もみじこゝにうつして諸人《もろびと》と

倶《とも》にたのしむこゝろうれしき

川路聖謨は慶応四年三月十五日に自殺した。六十八歳。江戸城総攻撃予定の当日である。十七日密葬。花の名所の上野山下、不忍《しのばずの》池の近くの菩提所・大正寺に葬られた。戒名は、春桜院殿学日大居士。桜が好きだった川路にふさわしい（のちに改められた）。

命日は奈良入りの四日前である。臨終の脳裡に浮かんだのは、初めて目にした古都の桜だったに違いない。

川路は亡くなったが、実態の余韻はある。

桜、を思わせる生涯だった。

一斑《いっぱん》を、小説に仕立ててみた。

『花のなごり』と題するゆえんである。

『陽気』編集部の芝光男さんと山岡美秀さんから、奈良を舞台の小説を依頼された。江戸時代の奈良びとの日常生活が知りたい、との要望から、奈良奉行・川路聖謨を主人公に選んだ。川路の日記『寧府紀事《ねいふきじ》』によっているが、エピソードの大半は創作である。

『陽気』の二〇一三年一月号から、二〇二〇年十二月号まで連載、二〇一六年六月号までを第一部とし、同年十一月『桜奉行　幕末奈良を再生した男・川路聖謨』の書名で養徳社から刊行された。本書はそれ以後を第二部としてまとめたものである。

二〇二一年一一月

出久根　達郎

川路聖謨　略歴

享和元年（1801）：4月25日、豊後国日田（現大分県日田市）に、代官所属吏・内藤歳由の子として誕生
文化元年（1804）：江戸へ移住
文化9年（1812）：8月、小普請組川路光房の養子となる
文政10年（1827）：7月、寺社奉行吟味物調役を命ぜられる
天保6年（1835）：8月、出石藩の御家騒動（仙石騒動）の審理に敏腕を振るう。11月、勘定吟味役に抜擢される
天保9年（1838）：4月19日、妻さとと結婚
天保11年（1840）：6月、佐渡奉行に任ぜられる。翌年5月、江戸へ戻る
天保12年（1841）：6月、小普請奉行となる
天保14年（1843）：10月、普請奉行となる。この頃、儒学者・佐藤一斎に師事し、また思想家・兵学者の佐久間象山と交わる
弘化3年（1846）：1月、奈良奉行に任ぜられる。3月4日、奈良に赴任の途につく
嘉永2年（1849）：7月、『神武御陵考』を著わす
嘉永4年（1851）：6月、大坂町奉行に転ずる
嘉永5年（1852）：9月、勘定奉行（公事方・訴訟担当)に栄転
嘉永6年（1853）：6月、米国使節ペリー、浦賀に来航。7月、ロシア使節プチャーチン、長崎に来航。10月、ロシア使節応接掛に任ぜられ、12月、プチャーチンと応接を始める
安政元年（1854）：12月21日、下田にて日露和親条約に調印
安政2年（1855）：1月、下田取締掛となる
安政5年（1858）：1月、条約勅許奏請のため、上洛の老中堀田正睦の随行を命ぜられる。将軍継嗣問題から、一橋派の粛清が始まり、5月、西丸留守居に左遷される。9月、『遺書』を書き始める。この年、種痘所建設用地に所有地を提供する
安政6年（1859）：8月、隠居・差控を命ぜられる
文久3年（1863）：5月、外国奉行に挙用される。10月、辞職
元治元年（1864）：8月、中風の発作起こり、左半身不随となる
慶応2年（1866）：2月、中風の発作再発する
慶応3年（1867）：10月14日、大政奉還
明治元年（1868）：2月、辞世を詠む。3月15日(江戸城総攻撃の日)、前日の勝・西郷の会談により、江戸城無血開城了解なるを知らず、割腹の上ピストルで自殺。日本で最初のピストル自殺と言われる

植《しょく》桜《おう》楓《ふう》之《の》碑《ひ》

幕末の弘化三年（一八四六）から嘉永四年（一八五一）までの五年間、奈良奉行を勤めた川路聖謨はその識見と善政によって人々から深く敬愛された。

　この石碑の碑文は、川路の呼びかけで集まった桜と楓の苗木数千株を東大寺、興福寺を中心に南は白毫寺、西は佐保川堤まで植樹した記念に、町の人々に請われて川路が記したものである。また、この碑には植樹活動に参加した奈良の人々の名が刻まれている。

猿沢池から興福寺五重塔へ至る五十段の階段を登った左側に「植桜楓之」がある。

出久根達郎　でくね・たつろう

1944年、茨城県生まれ。作家。古書店主。中学卒業後、上京し古書店に勤め、73年より古書店「芳雅堂」（現在は閉店）を営むかたわら執筆活動を行う。92年『本のお口よごしですが』で講談社エッセイ賞、翌年『佃島ふたり書房』で直木賞、2015年『短編集 半分コ』で、芸術選奨文部科学大臣賞を受賞。著書は他に、『古本綺譚』『作家の値段』『七つの顔の漱石』『おんな飛脚人』『謎の女　幽蘭』『人生案内』『本があって猫がいる』など多数。

花のなごり—奈良奉行・川路聖謨—

令和3(2021)年11月26日　初版第1刷発行

著　者　出久根達郎
発行所　図書出版 養徳社
〒632－0016 奈良県天理市川原城町388
電話 0743-62-4503　FAX 0743-63-8077
振替 00990－3－17694
https://youtokusha.jp
印刷所　株式会社 天理時報社
〒632－0083 奈良県天理市稲葉町80

ISBN 978－4－8426－0132－8
定価はカバーに表示してあります。

この作品は、2016年11月発刊の『桜奉行　幕末奈良を再生した男　川路聖謨』の後編。月刊『陽気』（養徳社発行）の『まほらま』——平成28年7月号から令和2年12月号までを改題、著者が加筆、訂正したものです。